准教授・高槻彰良の推察7

語りの底に眠るもの

澤村御影

角川文庫
23108

目次

主なキャラクター紹介

高槻彰良《たかつきあきら》
青和大学で民俗学を教える准教授。
頭脳明晰で顔立ちも整っている。怪異が大好き。

深町尚哉《ふかまちなおや》
大学生。嘘を聞き分ける耳を持つ。
高槻のもとでバイトをしている。

高槻渉《たかつきわたる》
高槻の叔父。ダンディでスマートな英国紳士。
高槻を引き取り数年間育てていた。

佐々倉健司《ささくらけんじ》
捜査一課の刑事で、高槻の幼馴染。
目つきが鋭く強面。
生方瑠衣子《うぶかたるいこ》
民俗学研究室の院生。
メガネの似合う美人なのだが……。
難波要一《なんばよういち》
尚哉の数少ない友人。
さっぱりとした気のいい性格。

イラスト：鈴木次郎

第一章　違う世界へ行く方法

何かの匂いを嗅《か》ぐことで、意図せず過去の出来事を思い出すことを指すのだという。

――プルースト効果、という言葉がある。

マルセル・プルーストが書いた小説の中に、そんなシーンがあるのだそうだ。

匂いが記憶と結びついている、というのはわからない話ではない。

たとえば――そう、蚊取り線香の煙の匂い。

深町尚哉《ふかまちなおや》にとって、それは子供の頃の夏休みを思い出させるものだ。祖父母の家で、従兄《いとこ》達と布団を並べて寝た記憶。部屋の隅、縁側に近い方にはいつも豚の形の蚊取り線香入れが置かれていて、丸い口から細く立ち昇る白い煙を見るのが好きだった。尚哉の実家では液体式の蚊取りしか使わなかったから、蚊取り線香は祖父母の家でしか見かけなくて、それで余計に覚えているのだと思う。

他にもある。沈丁花《じんちょうげ》の匂いを嗅ぐと、かつて愛犬と一緒に散歩した実家近くの公園を思い出す。公園の入口横に沈丁花の植え込みがあったのだ。レオとはよくその公園でフリスビーをした。秋になると始まるコンビニのおでんの匂いは、実はあんまり好きではない。小学校の頃、給食で出た味噌《みそ》おでんを思い出すからだ。おでんだけならいいのだが、上にかける味噌が甘くてどうにも苦手だった。ココアの匂いで某研究室を思い出すのは、もうしょうがないことだと思う。

でも、それらは、はっきりとした匂いの記憶に紐《ひも》づく過去だ。

『——ああ。やっぱり』

つけっ放しのイヤホンからずっと音楽が流れているというのに、耳の底でよみがえる声がある。そうやって思い出すだけで、胸の奥で心臓がぎゅっと縮こまる。

『まだお前からは、黄泉《よみ》のにおいがする』

すぐ間近に寄せられた、恐ろしく整った顔。

長い睫毛《まつげ》が縁取る大きな二重の目も、高い鼻も、薄い唇も、もう十分に見慣れたもののはずなのに、全然知らない相手のように思えた。

『彰良《あきら》よりも深く黄泉に近づいたせいだ。おかげでよく覚えているのだろう？　死者の国の空気を』

高槻《たかつき》と同じ声で、けれど高槻とはまるで違う口調で、『もう一人の高槻』は尚哉に向かってそう告げた。

三週間ほど前のことだ。浅草《あさくさ》に、紫鏡《むらさきかがみ》の調査に行ったときのこと。

あんなにスムーズに高槻と『もう一人』が入れ替わるのを見たのは初めてで、だからそのときはそっちの方に気を取られていた。

でも、あのときの高槻の様子を記憶の中で反芻《はんすう》するにつれて、だんだんと『もう一人』に言われた言葉が気にかかり始めた。

……『黄泉のにおい』とは、何のことだろう。

夏の長野で、尚哉は黄泉に通じる坂を下った。

そのとき、特段何かのにおいを感じた覚えはない。黄泉のにおいと言われてもわからない。そもそもそれは匂いなのか、あるいは臭いと表記すべきものなのか。

だが、あの浅草の老舗《しにせ》旅館で、人喰《ひとく》いの鏡が置かれた部屋に入ったとき、なんだかとても嫌な感じがすると思ったのは事実だ。胸苦しさを覚えるほどの空気の重さと、今すぐ逃げ出したくてたまらなくなるようなわけのわからない恐怖感。

尚哉以外の誰一人としてそんなものを感じていた様子はなく、あれが黄泉のにおいを覚えていたせいだというなら確かに説明はつく。あの鏡の中に見えたのが死者の属する世界であるならば、尚哉があのとき感じ取っていたのは、黄泉比良坂《よもつひらさか》と同種のにおいだったのだろう。それによって、あの坂で感じた恐怖を思い出していたのだ。

そして――それと同じにおいを、自分は気づかぬまま身にまとい続けているのか。

机の上に置いた自分の右手に視線を落とす。

そっと持ち上げ、手首を顔に近づけるようにして、己のにおいを嗅いでみる。

別に何のにおいもしないように思う。しいて言うなら、パーカーの袖口《そでぐち》辺りから微妙に出汁《だし》の匂いがする。昼に学食でうどんを食べたとき、つゆが少し跳ねたのだ。

それでもまだ気になって、今度は肩口に鼻を寄せてみる。

やっぱり、特に気になるにおいはしない――と思う。

けれども。

「――おー、どうした深町ー。何だよ、風呂《ふろ》入ってくんの忘れたかー？」

そんな声と共に、どさりと隣の席に鞄《かばん》が投げ出された。

尚哉ははっとして顔を上げた。

見慣れた茶髪が傍らに立ち、怪訝《けげん》そうにこちらを覗《のぞ》き込んでいる。難波《なんば》だ。

尚哉は眼鏡の下でまばたきしながら、その顔を見上げた。

思考の中に沈み込んでいた意識がとっさに戻ってこられず、目の前の景色に微妙に現実感がない。そのことに少し狼狽《うろた》えながら、周りを見回す。学生達で混み合った大教室。

イヤホンをはずすと、休み時間の喧騒《けんそう》がわっと耳に飛び込んできた。それでやっと、ここがどこで今がいつかを思い出す。

第二校舎302教室。あと数分で木曜四限の『現代民俗学講座Ⅰ』が始まる時間だ。

「んー、別に臭くはねえな。大丈夫だろ、気にすんな」

隣に腰を下ろした難波がこちらに顔を寄せ、ふんふんと勝手ににおいを嗅ぐ。

尚哉は慌てて少し身を引き、

「ちょ、お前、いきなりにおい嗅ぐか普通⁉」

「いいじゃん別に。――あ、それよか深町、今日、生協行った？　入口のところにすっげえでかいオレンジ色のカボチャあるの知ってる？」

「え、何それ。知らないけど」

「じゃあ後で見てこい、すげえから。このくらいある」

そう言って、難波が両腕で丸く囲うようにしてカボチャのサイズを示してみせる。確かにでかい。直径にして五、六十センチくらいはありそうだ。

「ほら、もうすぐハロウィンじゃん？　それでカボチャの重量当てコンテストやってんだってさ。これ、応募用紙。多めにもらってきたから、深町にも一枚やるな！」

「いや、別にいらないけど……ていうか、そんなのやってるのか大学生協」

難波が押しつけてきた端のよれた応募用紙を眺め、尚哉は半分呆《あき》れた口調で言う。

今は十月も末に近い頃。ハロウィンまではもうあと数日である。

日本人はとかく季節もののイベントが好きな民族だ。クリスマスにはツリーを飾ってケーキを食べ、正月には神社仏閣にお参りし、二月はバレンタインで街中にチョコとハートがあふれ返る。夏には盆踊りを踊り、秋になればハロウィンだといって仮装する。一度文化として取り込んでしまえば、それが元はどこの国のものであり、どんな意味を持つのかといったことについてはあまり気にしない。お化けとカボチャの因果関係などどうでもよくて、とりあえず楽しめればいいし、関連する商品が売れればいいのだ。

そしてそれは、大学生協という場所においても同じらしい。十月に入った辺りから店内は蜘蛛《くも》の巣や黒猫やカボチャのお化けなどで装飾され始め、食料品棚ではパンプキンなんとかという商品が幅を利かせるようになっていたが、そのうえカボチャの重量当てコンテストときたか。一体どこからそんな巨大カボチャを入手してきたというのだろう。ちなみに優勝賞金は、生協や学食で使えるクーポン一万円分だそうだ。

「つーか、そもそもカボチャって普通サイズで何キロなわけ？　深町、自炊してるなら知ってんだろ？　お前なら地味にカボチャの煮付けとか作ったことあるだろ絶対」

「あるけど、重さ計ったことないし。いつも適当に作ってるし」

「え、待って、マジで作ったことあんの⁉　すげえ、料理男子じゃん」

「今お前が作ってる前提で話したんだろ……ていうかお前も自炊しろ、一人暮らしだろ」

「俺はほら、居酒屋バイトのまかないとか、親戚《しんせき》の子供のカテキョーついでに晩ごはんとかあるし。あと、たまにカノジョが作ってくれることもあるしな！」

「ドヤ顔で自慢すんな」

難波がぽんぽんと繰り出す他愛のない話に返事をしていたら、なんだか妙にほっとした気分になって、尚哉は思わず苦笑しかけた口元を隠すように頬杖《ほおづえ》をついた。

わあわあといつでも賑《にぎ》やかな奴だが、難波といるのは嫌じゃない。難波と話していると、自分が他の人と違うところなど何一つない普通の学生のように思えてくる。おかげで近頃は、たまに一緒に飲みに行ったりもするようになってしまった。耳がこうなって以来、そういう付き合いは全て線の向こうに押しやっていたはずなのに。

チャイムが鳴った。

ほぼ同時に、高槻が教室に入ってくる。

いつも通りの、仕立てのいい三つ揃いのスーツ姿。すらりとした長身が颯爽《さっそう》とした足取りで教壇を目指して歩いていくと、教室の喧騒は徐々に収まっていく。

「はい、こんにちは。講義を始めます」

マイクを片手にそう言って、高槻がにっこりと笑った。

「お。高槻先生、風邪治ったみたいだな」

難波がこちらに顔を寄せるようにして、小声で呟《つぶや》く。

先週の高槻は、少し声がかすれていたのだ。その前の週末に風邪をひいたそうで、「聞き苦しかったらごめんね」と申し訳なさそうに前置きしてから講義を始めた。真冬に滝から落ちてもぴんぴんしていた人なのに珍しいなと思ったものだ。

「今日のテーマは、乗り物、特に車にまつわる話についてです。資料を配布するので、順に回してください」

普段通りの透明な声でそう言いながら、高槻は前列の学生にプリントの束を渡した。

資料が教室の中に行き渡るのを待つ間に、雑談めいた口調で話を始める。

「せっかく車の話をするんだから、ちょっと訊《き》いてみようかな。この中に、もう車の免許を持ってますという人はどのくらいいる？　持ってる人、挙手。バイクでもいいよ」

教室の中で、ばらばらと手が挙がる。尚哉の隣で難波も手を挙げた。

高槻はそれを見回してうなずき、

「ああ、意外といるね。それじゃあ、日常的に運転してますという人は？」

続けて高槻がそう尋ねると、半分ほどが手を下ろした。つい先日免許を取ったばかりだという難波も手を下ろす。

「あ、やっぱり減るね。まあ、学生のうちは自分の車を持つのも難しかったりするし、学割がきくうちにとりあえず免許だけ取っておこうっていう人が多いのかな。今日扱うテーマは、日頃から車を運転してますっていう人の方が楽しめるかもしれません。怪談も都市伝説も、そこで語られるシチュエーションと同じ状況を体験したことがあると、より身近に感じられますからね。とはいえ、たとえ免許や自分の車を持っていなくても、そもそも車は僕達にとって身近なものです。だからこそ、多くの話に登場するアイテムとなり、また舞台ともなるようになりました」

尚哉の手元にも資料が回ってきた。どこかで聞いたような怪談が幾つも載っている。ちらと難波に目を向けると、難波は勘弁してくれという顔で資料を眺めていた。次に車を運転するときには、難波はこれらの話を思い出すのかもしれない。ご愁傷様だ。

高槻が言った。

「自動車は近代化の象徴のようなものです。日本で全国的に自動車が普及したのは、昭和三十年代だと言われています。では、車にまつわる怪談はいつ頃から生まれたと思いますか？　勿論《もちろん》、車の普及に合わせてです。——資料は行き渡ったかな？　では、順番に見ていきましょう。初めの方に挙げたのは、タクシーの怪談です。去年、『民俗学Ⅱ』の講義でも扱いましたが、おさらいの意味も込めて、今一度見ていきましょう」

高槻がそう言って、教室の学生達を見回す。

なんだか一瞬懐かしさを感じて、尚哉はその顔を見つめる。

タクシーの怪談は、『民俗学Ⅱ』の初回講義で扱われたネタだった。

あのときは高槻がどういう人なのかも知らなかったし、別に民俗学というものに興味があったわけでもなかった。ただなんとなく、講義要綱を読んで面白そうだなと思って、初回の講義に足を運んだのだ。

――もしあの日、『民俗学Ⅱ』の講義に行かなかったら、どうなっていたのだろう。

たまにそんなことを思うことがある。

もしも去年、『民俗学Ⅱ』の講義を取っていなかったら。

あるいは、高槻が出したレポートに、自分の過去の体験を書かなかったなら。

おそらくその場合、今ここに座っている自分とはまるで違う自分がいた気がする。たぶんそっちの自分の隣には、今のように難波が座っていることもなかっただろう。

「さて、例話①は、よく『消えた乗客』と呼ばれる話です。タクシーが乗客を乗せる。目的地に着いて後部座席を振り返ると、いつの間にか客の姿は消えていて、シートがぐっしょりと濡《ぬ》れていた、というお話。タクシーの怪談というならこれ、というくらい定番の話ですね。このタイプの話は、東京では青山《あおやま》墓地、京都だと深泥池《みぞろがいけ》を舞台とすることが多いです。客として乗ってくるのは決まって女性で、シートが濡れている理由としては、雨の中で傘もささずに立っていた女を乗せたからだとするのが一般的です。濡れている女を乗せたからシートも濡れたのだというわけですね。あるいは、川や湖など、水に身投げして死んだ幽霊だったからだとする話もあります。単に乗っていた客が消えたというだけなら、もしかしたら寝惚《ねぼ》けていたのかなということもありえますよね。でも、そこに『濡れた跡』という証拠を加えることで、間違いなく幽霊がそこにいたのだというところに落とし込むのが、怪談の作りとして非常に上手《うま》いところです」

講義中の高槻は、相変わらず生き生きとしていて楽しそうだ。

去年『民俗学II』の受講を決めたのは、講義の内容が面白かったというのもそうだが、教壇で話す高槻がとても楽しそうだったからでもある。他の講義で、死んだような目をしてただぼそぼそと教科書を読み上げるだけの教授や、相手の理解度などまるで気にせずに淡々と専門用語を並べ立てる講師を見ていたせいもあって、どうせなら聴いていて楽しい方がいいなと思ったのだ。

「例話②もタクシーの怪談としてよくある話です。タクシーが女性客を乗せる。目的地に着くと、女性は『お金を取ってくるので、待っていてください』と言って、家の中に入っていく。けれど、しばらく待っても出てくる気配がない。運転手がその家のインターホンを鳴らすと、先程の女性とは違う人が出てくる。不審そうな顔をしているその人に運転手が事情を話し、女性の特徴を告げると、その人ははっとした顔で『それは亡くなったうちの娘です』と言う――というもの。これと同様の話はアメリカをはじめ様々な国で語られており、『消えるヒッチハイカー』と呼ばれています。日本ではヒッチハイクはあまり一般的ではありませんから、タクシーの怪談として流布しているのもうなずけますね」

そこまで話して、高槻はまた教室を見回し、ふと首をかしげてみせた。

「でも、これ、ちょっとおかしいと思いませんか？」

つられたように、教室の学生達も首をかしげる。

が、それは、高槻が言っている意味がよくわからないからだ。一体何がおかしいのかと、学生達は怪訝《けげん》な目で高槻を見る。

すると高槻は、こう続けた。

「だって、幽霊なんですから、いちいちタクシーなんかに乗らなくても、瞬間移動するなり飛んでいくなりして、目的地まで行けばいいじゃないですか。たとえば江戸時代に書かれた『雨月物語』の中の『菊花《きっか》の約《ちぎり》』という話には、いつまでに戻るという約束を守るためだけに己の命を絶ち、魂だけで遠方から戻ってきた男の幽霊が出てきます。なぜこの例話①や②の話に出てくる幽霊は、そうしないのでしょう？」

問われて、学生達はますます首をひねる。言われてみれば確かにそうだなという気がする。そもそも自分で金を払えないのにタクシーという手段を選ぶのもどうかと思う。

「これは、つまりは幽霊というものをどう捉《とら》えているかという話です。『幽霊とは超自然的な現象を起こすものだ』という意識がある一方で、『幽霊とは生前と同じ行動様式にある程度縛られているものだ』という考え方も昔から並行して存在しています」

高槻が言う。

「たとえば、貞子《さだこ》や伽椰子《かやこ》といった非常にアクティブでアグレッシブな怨霊譚《おんりょうたん》が人気を集める一方、ただそこに佇《たたず》んでいるだけといった幽霊話も数多く語られている。一見矛盾するように思えるこの二つの考え方を、僕らはさほどの違和感もなく受け入れていますのね。これはやっぱり、幽霊というものが生前とそう変わらない姿で現れるものだからでしょうね。その姿に生前の面影があるからこそ、その振る舞いにも生前と同じものを求めてしまう。だから幽霊は、遠い場所に行きたければ乗り物に乗るし、困ったことがあれば普通にその辺の人を頼るんです。これは幽霊に限った話ではなく、人の姿に化けた神や妖怪《ようかい》の伝説においても同じです。とかく僕らは『人の姿をしたものは、人と同じ行動をとる』と考える傾向にあるようです。――配布資料の例話③以降に、そんな話をまとめてみました。一番古いのが③の『今昔物語集』巻第二十七『近江《おうみ》の国の生霊、京に来て人を殺せる語《こと》』。離縁されたことを恨みに思った女が生霊になって近江から京までやってきたものの、道がわからなくなって通りすがりの人に助けを求めるという内容です。生霊なのでまだ死んでいないんですが、人を取り殺せるくらいに強くて、それなのに迷子になって人を頼るというのが可愛いですね！」

まるで愛らしい猫か犬の話でもするかのような高槻の口調に、教室の中に苦笑じみた笑いが広がる。随分間抜けな幽霊だなとは思うが、人を取り殺している時点で、それはもう可愛いなどとは言ってはいけない気がする。

「この話は道案内を頼む話ですが、乗り物を借りる話も多くあります。例話④は、江戸時代の怪談集『諸国百物語』に収められている『端井弥三郎《はしいやさぶろう》、幽霊を舟渡しせし事』。殺されて逆さまに埋められた女の幽霊が、川を渡れないから舟を出してくれと頼んでくる話です。この幽霊は埋められたときの体勢のまま、逆さまの状態で、頭で歩いてやってくるんです。そんな状態だから川を渡れない、つまり泳げないということなんでしょう。⑤は同じ『諸国百物語』の中の、『熊本主理《くまもとしゅり》が下女、きくが亡魂の事』です。この話には、責め殺された下女の幽霊が馬を借りるシーンがあります。幽霊が馬を下りて家の中に入っていった後、馬子がその家の者に駄賃を払えと言うところなんて、タクシーの怪談を思わせますね。他にも幾つか幽霊が乗り物に乗る例話を載せてありますので、時間があるときに読んでおいてください」

尚哉は、高槻が端折《はしょ》った資料の後半に目を向けた。

舟、馬、駕籠《かご》、人力車、自転車、車、電車と、その時代に沿った乗り物に乗る幽霊の話が載っている。タクシーが走るよりもずっと前から、街中で、山中で、あるいは田舎の道端で、幽霊達は乗り物を呼び止めては、平然と乗り込んできていたらしい。

だがそれは、ある意味当然のことなのかもしれない。

なぜなら、生きている自分達にとって身近なそれらの交通手段は、かつて生きていたことのある幽霊達にとっても、同じく身近なものだからだ。

「――しかし、こうした乗り物に乗る幽霊話のルーツを抜きにしても、現代の車というものは怪談との親和性がとても高いものだと思います」

黒板にチョークで車らしき絵を描きながら、高槻が言った。

天は高槻彰良という男に二物も三物も四物も与えたが、画才だけは与えなかったため、講義中に描かれる絵は大抵残念だ。今描いている絵も、車というよりはむしろアダムスキー型のUFOのように見える。

が、描いた本人としては自信満々なのか、高槻は胸を張って学生達の方を振り返り、

「車は移動のための手段です。家から職場へ、あるいは旅先へ、人は車を使って移動する。移動している最中というのは、状態としては不安定です。慣れ親しんだ自宅を離れ、違う所へ向かう。その最中には、どんな不測の事態が起こるかわからない。だから車にまつわる怪談の多くは、走行中の出来事として語られます。そして、もう一つ――車の怪談が生まれやすい理由には、その密閉性があると思います」

自分で描いた車の絵をぐるりと円で囲い、高槻は言った。

「まあ、オープンカーという例外はありますが、大抵の車は密閉された箱みたいなものです。外と中とが完全に壁で仕切られている。僕らは世界を捉えるときに『内』と『外』という意識を強く持つ、という話は前にも何度かしましたね。車の内側にいる運転手にとって、そこは自分の部屋と同じくプライベートな空間です。自分を中心とした、

外界とは隔絶された安全な場所。そこに外からやってくる相手は、その空間を侵すものであり、客にも脅威にもなりうる。民俗学で言うところの『異人』に近い存在です。例話①や②にあるように、タクシーが怪談の舞台となりやすいのも、十分うなずけるというものです。道端で手を挙げて車を停めた相手が生きている人間だという確証もないのに、それを客として迎え入れて車を走らせなければならないわけですからね」

今はどうかわからないが、かつて都内のタクシーは魔除《まよ》けのためにバックミラーのところに小さな人形をつけているものが多かったという話を本で読んだことがある。

別にそれらのタクシー運転手全員が、幽霊を信じていたわけではないだろう。それでも、念のため、と思う程度には、彼らは己が怪異に近い場所にいる自覚があったのだ。

「それを思うと、ちょっとタクシーの運転手という職業もやってみたくなりますよね。もし大学をクビになるようなことがあったら、僕は深夜帯専門のタクシー運転手になるのもいいかなとよく思います。勿論《もちろん》、幽霊がお客さんの場合は無料で乗せます！」

輝くような笑顔で言う高槻に、また教室内に笑いが起きた。尚哉のすぐ後ろの席に座った女子達が、「そんなイケメンタクシーあったら、絶対乗る！　ていうか指名して呼ぶ！」「私もー！　密閉された空間の中でイケメンと二人きりとか最高すぎる！」などと小声で盛り上がっている。どうやら幽霊より先に別の需要がありそうだ。

講義が終わり、尚哉は研究室棟に足を向けた。

昨夜、高槻から連絡が入ったのだ。また『隣のハナシ』に依頼がきたのだそうだ。世の中には、怪異に遭って困っているという人が意外とたくさんいるらしい。

研究室棟の三階に上がり、３０４というナンバープレートの下に小さく『文学部史学科民俗学考古学専攻　高槻彰良』と掲示された扉を、軽くノックする。

「どうぞ」

柔らかな声が扉越しに返るのを待って、尚哉は扉を開けた。

中央に置かれた大机でノートパソコンを広げていた高槻が、尚哉を見て微笑む。

「いらっしゃい、深町くん。コーヒーを入れるね」

高槻はそう言って立ち上がると、部屋の奥へと歩いていった。

突き当たりにある窓の前には、コーヒーメーカーと湯沸かしポットが置かれた小さなテーブルがある。その横には、マグカップが幾つも収められた小型の食器棚。

尚哉は鞄《かばん》から本を取り出すと、小テーブルの前にいる高槻に向かって言った。

「この前借りた本、返しますね。ありがとうございました」

「ああ、もう読み終わったんだ？　早いね」

高槻が、食器棚からマグカップを取り出しながら答える。

尚哉は本を本棚に戻し、

「あの、また別の本を借りて行ってもいいですか？」

「勿論！　どれでも好きな本を持って行っていいよ」

高槻の言葉にありがとうございますと返して、尚哉は本棚に並ぶ本を眺めた。古い和《わ》綴《と》じ本やぶ厚い研究書がある一方で、サブカル系のオカルト本や子供向けの怪談集もたくさん並んでいる。江戸時代の幽霊画集や妖怪画集も気になるところだ。

ほとんどの壁を本棚で埋め尽くされたこの部屋は、いつ来ても古本屋のような匂いがする。年月を経た本の、少し甘いような独特の匂い。尚哉はそっと本棚に鼻を寄せた。人によっては気になるのかもしれないが、尚哉は嫌いじゃない匂いだ。嗅《か》いでいると、なんとなく落ち着く。

「でも深町くん、一体どうしたの?」

「えっ?」

突然高槻にそう問われて、尚哉は慌てて本棚から顔を遠ざけた。もしや匂いを嗅いでいたのを見られたかと、ちょっと恥ずかしくなりながら高槻の方を窺《うかが》う。

が、高槻は別にこちらを見ていたわけではないらしい。ずっと背筋ののびた背中を尚哉に向け、コーヒーを入れながら、声だけ投げてくる。

「いや、前からちょいちょい本を借りていってはいたけど、近頃は二、三日に一回ペースで来るよね。どうしたのかなって思って。何か気になる研究テーマでもできた?」

「別に、そういうわけじゃないですけど……ここ、結構面白い本が多いんで、せっかくだから色々読んでみようかと」

「そう。でも、そういう興味は、大学という場所においてはとても大切だよ」

高槻が飲み物をトレーに載せて、こちらに戻ってきた。

本を選ぶのはまた後にすることにして、尚哉はパイプ椅子に腰を下ろした。

尚哉の前に犬の絵柄のマグカップを置きながら、高槻はなんだか嬉《うれ》しそうな顔で笑う。

「面白いと思うものがあるなら、とりあえず片っ端から調べたり読んだりしておくといい。『面白い』は、研究者にとって何よりの原動力だからね。そしてそれは、いずれ卒業論文を書くことになる学生にとっても同じことだ。——あっ、もしかして深町くん、僕の講義のおかげで民俗学に興味が出て、来年の専攻は民俗学にしようとか思い始めた？　やっと僕のゼミに入る気になったのかな⁉」

そう言った高槻が、ふいに身をかがめるようにして尚哉の顔を覗《のぞ》き込んだ。

きらきらとした焦げ茶色の瞳《ひとみ》が、高い鼻が、すぐ間近に迫る。

——がたり、と思いのほか大きな音が鼓膜を叩《たた》いた。

その音にはっとして、尚哉は高槻を見上げる。

高槻はびっくりした顔で、尚哉を見つめている。

両者の間にはおよそ一歩分の距離があいていた。尚哉が、椅子の脚が床を打つほどの勢いで反射的に後ろに下がったせいだ。

研究室の中に、嫌な沈黙が落ちた。

しまった、と思っても、今更もう遅かった。高槻はトレーを持って立ったまま、固まったように動かない。まばたきもせず見開かれたその瞳を見て、あらためて尚哉は自分の失敗を思い知る。まずい。すごくまずい。自分と高槻の間にあいた空間が、まるで落っこちたら二度と戻ってこられないクレバスのように思える。

「――だから、いちいち近いんですよ先生は」

今にも強張《こわば》りそうな舌を必死に動かし、なんとかいつもの調子で言葉を紡ぐ。

さりげなく、でも今度は音を立てないように気をつけながら、尚哉はそうっと椅子の位置を戻した。床の上に不可視のクレバスは存在せず、両者の間に開いた距離は物理的には一応縮まる。沈黙に耐えきれずに、尚哉はなおも言う。

「急に顔寄せてくるから、びっくりしたじゃないですか。もうちょっと日本人らしい距離感を身につけましょうって、いつも言ってるのに」

「あ……うん、ごめんなさい」

高槻がそう言って、小さくうつむいた。尚哉より随分と年上のくせに、そんなあからさまにしょげた顔をしないでほしい。

気まずい空気を打ち消したくて、尚哉はまた口を開く。

「でも、来年の専攻は……そうですね、民俗学にしようかなと思ってます」

「え、本当!?」

再び顔を上げた高槻の顔が、ぱあっと輝いた。

わかりやすい人だなと思いつつ、尚哉は言葉を続ける。

「でも、先生のゼミって、人気ありすぎて毎年抽選なんですよね？　入れるかどうかは、わからないですよね」

青和大《せいわ》にはもう一人、民俗学の教授がいるのだ。温和なお爺《じい》ちゃん、という雰囲気の小柄な男性で、高槻の研究内容に比べるとだいぶまっとうな民俗学を教えている。民俗学を専攻したとしても、抽選に外れればそちらのゼミになるはずだ。

しかし、高槻は実にあっさりとした口調で、こう言ってのけた。

「あ、それは平気。僕、真面目に学ぶ気のある学生は、あらかじめ別で選別するから」

「えっ、それってなんかずるくないですか？　公平な抽選じゃないんですか」

「それはまあ、そうなのかもしれないけど」

少し困った顔で笑いながら、高槻がいつものように尚哉の隣の椅子に腰を下ろす。

「でも僕のゼミって、確かに毎年人気なんだけど、半分くらいは僕の顔が目当てだし、さらにその半分くらいは遊びみたいな内容で卒論書けて簡単そうだからっていう理由で申し込んでくる子達なんだよ。それで本当に学びたい子達が抽選落ちしちゃうのは、あんまりでしょう。だから瑠衣子《るいこ》くんも唯《ゆい》くんも、院生として残ってる子達は全部、別枠で選んでゼミに入れたんだよね」

えこひいきのようにも聞こえるが、その学生がどういうタイプなのかを見て選別するというのは、確かに高槻の目と記憶力をもってすれば十分できてしまうことだ。

教室の中で学生達がどんな表情や態度で講義を受けているのか、高槻は全て見て記憶している。提出されたレポートが既存資料の引き写しかどうかも、すぐに判断がつくだろう。結構な倍率の抽選の中で、別枠を設けたくなる気持ちもわからなくはない。

「だから、深町くんが僕のゼミに入りたいと思うのなら、それは勿論歓迎するよ。だって君、僕の顔が目当てなわけでも、楽がしたいから入りたいわけでもないでしょう？」

「そうですね、顔は割とどうでもいいですね」

「そうはっきり言われると、ちょっと傷つく気もするねえ」

高槻が苦笑いして、自分の青いマグカップを口に運ぶ。たっぷり入ったココアに浮かぶマシュマロは、カボチャのお化けと魔女の帽子のイラストが描かれたハロウィン仕様だ。たぶん瑠衣子辺りが買ってきたものだろう。この研究室の院生には、可愛いマシュマロを見かけると高槻のために買ってくるという習性がある。

満足そうにココアを飲んでいる高槻を横目で見て、尚哉も自分のマグカップを持ち上げた。先程一瞬漂った気まずい空気が上手《うま》く消えてくれたことに内心ほっとしながら、カップに口をつける。

「それで、今回はどんな依頼なんですか？」

いつものように尚哉が尋ねると、高槻は自分のノートパソコンを引き寄せた。

「今回はね、うちの大学の学生からの依頼だよ。依頼というか——相談、かな。話を聞いてほしいって」

高槻が尚哉の方に画面を向ける。表示されているのは、『隣のハナシ』のメールフォームから送られてきた文章だ。

『高槻先生、こんにちは。『民俗学Ⅱ』を受講している文学部一年の倉本絵里奈《くらもとえりな》です。

いきなりメールしてすみません。

先生が前に講義で話していた『異世界に行く方法』って、本当なんでしょうか？

あれを試した友人が、その後いなくなってしまったんです。連絡も取れません。

友人も、うちの大学に通ってる学生です。どうすればいいのかわからなくて、他に相談できる人もいなくて、先生にメールしてしまいました。

どうか話を聞いてもらえないでしょうか？』

メールを読み終え、尚哉は首をかしげた。

「……何ですか？　この『異世界に行く方法』って」

「あ、そうか、去年の『民俗学Ⅱ』では話さなかったんだっけ。エレベーターを使うやつなんだけど、聞いたことない？」

「ないです。ていうか先生、本当に毎年話す内容変えてるんですね。他の講義は割と毎年同じ内容だっていいますけど」

「僕も別に講義の大筋は変えてないつもりなんだけどね。何のネタを扱うかは、結構そのときの気分で決めてるかも。――ああそうだ、今年の『現代民俗学講座Ⅰ』の初回講義が『きさらぎ駅』だったでしょう？　あれが異界に行っちゃう系だったから、なんとなくそれに合わせて、一年生向けの『民俗学Ⅱ』の初回は『異世界に行く方法』にした気がする。おかげで資料も一部使い回せたし」

「使い回しって。意外と手抜きしてるんですね」

「楽できるところはするよ、これでも結構忙しい身の上なものだから」

　高槻が軽く肩をすくめてみせる。

　だったら毎年同じ内容を繰り返せばもっと楽ができるのではないかと思うのだが、そこは気分で変えたいらしい。前に人魚目撃の噂が世間で広まったときには人魚ネタを講義にねじ込んできたりもしていたから、基本的には自分の話したいことを話しているのだろう。だから講義中の高槻は、いつもあんなに楽しそうなのかもしれない。

「じゃあ、まずは『異世界に行く方法』の説明からしようか。ネット上で広まってる都市伝説で、異世界に行くためのやり方を説明している話だよ。——まずは、エレベーターが設置されていて、十階建て以上の建物を一つご用意下さい」

「えっと、不動産を用意するのは無理なので、そういう建物を探せばいいですか？」

「うん。その建物のエレベーターに一人で乗ったらスタートだ。そのまま四階、二階、六階、二階、十階、五階の順に移動する。もし五階にたどり着く前に他の人がエレベーターに乗ってきてしまったなら、失敗したことになる。別に失敗による罰則はないけど、異世界には行けない」

　それはなかなか難しい条件なのではないかと尚哉は思う。もしやるとしたら、ほとんど人のいない建物を使うか、時間帯を余程選ばないと駄目だろう。

「五階まで一人でたどり着けたなら続行だ。五階に着くと、若い女性が乗ってくる。それを確認したら、一階のボタンを押す。するとエレベーターは、一階に下りるのではなく、十階に向かって昇っていく。もしそのまま十階に行くことができ、エレベーターの扉が開いたなら、そこには自分しか人間のいない世界が待っている」

「自分しか人間のいない世界……って、何ですかそれ」

「さあ、わからない。たどり着いた先がどんな場所なのかとか、エレベーターを降りたらどうなるのかとか、そういう具体的な説明は一切なしにこの話は終わるんだよ」

高槻はそう言って、にやりと笑う。

自分しか人間のいない世界、と言われても全く想像がつかない。というか、そもそも十階にたどり着いたとき、五階から乗ってきた若い女性も一緒にいるはずだ。その女性は何者なのだろうか。……自分しか人間がいないということは、その女性は人間ではないということなのか。

「ていうか、五階とか十階とか二階とか、やたらと面倒臭いんですけど。そもそも何でエレベーターなんですか？」

「次は何階へ移動、という形で複数のステップを踏むのは、これが一種の儀式だからだろうね。儀式には複雑な手順が必要なんだよ。エレベーターが異界に通じる話は、他にも結構ある。中でも僕が好きなのは、とある大学で三人連れの学生がエレベーターに乗って、『R』と書かれたボタンを見つける話かな」

「『R』って、普通にあるボタンじゃないですか？　屋上に行くやつですよね」

「うん。でも、その校舎の屋上に通じる階段はいつも封鎖されていて、行けないようになっているんだ。そのエレベーターに『R』のボタンがあることも、普段は意識していなかったらしい」

高槻がまたマグカップを口に運ぶ。甘い香りがふわりと尚哉の方まで漂ってくる。つられたように、尚哉も自分のカップにまた口をつける。

「『R』のボタンを押すとね、エレベーターはちゃんと屋上にたどり着くんだ。一人がエレベーターに残って『開』のボタンを押しながら待ち、残りの二人は屋上に出てみるんだけど、特に変わったところはない。でも、それからしばらくして、またそのエレベーターに乗ってみると、『R』のボタンが抜かれているんだよ。昔から大学で働いている用務員さんに訊《き》いても、『Rのボタンなんてずっと前からないよ』と言われてしまう。じゃあ自分達が行ったあの場所は何だったんだ、という話になるよね。というか、もしあのとき三人とも屋上に出て行ってしまって、誰もエレベーターに残っていなかったら、彼らはそこに取り残されたかもしれない。——この話では、たどり着いた屋上自体には何の異常もなかったように語られるんだけど、大抵『異界に行くエレベーター』という意味合いで語られる。存在しないはずのボタンを押して行き着いた場所だからだね」

それはなんだかじわじわとした不気味さが漂う話だ。

最初にRボタンを押して屋上にたどり着いたときには何の怖さもない分、あとから知らされる事実が、まるで時空の狭間《はざま》にでも落ちたかのように感じられて恐ろしいのだろう。よく出来た話だ。

マグカップをことりと机に置いて、高槻が言う。

「エレベーターにこういう怪談が多いのは、一度乗り込んでしまったら外の様子が確認できないからだろうね。再び扉が開くまでは、自分がどういう空間を移動しているのかすらわからない。閉じた扉の向こうはどうなっているのか、扉が開いた先に予想と違う眺めが広がっていたらどうすればいいのか、そんな不安が『異界に行くエレベーター』という考えに結びついたわけだ」

「なんとなく、さっきの講義で先生が言ってた、車の怪談に近いものも感じますけど。エレベーターって、つまりは移動する箱なわけじゃないですか」

尚哉が言うと、高槻は大きな焦げ茶色の瞳《ひとみ》に嬉《うれ》しそうな光を浮かべた。

「良いところに気づいたね。うん、エレベーターと車には、『移動する箱型の乗り物』という共通点がある。これについては、面白い話があってね。日本ではなくイギリスやアメリカのものなんだけど」

「面白い話?……ていうかそれ、怪談ですよね」

「うん、勿論《もちろん》」

当然のような顔でうなずいて、高槻はまた口を開いた。

「深夜に、ある人が葬儀用の馬車とか霊柩車《れいきゅうしゃ》に出くわすところから始まる話なんだけどね。車の中に棺《ひつぎ》はなくて、代わりに人がいっぱい座ってるんだ。馬車の場合は御者が、霊柩車の場合は運転手が、こちらを見て『もう一人、乗れます』と言う。気味が悪いから応《こた》えずにいると、やがて車は去っていく。次の日、その人は高層階から下りるエレベーターに乗ろうとするんだけど、随分と混んでいてね。乗ろうかどうしようか悩んでいたら、エレベーターの中から『もう一人、乗れます』と声がする。見ると、昨夜見た運転手がそこにいる。とっさに『いいえ、次のを待ちます』と返すと、エレベーターの扉が閉まる。でもその直後に、すさまじい勢いでエレベーターが落ちていく音と悲鳴が聞こえ、どーんと大きな音が響くんだ。エレベーターは墜落して、乗っていた人は全員死んでしまった。もし断らずに乗っていたらどうなっていたのか――っていう話」

「……エレベーターの怪談なのに、馬車が出てくるのがなんか意外ですね。時代が合わなくないですか？」

「そうでもないよ。イギリスでは今でも霊柩馬車というものが存在する。日本人には馴《な》染《じ》みがなくて想像しづらいかもしれないけど、まあその辺は文化の違いだね」

高槻が言う。日本では見ただけでそれとわかるような霊柩車も使われなくなってきているから、国によってその辺りの意識はだいぶ違うのかもしれない。

「でも、深町くんの言う通り、この話の興味深いところは、エレベーター事故の暗示として見るものが馬車や車というところだ。たぶんこの話に先行して、『深夜に幽霊がたくさん乗った馬車に出くわす』という話が存在していたんじゃないかな。それが、『複数人が同時に乗れる箱型の乗り物』という共通項をもとにエレベーターと結びついて、一捻《ひとひね》りされたんだ。――怪談というのは、いつの時代でも語られるものだよ。その時代に合わせた事物を上手《うま》く取り込んで、話というものは再生産されていく」

それはたぶん、タクシーの怪談が生まれる以前に、舟や馬や駕籠《かご》に乗る幽霊の話があったというのと同じだ。その時代の文化に合わせて、怪談に登場する事物は変化する。

そうすることで、聞き手にとってその怪談はよりリアルに感じられるからだ。

「怪談の中でも特に都市伝説に分類される話は、『本当にあったこと』という前提で語られる。つまりそこには、ある種のリアリティが必要とされる。そのリアリティを作り出すのが、車やエレベーターといったアイテムだよ。僕らが毎日見かけるし毎日使うそれらが、荒唐無稽《こうとうむけい》なはずの怪談にわずかながらリアリティを与える。そのリアリティが、ありふれた日常生活の中に不安を忍ばせるんだ」

不安は想像力を刺激する。

閉じたエレベーターの扉が再び開いたとき、そこに知らない世界が広がっていたらどうしよう。あるいは、乗り込もうとしたエレベーターの行き先がそのまま地獄だったら。

悪夢のような想像は、一度脳裏に浮かべば容易には消えない。

「怖い話を聞いたとき、皆思うんだよ。そんなことがあるわけがないって。でも、絶対にありえないとは言い切れない。だって、まことしやかに語られる怪談の全てが嘘だなんて誰にも証明できないんだからね。そして――ありえないとは言い切れないと思うからこそ、怪談に出てくるシチュエーションを自分でやってみたりもする」

開いたままのノートパソコンに、高槻が目を戻す。

つられたように尚哉も画面に目を向ける。

『異世界に行く方法』を試した友人がいなくなってしまった、というメールの文章を視線でなぞり、尋ねる。

「……この友人っていうのは、エレベーターで異世界に行く方法を試した後、そのまま戻ってこなかったっていうことなんでしょうか？」

高槻は軽く首をかしげてみせ、

「さあ、どうだろうね。具体的な状況については、話を聞いてみないとわからないけど。でも、確かなのは、その友人がいなくなってしまったっていうことだけだ。そして、このメールを送ってきた子は、たぶんそれをとても気に病んでいる」

机に頬杖《ほおづえ》をつくようにして尚哉の方に顔を向けると、高槻は言った。

「僕としては相談に乗ってあげたいなと思うんだけど。……どうかな、深町くんも付き合ってくれる？」

いいですよと尚哉がうなずくと、高槻は嬉しそうに笑って「ありがとう」と言った。

メールの送り主とは、明日《あした》の夕方にこの研究室で会うことになっているという。そこに尚哉も同席するということで、今回のバイトの話はまとまった。

「じゃあ俺、そろそろ帰りますね」

「うん。それじゃあ、また明日ね。深町くん」

鞄《かばん》を手に立ち上がった尚哉に、ばいばいと高槻が小さく手を振る。

——本を借りるのを忘れたことを思い出したのは、高槻の研究室を出て、少し廊下を進んでからのことだった。

研究室の方を振り返り、一瞬戻ろうかと考えて、どうせまた明日来るんだからいいかと思い直す。

再び研究室に背中を向けて歩き出しながら、尚哉はふと己の肩口に顔を寄せた。

くん、とにおいを嗅《か》いでみる。

やっぱり、特に気になるようなにおいはしないと思う。

しいて言うなら——コーヒーとココアと古書の匂いが混ざったような、そんな匂いがするかもしれない。


次の日。

メールを送ってきた一年生女子は、やや緊張した面持ちで高槻の研究室を訪れた。

「あの……メールした、倉本絵里奈です。今日は、どうもすみません」

そう言って、戸口のところに立ったまま、高槻に向かって頭を下げる。

ほっそりとした、お洒落《しゃれ》な感じの女子学生だった。ゆるくまとめた明るい色の髪も、垢抜《あかぬ》けた化粧や服装も、キャンパスの中でよく見かける流行《はや》りのスタイルだ。

高槻は、にっこりと笑って絵里奈を迎えた。

「いらっしゃい、倉本さん。適当に座って。こちらは、僕の助手をしてくれている二年生の深町くん。今日は一緒に話を聞いてくれるよ」

「あ、はい……よろしくお願いします」

こいつは一体何者だろうという目つきで尚哉を見ていた絵里奈が、助手だと言われてぺこりと小さく頭を下げる。尚哉も会釈を返す。

こういうとき、尚哉の立場は少し微妙だ。何しろ、高槻研究室所属のゼミ生でも院生でもない。学外の依頼人ならともかく、青和大の学生の目から見たら、なぜ二年ごときが助手などしているのだろうと奇妙に思われてもおかしくはない。

が、幸いなことに絵里奈は、その点については特に疑問に思わなかったらしい。ちょっとぎこちない動きで尚哉の向かいにある椅子に腰を下ろし、そのまま落ち着かない様子で視線を左右に動かしている。

そんな彼女に、高槻が声をかける。

「倉本さん。甘いものは好きかな？」

「え？　あ、はい……好き、です」

「そう、よかった。それじゃあ、飲み物はココアでいいかな？　今なら可愛いハロウィン仕様のマシュマロもつけるよ」

「え……あ、ありがとうございます」

絵里奈がぱちぱちとまばたきした。准教授の部屋を訪れて、まさかマシュマロ入りのココアを出されるとは思っていなかったのだろう。

ちなみに、この研究室で客用に使用されるマグカップは、全面にサイケデリックな絵柄の大仏が描かれたものと決まっている。

高槻がにこにこ笑顔で「どうぞ」と大仏マグカップを絵里奈の前に置くと、絵里奈はしばらくの間、ぽかんとした顔でカップを見つめていた。ココアに浮かぶマシュマロは、黒猫とお化けのイラスト付きだ。大変可愛らしいが、マグカップの絵柄が前衛的すぎてなんとも言いがたい雰囲気を醸し出している。

と、絵里奈が、突然笑い出した。

「あはっ、何ですかこのマグカップ……え、これ、先生の趣味ですか？」

「違うよ、前にゼミ生の一人が奈良に行ったお土産にくれたんだ。でも、いいでしょう？ ずっと見てると、悩み事がすーっと消えそうで」

「やだそれ、どんなご利益ですか？ ていうか先生も同じの飲むんですか!? 意外！」

「そう？ これ、好物なんだよね」

そう言って、尚哉の隣に座った高槻が自分のマグカップを持ち上げる。

絵里奈はすっかり緊張が解けた様子でマシュマロココアを一口飲み、「甘い！ でも、おいしいです！」と言ってまた笑う。

尚哉はそれを見ながら、客用のマグカップが大仏と決まっているのはこのためなのかと初めて気づいた。

別に他にマグカップがないわけではないのだ。食器棚には、普段使われていないマグカップが幾つもある。大仏に比べたらずっと普通のデザインのものが。

それでも高槻は、必ず大仏マグで客に飲み物を出す。

この研究室を訪れる者達は、大抵とても悩んでいたり、追い詰められていたりする。彼らの緊張を解くには、あれくらいふざけたデザインのものが必要なのかもしれない。

絵里奈がマグカップを机に置いたところで、高槻はあらためて絵里奈を見た。

「それじゃあ、話を聞かせてもらってもいいかな。『異世界に行く方法』を試した友人がいなくなってしまったっていうことだったよね」

「あ……はい」

絵里奈はまた少し顔を強張《こわば》らせた。

どう切り出すか悩んでいる様子でしばらく沈黙した後、意を決したように口を開き、

「……あの、高槻先生」

どこかすがるような視線を高槻に向けながら、絵里奈は言った。

「高槻先生はいつも、解説編の講義を始める前に、『君は前回出てなかったよね』っていうのやるじゃないですか。『前回の配布資料が必要なら渡すよ』って。あれ、教室にいる学生の顔を毎回全部覚えてるってことですよね」

高槻の講義の進め方だ。一年のときに、尚哉も体験している。

『民俗学Ⅱ』の講義は、基本的に二回で一セットになっている。一回目の講義が《紹介

編》で、二回目の講義が《解説編》。だから一回目の講義に出ていないと、二回目の講義の内容がよく理解できなくなる。そのため高槻は、一回目の講義に出ていなかった学生を個別に指摘して、二回目の講義の冒頭で前回の配布資料を再配布するということをするのだ。最初の頃は、指摘された学生はかなりぎょっとした顔をしていたものだ。

「そしたら覚えてないですか。湊《みなと》くんのこと」

「湊くん？　それがいなくなってしまった友人なのかな」

「はい。湊智也《ともや》くん……法学部の一年です。彼、初回講義だけ、先生の講義に出てて」

高槻の『民俗学Ⅱ』は、一般教養科目だ。所属学部以外の講義でも単位になるため、文学部以外の学生も結構聴きに来ていたりする。

「講義要綱読んで、様子見で聴きに来たらしくて。でも結局、自分の学部の講義だけで必要単位分満たせるからいいやってことになって、受講申請はしなかったんです。だから湊くんが講義に出てたのはその一回限りなんですけど――でも、高槻先生だったら、もしかしたら彼のこと覚えてるんじゃないかなって思って」

「う―ん、いくら僕でも、名前だけ言われてもわからないなあ」

高槻が軽く苦笑する。それはまあそうだろう。別に名札をつけているわけでもないのだから、「湊くん」と言われたところでわかるわけがない。

が、絵里奈はあからさまに落胆した様子だった。可哀想になって、尚哉は横から提案してみる。

「倉本さん。湊くんの写真ある？　あるなら先生に見せて。そしたら絶対わかるから」

「あ……そっか、写真！　あります、あるはずです、ちょっと待ってください」

絵里奈が鞄《かばん》からスマホを取り出し、操作し始めた。

目当ての写真を見つけて一度こちらにスマホを差し出しかけ、でも途中で何かに気づいた様子で、またスマホの画面を操作する。どうやら写真を拡大しているらしい。

それから絵里奈は、あらためてスマホを高槻に差し出した。

「これが湊くんです」

高槻がスマホを受け取る。尚哉も横から覗《のぞ》き込んだ。

紺色のスーツを着た、優しげな顔立ちの男子学生が写っていた。彼を中心に写真が拡大されているので背景はわかりづらいが、たぶん青和大の校門前で撮ったものだろう。眩《まぶ》しかったのか、ちょっと目を眇《すが》めるようにしながら、こちらを見てはにかむように笑っている。背は高そうだが、どちらかというとひょろりとした感じの体形で、ワイシャツからのびた首は折れそうに細く長い。

スマホから目を上げ、高槻が言う。

「ああ、彼なら覚えてるよ。後ろから三列目の右端の席に、一人で座ってた」

宙を見つめるようなその目つきは、高槻が記憶を巻き戻しているときのものだ。

「『異世界に行く方法』は初回講義で話した内容だった。湊くんは、それを覚えていてくれてたっていうわけだ。嬉《うれ》しいね」

にこりと笑って、高槻は絵里奈にスマホを返した。

「湊くんは、いついなくなってしまったの？　彼が『異世界に行く方法』を試したのは、いつなのかな」

高槻が尋ねると、絵里奈は、湊の写真が表示されたままのスマホを握りしめるようにしながら答えた。

「先週の、金曜日です」

「倉本さんがそれを知ってるのはどうして？　湊くんから聞いたのかな」

「いえ……そのとき、私も一緒にいたからです。私、彼とサークルが同じで、それで」

絵里奈が言う。

——その日はサークルの飲み会だった。

絵里奈と湊は、映画サークルに入っているのだという。映画系のサークルは青和大に幾つもあって、定期的に自主制作映画を作って上映会を開催しているサークルもあれば、映画は観るのが専門という単なる映画好きの集まりもある。絵里奈と湊が所属しているのは、後者らしい。

その日は、公開されたばかりの単館系映画を新宿東口《しんじゅく》で観て、そのまま居酒屋になだれ込んで皆で感想を言い合う、という流れだった。二時間飲み放題の末に店を出て、大多数の部員はそのまま二次会のカラオケに行き、残りはそのまま解散となった。

絵里奈と湊、それから一年生の平谷《ひらたに》という女子学生が解散組だった。

「でも、ひーちゃん……えっと、平谷さんのこと、そう呼んでるんですけど、ひーちゃんがちょっと酔っ払ってて、酔い覚ましに歩きたいって言い出して。それで三人で、少しその辺をぶらぶらしたんです。花園《はなぞの》神社の境内でしばらく休んだ後、じゃあそろそろ帰ろうかって言ったんですけど、ひーちゃん、『まだ帰りたくない』って駄々こね始めて。だけど、酔っ払った女の子を新宿の飲み屋街の近くに置いて帰るわけにもいかないじゃないですか。どうしようかなあって思ってたら、湊くんが言ったんです」

――じゃあさ、ちょっと遊んでから帰ろうよ。

何の遊び、と平谷が尋ねると、湊は「異世界に行けるかどうか試すんだよ」と笑って言った。酔っ払っていた平谷は、それは面白そうだと簡単に話に乗った。今すぐやろうと騒ぐ平谷に、しかし湊はここじゃできないと首を振った。

――この儀式には、エレベーターが必要なんだ。

「私、湊くんがひーちゃんの気を紛らわせるためにそんなことを言い出したんだと思って、『いいじゃない、やろうよ』って言ったんです。それで、三人でちょうどいいビルを探しに行くことになって」

もう夜も遅い時間で、閉まっているビルも多かった。飲み屋が入っているビルを物色したが、階数が足りなかったり、人の出入りが多すぎたり、風俗店ばかりが入っていたりと、なかなか良さそうなものが見つからなかった。

だが、そのうち湊が「これがいいと思う」と言って、とあるビルを指差した。

大通りから少し奥まったところにある、十階建ての小さな古い雑居ビルだった。

あまり広くないビルの入口から奥を覗くと、廊下の先にエレベーターが一基あるのが見えた。しばらく見ていてもエレベーターが動く気配はなく、これなら邪魔されずに儀式ができそうだと絵里奈も思った。

平谷は高槻の講義を受けておらず、絵里奈もやり方についてはうろ覚えだった。でも、スマホでちょっと検索すれば、やり方はすぐに調べられた。

やる順番はじゃんけんで決めた。

最初が絵里奈、次が平谷、湊は最後だった。

「ああいうのって、いざやってみると、結構ドキドキしますね。でも、儀式通りだったら、五階で若い女性が乗ってくるはずじゃないですか。誰も乗ってこなかったんです。だから私、そのまま一階に下りて、ひーちゃんと交代しました」

平谷は、「異世界に行ってきまーす」と調子よく笑ってエレベーターの扉を閉じた。けれど、すぐに「駄目だったー」と残念そうな顔で降りてきた。

「次は湊くんの番でした。行ってくるね、って湊くんは私達に手を振って、エレベーターに乗って……そしたら、五階の後、エレベーターは一階に下りるんじゃなくて、上の階に向かって上がっていったんです。私もひーちゃんも、すごくびっくりして」

絵里奈と平谷が見守る中、湊が乗ったエレベーターは十階に到達した。

絵里奈は思わずスマホに目を向け、先程検索した『異世界に行く方法』を確認した。

五階の後、エレベーターが十階にたどり着いたら、そこはもう異世界のはずだ。

「勿論《もちろん》、私もひーちゃんも、湊くんの冗談だと思いましたよ。きっと、わざと十階まで上がったんだろうなって。……でも」

しばらく待っても、エレベーターは一向に下りてこなかった。

そのうち平谷がそわそわしながら、まさか湊は本当に異世界に行ってしまったのではないかと言い出した。絵里奈も少し心配になってきて、湊に電話してみることにした。

だが、呼び出し音が鳴るばかりで、何度かけ直しても、電話はつながらなかった。

不安になった絵里奈は、思わずエレベーターのボタンを押した。

その途端、平谷が悲鳴のような声で「駄目だよ！」と叫んだ。

「ひーちゃん、『湊くんがもし十階でエレベーターを降りてたらどうするの』って。『湊くん、異世界から帰ってこられなくなっちゃうじゃない』って……泣きそうな顔でそんなこと言われたら、思わずこっちもそれを信じちゃうじゃないですか。もしかしたら取り返しのつかないことをしちゃったのかもって、怖くなって」

絵里奈と平谷は身を寄せ合うようにして、一階に向かって下りてくる階数表示のランプを見守った。

やがて、ちん、という小さな音が響き、エレベーターは一階に到着した。

エレベーターの扉が開き――その中に、湊の姿はなかった。

だが、その直後。

いきなり後ろから、誰かが「わっ」と言いながら絵里奈と平谷の肩を叩《たた》いた。

絵里奈も平谷も、悲鳴を上げて跳び上がるほどびっくりしたという。

「それで振り返ったら——そこに、湊くんがいたんです」

「え？　湊くん、戻ってきたんだ？　どうやって？」

思わず尚哉が尋ねると、絵里奈は尚哉の方を向いて、小さく肩をすくめてみせた。

「建物の外に、非常階段があったんです」

「え」

「本当、『え』って感じなんですけど。湊くん、十階からその階段を使って下りてきたって言って、『びっくりした？』なんて笑ってて……それで私達、からかわれたんだって気づいたんです。ちょっと腹も立ったけど、湊くんが無事に戻ってきたことにすごくほっとして。それで今度こそお開きってことになりました」

「ちょっと待って。それじゃ、湊くんは、『異世界に行く方法』を試したときにいなくなったわけじゃないんだね？」

今度は高槻が絵里奈に尋ねる。

絵里奈は一度口を閉じ、少し目を伏せて言った。

「はい。このときは湊くん、ちゃんと戻ってきました。……だけど、その次の日にはもう、連絡が取れなくなってて。今思うと、戻ってきたときの湊くんは、笑ってはいたけど、なんだか顔が青かった気がするんです。きっと何かあったんです、あのとき」

絵里奈が湊に連絡を入れたのは、翌日の午前中だった。

別に何か用があったわけではなかったが、「昨日の飲み会楽しかったね」というのと、「やっぱ昨夜のエレベーターのアレは悪趣味すぎ」という文句の両方を伝えておこうと思って、LINEを打った。

だが、夜になっても、そのメッセージに既読がつくことはなかった。

「そのとき、湊くんに電話をかけてみたりはしなかったの？」

高槻の問いに、絵里奈は無言で小さく首を横に振ってみせた。

高槻が首をかしげる。

「どうして？　LINEよりも電話の方が、はっきりと相手の状況を確認できるのに」

「……だって、わざとLINE無視してるのかもしれないし……それに」

「それに？」

「……こ、怖かったんですもん」

絵里奈は震える声でそう言って、またスマホをきつく握りしめた。

高槻が少し目を細め、優しい声で尋ねる。

「倉本さんは、何がそんなに怖かったの？」

「だってそのとき、なんだかすごく嫌な予感がしたんです」

「予感？」

「なんか、こう……うまく言えないんですけど、糸電話の糸が切れたみたいな感じ」

絵里奈が手の中のスマホに視線を落とす。

その中には、湊に送ったメッセージがまだ保存されているのだろう。未読のまま放置されたメッセージ。湊には届かなかった言葉。

「それまでつながってたものが、急にぶつっと切れて、もう二度と相手につながらなくなったみたいな……湊くんが私の知らないどこか遠くに行っちゃったような、そんな気がして。それこそ異世界とか、そのくらい遠くに……電話して、湊くんが出なかったら、それが確定しちゃう気がしたんです。私、それが嫌で。電話するの怖くて」

自分でもまだ感情の整理ができていないのだろう。まとまらない言葉を無理矢理舌に乗せるような喋《しゃべ》り方で、訥々《とつとつ》と絵里奈は話す。

つまり絵里奈は、確認するのが怖かったのだ。湊の不在を。

だからわざと、わからないまま放置した。

――わからないものは怖い、というのは、高槻の口癖だ。

でも、予想される事態が最悪のものでしかなかった場合、確認してその予想が現実になるのを見るのもまた、恐ろしいことなのだろう。

「そうか、そういう考え方もあるんだね。ごめん、僕はちょっと人の気持ちに疎いところがあるものだから。だけど――倉本さんは結局、湊くんがいなくなったことを確認したんだよね？　それはいつだったのかな」

高槻が言う。

そう、放置して先延ばしにしたところで、現実は変わらないのだ。

絵里奈はうつむき、小さな声で、火曜日です、と答えた。

「……サークルに、湊くんと同じ学部で語学クラスも同じ男子がいるんです。火曜の二限が語学だって聞いてたから、昼休みに部室で彼と顔を合わせたときに、湊くんがいたか訊《き》いてみたんです。そしたら、いなかったって。他の講義でも見てないって。……それを聞いて私、もしかして湊くんは飲み会の後に具合が悪くなって倒れたんじゃないかって思って……電話を、したんです」

最悪の予想を確定したくなくて放置した現実は、しかしさらに最悪なうえに緊急性を要する予想のために、確認不可避となった。

でも、結果は。

「……湊くんは、電話に出ませんでした」

さらにうなだれながら、絵里奈は言った。

高槻がまた尋ねる。

「それで、その後はどうしたの?」

「サークル名簿に湊くんのアパートの住所が載ってたので、行ってみました。インターホン押しても返事がなくて、ノックしても駄目で。そうやって私が騒いでたもんだから、隣の部屋の人が何事かって顔で出てきたんです。湊くんのこと訊いてみたら、昨日も一昨日《おととい》も見てないって。その前は覚えてないって。事情を話したら、その人が大家さんに連絡してくれて、湊くんの部屋の鍵《かぎ》を開けてもらえたんですけど……でも」

「湊くんは、いなかった？」

「はい」

　こくりと、絵里奈がうなずく。

「部屋の中の様子はどうだったの？」

「ちょっとちらかってるくらいで、そんなにおかしなところはなかったと思います」

「警察には届けた？　湊くんのご両親に連絡したりとかは？」

「……いえ」

　絵里奈は首を横に振り、それから急に机に身を乗り出すようにして、

「高槻先生。やっぱりこういうのって、警察に届けるべきなんですか？　湊くんの実家に連絡しようかなっていうのはちょっと思ったんです。でも、湊くんに何があったのかもよくわからないし、実は何でもなかったのにご両親に心配だけかけることになったらって思ったら、それもできなくて――あの、今からでも、した方がいいですか？」

「うーん、そうだねえ……」

　高槻は、何か考えるように目を伏せた。

　尚哉はあらためて、絵里奈を見つめた。

　絵里奈はまだ机に身を乗り出すようにしたまま、すがりつくような目をして、高槻の次の言葉を待っている。

ああこの子は本当にその湊という男子学生のことが心配なんだな、と尚哉は思う。

湊との関係は、サークルが同じ、としか聞いていない。

でも絵里奈は、湊とかなり親しかったのではないだろうか。

恋人同士だったわけではないのだと思う。さっき絵里奈が湊のことを「友人」と言ったとき、その声は歪《ゆが》まなかった。それでも、湊がいなくなったことでここまで必死になるくらいだ。大事な友人だったのだろう。

それから尚哉は、高槻に目を向けた。

高槻はまだ何か考えている。焦げ茶色の瞳《ひとみ》を伏せたまま、少しうつむくようにして。

ややあって、高槻が顔を上げた。

にこっと、場違いなほどに明るく笑って、絵里奈に向かって言う。

「――うん、やっぱり一度、そのビルに行ってみた方がいいね！　倉本さん、この後、時間ある？」

え、という声が、絵里奈の口から漏れた。

「えっ？　またあのビルに行くんですか？　どうして？」

「どうしてって、倉本さんは、そのビルで『異世界に行く方法』を試したから、湊くんがいなくなったと思ってるんでしょう？」

「でも、今更行ったって、湊くんはそこにいるわけじゃ……」

「そんなのは、行ってみないとわからないじゃない？　それに、警察に届けるにしたって、『異世界に行っちゃったかもしれません』とは言えないからねえ。まずは湊くんが本当に異世界に行ってしまったかもしれない可能性の方を検証してから、現実的な対処に移った方がいいと思う。何より僕は、そのビルに行ってみたい！」

目を輝かせて言う高槻に、絵里奈は「……はあ、わかりました」とやや力ない返事を返した。その声にも顔にも、この先生に相談して正解だったんだろうかという気持ちがにじみ出ている感じがして、尚哉はなんとなく申し訳ない気持ちになる。

ぱっと見はすごくきちんとしているように見えるし、ご立派な肩書を持ってもいるが、高槻彰良という人は、こういう人物なのだ。怪異の可能性を示唆されたら、とりあえず確かめに行かずにはいられない。……困った人なのだ。


湊が『異世界に行く方法』を試したときに一緒にいた平谷からも話を聞きたい、と高槻が言うと、絵里奈はすぐに平谷に連絡を取った。

平谷は夜にバイトがあるのだそうで、最初来るのを渋っているようだったが、絵里奈がどうしてもと頼み込むと、来てくれた。

校門前で待ち合わせして合流した平谷は、小柄でぽっちゃりとした女子だった。肩までの髪にゆるくパーマをかけ、大きなトートバッグを肩に掛けている。絵里奈を見ると、少し面倒臭そうな顔をしながら、小さな手をひらりと振った。バイトの前に呼び出されたのがやはり迷惑だったのだろう。

が、次の瞬間、平谷の表情が変わった。

絵里奈の横にいる高槻に気づいたのだ。

まるで漫画のように目も口も大きく開いて見つめてくる平谷に、高槻が紳士的な笑みを浮かべて言った。

「こんにちは。文学部准教授の高槻です。バイトがあるのに急に呼び出してごめんね」

「……いっ、いいえっ、全然大丈夫です！　私、経済学部一年の平谷美奈実《みなみ》です！　よろしくお願いします！」

平谷が顔を真っ赤にして、がばりと頭を下げる。

それから平谷は絵里奈の腕をぐいぐいと引っ張り、

「ちょっとえりなちゃんっ、この人、本当に先生⁉　何、何なの、文学部ってこんなイケメンな先生いるの⁉　超羨《うらや》ましいんですけどー！」

「ひーちゃんひーちゃん、本人の目の前だから。気持ちはわかるけど、落ち着いて」

絵里奈が苦笑しながら平谷に言った。

青和大の名物准教授の一人に数えられることも多い高槻だが、違う学部の学生には意外と知られていないこともある。以前、他学部の学生も交えて百物語をやったときにも、似たような反応があった。

まあ、尚哉だって、他所《よそ》の学部の教授や准教授なんて顔も名前もわからない。大学という場所はあまりに人が多すぎて、自分の身の回りにいる人間以外は全て「その他大勢」として認識する以外ないのだと思う。

新宿に向かう電車の中で、高槻は平谷に尋ねた。

「平谷さんは、湊くんとは親しかったのかな？」

「えー、それほどでもないです。たぶん、ちゃんと話したのって、あの飲み会の日が初めてだったかも」

「え、そうなの？　同じサークルなのに？」

「だって湊くん、あんまりサークルに来てなかったし」

平谷が言う。

それを聞いて尚哉は、あれ、と思った。

ちらと絵里奈の方に目をやる。

絵里奈は高槻と平谷の会話に参加する様子もなく、窓の方を向いていた。かすかな焦りのようなものが漂うその横顔を、尚哉は怪訝《けげん》な気持ちで見つめる。

高槻がまた平谷に尋ねる。

「それじゃあ、湊くんがどんな人なのかは、平谷さんはよく知らない？」

「んー、そうですねー、テーブル違ってたんで飲み会の最中は喋《しゃべ》ってないんですけど、なんかすごくはしゃいでる声が聞こえてたから、湊くんって楽しそうな人だなあとは思ってましたよー？　あ、でも、飲み会の後、その辺ぶらぶらしてたときは、あんまり喋らなくて。何か急におとなしい感じになってましたねー」

「悪酔いして気分が悪かったのかな？」

「そんな感じでもなかったですよー？　たぶん飲み会の間は、お酒飲んでたからテンション高かったんじゃないですか？　酔いが醒《さ》めるの早い人って、羨ましいんですよねー。私は駄目です、しばらくふわふわふわしちゃってー」

酔っていなくてもなんとなくふわふわした口調で喋りながら、平谷が笑う。

高槻もそれに合わせるように笑って、

「そうだねえ、お酒を飲んだときって、結構個人差があるからね。でも、そもそも一年生は、まだ法律的にはお酒を飲んじゃいけない人が多いはずなんだけどね？」

平谷があっという顔をして、片手で口元を押さえた。高槻が教員であることを一瞬忘れていたらしい。

大学に入ると、新入生歓迎コンパやら合コンやら単に飲み会やらとアルコールを摂取する機会が次々と押し寄せてくるものだが、一応日本では二十歳になるまで飲酒は禁止ということになっている。大学側の対応としては、注意喚起はしつつもある程度は黙認という形のようだ。

「まあ、その件については今は不問ということにしておくけど、気をつけないと駄目だよ？——『異世界に行く方法』を試したときは、湊くんはどんな感じだったのかな」

「別に普通だったと思いますけど。……ていうか、あのエレベーターのやつって、そんなガチなやつだったんですか？　もしかして、私とえりなちゃんもヤバいですか？」

「平谷さんと倉本さんは大丈夫だと思うよ。だって二人がやったときには、儀式は失敗してるわけだしね」

高槻の言葉に、平谷はほっと胸をなで下ろした。

「そっかー、よかったー。なんか大学の先生が調べてるってなると、本当にヤバいのかなって思っちゃって。あれ、でも、それじゃ湊くんは本当にヤバい感じ？」

「それがわからないから、とりあえずできる限りのことは調べてみようと思ってね」

高槻はそう言って、にこりと笑った。

新宿駅に着き、東口からアルタ前の広場に出てみると、空はもうすっかり暗くなっていた。秋のこの時期、日没は日増しに早まる一方だ。冬に向けて、昼はどんどん短くなり、夜はその支配力を増していく。

とはいえ、駅前は人も明かりも多く、そしてとても賑《にぎ》やかだ。金曜の夜ということもあって、余計に人出は多い。電気屋の店頭から流れてくる音楽や行き交う人々の声がうるさくて、尚哉は軽く耳を押さえた。

「深町くん、大丈夫？　目的地に着くまでイヤホンつけててもいいよ」

振り返った高槻にそう言われて、尚哉はその言葉に甘えることにした。イヤホンを取り出し、両耳に押し込む。ここで体調が悪くなったりしたら、助手ではなくただのお荷物になってしまう。

雑踏の中を縫うようにして、絵里奈の案内で三丁目の方角へ歩き出した。

ハロウィンが近いせいか、すれ違う通行人や客引きの中には奇天烈《きてれつ》な格好の者達が交ざり込んでいた。ゾンビメイクを施した集団が向こうから歩いてくる。口と目尻《めじり》から血を流した女がこちらを見てにやっと笑う。スパイダーマンとスーパーマリオが肩を組んで歩き、カボチャの被《かぶ》り物をした男が安くするからうちの店で飲めと誘ってくる。

街灯と店の照明がまだらに照らし出す安っぽいコスプレは、イヤホンで半分以上音を遮断しているせいもあってか、奇妙なほどに非現実感が強かった。普段なら特に何も思わないはずの夜の雑踏が、まるで異界の眺めだ。前を進む高槻達の背中を見失わないように気をつけながら、尚哉はふと気になって、周りの空気を嗅《か》いだ。たった今すれ違った女がつけていたきつめの香水の匂いしかしない。いくらお化けの格好をしたところで、所詮《しょせん》それは仮装なのだ。ここに異界の口は開いていない。

やがて絵里奈は、大通りから離れて路地へと踏み込んでいった。途端に周囲から人が減り、尚哉はイヤホンをはずして小さく息を吐いた。

駅前の賑やかさを思うと随分物寂しい感じのする路地の奥に、件《くだん》の雑居ビルはあった。

「あれです。あれが——『異世界に行く方法』を試した場所です」

絵里奈が言う。

煤《すす》けたような灰色の、細くて古いビルだった。さして広くもない十字路に面して建っていて、左隣にはさらに古そうなビルがある。建物の壁面にへばりつくようにして出ている看板によると、一階と二階にはクリニック、三階には脱毛サロン、五階には名前を見る限り輸入関係らしき会社が入っており、七階と十階にはバーが入っているようだ。その他の階がどうなっているのかは、よくわからない。

辺りに人通りはなく、ビルの入口から覗《のぞ》いても特に誰の姿も見当たらなかった。守衛室のようなものもない。これなら勝手に入り込んでも咎《とが》められることはないだろう。

「それじゃ、まずは『異世界に行く方法』を試してみようか！」

高槻が溌溂《はつらつ》とした口調でそう言って、入口奥にあるエレベーターに向かった。

「え、高槻先生もやるんですか⁉ や、やめましょうよ、そんなの！」

「そうですよ先生、やめた方がいいですってー。湊くんみたいにいなくなっちゃったらどうするんですかー」

絵里奈と平谷が口々に高槻を止めようとする。

が、高槻がそれで止まるわけもなく、

「だって、せっかく『異世界に行く方法』が成功したかもしれないビルに来たんだよ？ 大丈夫、僕は普段から怪異に遭いたくてたまらない人間だから、異世界に行けるなら本望だよ！ もし無事に異世界に行けたら、湊くんを捜して連れ帰ってくるからね！」

ぐっと拳《こぶし》を握りしめ、高槻はそう力説した。絵里奈と平谷が顔を見合わせ、駄目だこの先生という顔をする。

「それじゃあ、まずは僕がやってみるから、その後は深町くんだよ！」

いきなり言われて、尚哉は思わずえっと声を上げた。

「俺もやるんですか⁉」

「勿論《もちろん》だよ。深町くん、何のために一緒に来たと思ってるんだい？」

当然のことのように言われてしまった。まあ、確かにこの状況下で、嘘を聞き分ける耳はあまり必要ないのかもしれないが。

それでも往生際悪く尚哉は言う。

「一人ずつ試すんですよね？　俺、やり方覚えてないですけど」

「ああ、それならさっきメールしておいたから大丈夫」

いつの間に、と思いつつスマホを確認してみると、確かにメールがきている。メールに貼られたリンクを押してみると、『隣のハナシ』の該当ページにつながった。エレベーターのボタンを押す順番が丁寧に書かれている。

「じゃあ、行ってくるね！」

高槻が早速エレベーターに乗り込んだ。ばいばい、と手を振る高槻の笑顔が閉まる扉の向こうに消え、エレベーターが動き出す。

残された三人は、なんとなく無言でエレベーターを見つめた。

扉の上部にずらりと並んだ階数表示の数字が、エレベーターが上昇するのに合わせて、二、三、四と順に点灯しては消えていく。

四で少しばかり留《とど》まった後、今度は三、二、と下降する。尚哉は手元のスマホに視線を落とし、『異世界に行く方法』のやり方を確認する。二階の次は六階だ。再び目を上げれば、エレベーターは六の数字を目指して上昇を始めている。

順調に各階を行き来していたエレベーターが突然その動きを停めたのは、五階に到達したときだった。

それまでは数秒すれば次の行き先目指して動き出していたはずなのに、なぜか五のランプが点灯したまま、いつまでも動かない。

「え？　え？　どういうこと？　何かあったの？」

平谷が慌て始める。

手順通りなら、五階に到達した後は、そこで若い女が乗ってくるのを確認して、一階のボタンを押すことになっている。それでエレベーターがそのまま一階に下りようと、十階に上がろうと、どちらにせよ五階からは動くことになるはずだ。

絵里奈が不安そうな目を尚哉に向けてきた。

「深町さん、あの、これって……」

「……いや、普通に、五階で誰か乗ってきたとかそういう話じゃないかな？」

そう答えながらも、尚哉は階数表示から目を離せない。エレベーターは相変わらず、五のところでぴたりと停まったまま動く気配がなかった。

「え、誰か乗ってきたって、若い女？　確か五階で若い女が乗ってきたら、それって成功の合図ですよね？　一階のボタン押しても十階に上がってって、異世界にたどり着くんですよね？」

平谷が言う。

「いや別に、誰か乗ってきたんじゃないかっていうのは、単なる想像で言ったことで」

「じゃあ高槻先生、何で下りてこないんですか？」

そんなことを尚哉に訊《き》かれても困る。

いっそ高槻に電話してみようかと思ったときだった。

突然、エレベーターの階数表示が五から四に変わった。

そのままエレベーターは一階まで停まることなく下りてくる。

ちん、という小さな音が響き――扉が開いた。

中にはあからさまながっかり顔をした高槻がいて、尚哉達を見るなり、エレベーターから降りてきた。

「やっぱり駄目だった。五階に着いても、誰も乗ってこなかったよ。残念だなあ」

「せ、先生、五階でしばらく何してたんです？」

尚哉は思わず尋ねる。

高槻は、ああという顔をして、

「ちょっと電話してた」

「……は？」

「五階に着く直前くらいに、瑠衣子くんから電話がかかってきてね。もしかしたら若い女性が乗ってくるかもしれないからついでに少し待とうと思って、開くボタン押してエレベーター停めたまま、話してたんだ。通話が終わっても誰も乗ってこなかったから、諦《あきら》めて一階に戻ってきたんだけど。……あれ？　ごめん、まさか心配した？」

「別に心配はしてませんけど！　ていうか、そのせいで失敗したんじゃないですか？」

「え、やっぱりそうかなあ。じゃあ、やり直していい？」

「やめてください、平谷さんのバイトの時間が迫ってるんで！」

回れ右して再びエレベーターに乗り込もうとする高槻を、慌てて捕まえる。

高槻は残念そうにエレベーターを振り返り、また尚哉の方に向き直ると、

「それじゃ、今度は深町くんの番だね！」

「……俺、別にやらなくてもよくないですか？」

「駄目だよ、実行例は多い方がいいんだから」

高槻にエレベーターの中に押し込まれ、「いってらっしゃーい」と手を振られる。

仕方なく尚哉は、エレベーターのボタンを押した。まずは四階だ。

扉が閉まり、エレベーターが動き出す。わずかな浮遊感が足元から伝わってくる。上昇速度はあまり速くなさそうだ。扉の上部に、外にあったのと同じような階数表示があって、二、三、とエレベーターの上昇に合わせてランプが点灯していく。

エレベーターの中は狭かった。扉の左上に貼られたプレートには定員数六名と記されているが、そんなの絶対嘘だと思う。この狭さでは、二人も乗ったらもう一杯ではないだろうか。なんだか毛羽立った感じのするグレーの布が張られた壁は、古いからか、あ

るいは施工会社が手抜きでもしたのか、内張りの継ぎ目が一部めくれあがっていた。

やがて、ちん、という音が響き、四階に着いた。

ゆっくりと扉が開く。

扉の向こうは真っ暗だった。

一瞬ぎょっとしたが、どうやら空きフロアのようだ。エレベーターの中の照明が、一つも電灯が点《つ》いていないフロアをごく狭い範囲で照らし出す。狭苦しいエレベーターホール。床に張られたブルーシートは、前にあった店が引っ越した際の養生の跡なのか、あるいはこれから新しく入ってくる店舗のための準備だろうか。

真っ暗なフロアを覗き込んでいるのもそれはそれで怖いような気がして、尚哉は階数ボタンに手をのばした。四階の次は二階だ。扉が閉まり、またゆっくりとエレベーターが動き出す。

二階に着き、エレベーターの扉が開くと、少し先にクリニックの看板と大きなガラスの扉が見えた。もう診察時間は終わっているようで、ガラス扉の向こうにはロールスクリーンが下り、『ＣＬＯＳＥＤ』と書かれた札が下がっている。

スマホで手順を確認しながら、尚哉は今度は六階のボタンを押す。

六階は何かの事務所が入っているようだった。古びて薄暗い蛍光灯が照らす廊下の先に、よく見えないが事務所名らしき表札のついた扉がある。尚哉はまた二階のボタンを押す。二階に着いたら次は十階。そして五階。

スマホを握りしめて階数表示を見上げながら、尚哉はなんとなく落ち着かない気分になる。別に異世界にたどり着いてしまうのが怖いからではない。そんなものは本気にはしていない。知らないビルの中で一人でエレベーターに乗っているという状況が、単に安心できないだけなのだと思う。扉が開いてたどり着いたフロアは、もしかしたらそのまま飲み屋の入口と直結していて、店員と目が合ったりして気まずい思いをするかもしれない。もしくは、途中で誰か乗ってきて、あからさまに部外者な尚哉をじろじろと見て何か文句をつけてくるかもしれない。そうなったら嫌だなと思うと、エレベーターが停まって扉が開く度につい身構えてしまう。

それに、エレベーターが動く度に体に感じる浮遊感も、なんだか気持ち悪かった。稼働音も少しうるさい気がする。たぶんどちらも普段エレベーターに乗るときには大して意識もしないようなことなのに、今日は殊更気に障る。

移動している最中というのは、状態としては不安定だ。高槻が先日の講義でそう話していたのを思い出す。

今、尚哉は移動する箱の中に閉じ込められている。外の様子は全く見えず、この箱がどのような機構で動いているのかもよくわからない。

エレベーターの怪談が幾つも存在する理由が、今ならよくわかる。今この扉の外に、見たこともない異世界があったとしても、何の不思議もない気がする。だって見えないのだから、確認のしようもない。よくわからない機構で動いているこの箱が突然墜落する可能性もあるし、いきなり見知らぬ他人が乗り込んでくることだって、勿論《もちろん》あるだろう。だが、その見知らぬ他人が生きている人間だという保証はないのだ。深夜の道端でタクシーを停めるずぶ濡《ぬ》れの女が実は幽霊であるかもしれないのと同じことだ。

ちん、という音が鳴った。

エレベーターが五階に着き、女が乗り込んできた。

尚哉は思わずびくりとして、女を見つめた。

『異世界に行く方法』によれば、五階に着いたとき、若い女が乗り込んでくることになっているのだ。

乗り込んできた女は、二十代前半くらいに見えた。だぼっとしたチェックのシャツにデニムというラフな格好で、無造作に束ねた茶色い髪は少しパサついている。重たくマスカラをつけた睫《まつげ》毛の下からじろりと睨《にら》まれ、尚哉は急いで目をそらした。

女は入口の方に向き直り、尚哉と肩を並べるようにして立つと、

「ねえ」

突然声をかけられて、尚哉は少し慌てた。

「な、何ですか？」

「――降りないの？」

開いたままの扉を顎《あご》で指し示し、女が言う。妙にざらついた感じのする声だった。

エレベーターに乗ってきたくせに降りようともしないのを不審に思われたかと、尚哉

はぼそぼそと言い訳する。

「えっと……その、ちょっと間違えて」

「あ、そう」

女はそれ以上の会話を打ち切るかのように、一階のボタンを押した。

のろのろと扉が閉まり、エレベーターが動き出す。

当然、十階に向かって上がっていったりはしない。ボタンの通りに、一階目指して降下を始めている。『異世界に行く方法』なんてやっぱり嘘っぱちの作り話なのだ。そうは思っても、どこかほっとしている自分がいるのは否めない。

狭苦しいエレベーターの中で、尚哉は女とは反対の方に首を向けながら、一階に着くのを待った。あらためて、このエレベーターの定員が六人だなんて嘘だと思う。隣に立つ女とは今にも肩がぶつかりそうだ。さっきまで自分しかいなかった空間に知らない人がいるという状況が、ひどく落ち着かない。心の端の方がなんだかざわざわする。

——自分を中心とした、外界とは隔絶された空間に、外からやってくる者。

——それはその空間を侵すものであり、客にも脅威にもなりうる『異人』に近い。

高槻の言葉がまた脳裏をよぎる。いや、違う。これはただのエレベーターだ。最初から、赤の他人と乗り合わせるのが前提の乗り物だ。そう思うのに、女の存在がどうしようもない異物として感じられて、尚哉はそっと横目で女の様子を窺《うかが》った。

と、女とばちりと目が合って、尚哉はまたびくりとした。

「ねえ」

女が口を開く。

「飴玉《あめだま》いる？」

いきなりそう訊《き》かれて、一体何事かと尚哉は思う。

よく見ると、女の瞳《ひとみ》は紫色をしていた。カラコンでも入れているのだろうが、まるで異形の生き物のようだ。

「飴玉。いる？」

ガラス玉のような瞳で無表情にこちらを見つめたまま、女は重ねて言う。

尚哉は反射的に首を横に振った。

女がすっと目を細める。

そのときだった。

ちん、という音がして、エレベーターの扉が開いた。

扉が開いた先には高槻と絵里奈と平谷がいて、こっちを見ていた。一階に着いたのだ。

尚哉と一緒に若い女が乗っているのを見て、高槻が一瞬目を瞠《みは》る。

女はエレベーターから降りると、デニムの尻《しり》ポケットから煙草の箱を取り出しつつ、出口の方へと大股《おおまた》で歩いていった。

「深町くん、どうだった？」

エレベーターから降りた尚哉に、高槻がそう尋ねた。

尚哉はちらと出口の方に目を向ける。さっきの女性は外に出たのか、姿も見えない。

「五階であの女性が乗ってきたんですけど、普通にこのビルの人みたいでした」

「そっか。それじゃ、失敗だねえ」

やっぱりがっかりした声で高槻が言う。もし尚哉が異世界に行ってしまっていたらどうするつもりだったのだろうか、この人は。

と、平谷がそわそわした様子で自分のスマホに目をやりながら、

「あのー、私、そろそろ行かないと、バイトやばいんですけどー……」

「ああ、ごめんね、平谷さん。忙しいところを付き合わせてしまって、申し訳なかったね。もう大丈夫だから、行っていいよ」

高槻が言うと、平谷は絵里奈に向かってぱたぱたと手を振り、

「それじゃえりなちゃん、私もう行くね！　湊くん、見つかるといいねー」

そう言って、慌ただしく出て行った。

絵里奈はしょんぼりしたような顔でその背中を見送っている。

……やっぱりなんだか温度差があるよな、と二人を見比べながら尚哉は思った。

平谷にとっても湊はサークル仲間のはずだが、絵里奈と違って湊を心配している様子はあまりない。先程高槻に向かって、湊と話したことはほとんどないと言っていたから、そのせいかもしれないが。

それに——もう一つ、それについては、ずっと気になっていたことがある。

どうして平谷は湊と親しくないのに、絵里奈は親しいのだろう。

平谷の話では、湊はサークル活動にはほとんど参加していなかったということだった。絵里奈と湊では学部も違う。二人には、サークル以外にも何か接点があったのではないだろうか。

そして、もしそうであるなら、なぜ絵里奈はそれを高槻に話さなかったのか。

絵里奈が高槻を見て言った。

「高槻先生。それで、これからどうすればいいんでしょうか？」

「そうだねえ。どうしようかな」

エレベーターを振り返りつつ、高槻がのんびりした口調で言う。

絵里奈は少し苛々《いらいら》した声で、

「『異世界に行く方法』が失敗なら、そろそろ現実的な対処の方に移りませんか？　それとも、まだこのビルで調べることって何かあります？　確かエレベーターに監視カメラがついてたと思いますけど、見せてもらえないか訊いてみます？」

「ああ、確かにカメラはついてたね。でも、僕達は警察ではないから、管理会社に見せてほしいと頼んでも、断られる可能性の方が高いかな。ああいうのって、プライバシーの問題もからむから、一般人が言ってもなかなか見せてもらえないんだ」

「じゃあ、どうすれば——」

「——それより僕は、もう少し倉本さんから話を聞きたいな」

高槻はそう言って、ふっと絵里奈の顔を覗《のぞ》き込むようにした。

絵里奈が口をつぐみ、目を見開く。

高槻はにこりと笑った。

「このままここで話すのもなんだから、とりあえず外に出ようか。ここに来る途中に喫茶店があったから、そこで話そう」

三人でビルを出て、来た道を少し戻る。狭い路地の途中に小さく看板を出したその店は、確かにカフェというより喫茶店と呼ぶのがふさわしいような古めかしい雰囲気で、暗い色のステンドグラスがはまった扉を開けるとカランと小さくベルが鳴った。

白髪頭のマスターに案内されたのは、ソファ席だった。低くて小さなテーブルを挟んで、古びた革張りのソファが向かい合って置かれている。高槻と尚哉が奥に座り、絵里奈がその向かいに腰を下ろした。テーブルに置かれた手書きのメニュー表にココアはなく、高槻は紅茶を、尚哉と絵里奈はブレンドを頼む。

運ばれてきた紅茶に山盛りの砂糖を投入しながら、高槻が口を開いた。

「倉本さん。——そもそも君は、湊くんがいなくなったのは『異世界に行く方法』を試したせいだって、本当に思ってるの？」

「え……」

絵里奈が戸惑ったような顔で高槻を見る。

長い指で小さな銀のスプーンをつまむようにして紅茶をかき混ぜ、高槻は続ける。

「君が『隣のハナシ』に送ってきたメールには、『異世界に行く方法』を試した友人がその後いなくなった、ってあったよね。でも君は、僕の研究室にやってきてから一度も、『異世界に行く方法』が本当の話なのかとは尋ねなかった。平谷さんは『ガチなのか』って訊いてきたけどね」

高槻の言葉に、尚哉は絵里奈の言動を思い返してみる。

確かに、メールには「『異世界に行く方法』って、本当なんでしょうか？」とあった。だが、湊がいなくなる直前に『異世界に行く方法』をやったことを説明した後は、絵里奈はもうそれ以上、その件については触れなかったのだ。それよりも絵里奈は、警察に届けるべきなのかとか、湊の両親に連絡するべきなのかといったような、現実的な対処についてばかり相談してきた。

スプーンをソーサーに置いた高槻が、優雅な仕草で紅茶のカップを持ち上げる。少し香りを楽しんでから一口飲むと、あらためて絵里奈に尋ねた。

「ねえ、倉本さん。湊くんがいなくなった理由は、あのビルで『異世界に行く方法』を試したからだと思う？」

「それは……だって、それしか理由がないですし」

絵里奈の声が、ぐにゃりと歪《ゆが》んだ。尚哉は耳に手をやる。

カップを置き、高槻が言った。

「嘘は良くないよ、倉本さん。——まだ僕達に話してないことがあるんじゃないかかな」

「……」

絵里奈が口を閉じてうつむく。

高槻はしばらく絵里奈を見つめ、それからこう言った。

「倉本さん。もう一度、湊くんの写真を見せてくれる？」

絵里奈は無言のままのろのろとスマホを取り出し、少し操作してテーブルに置いた。

研究室で見せてもらったのと同じ写真だ。紺色のスーツを着てこちらに笑いかける湊。

高槻はスマホを取り上げると、画面に指を置いた。

「あ、先生、ちょっと待って……！」

絵里奈の制止を無視して、高槻は画面に置いた二本の指を動かす。

湊を中心に拡大されていた写真が、ゆっくりと元に戻っていく。

湊の隣に大きな白い立て看板が現れる。

横から覗き込んでいた尚哉は、あ、と思った。

看板には、『青和大学入学式』の文字があった。

「やっぱりね。最初に写真を見せられたとき、何でスーツ姿なのかなって思ってたんだ。入学式なら、スーツを着てて当然だよね」

高槻はそう呟《つぶや》きながら、さらに指を動かす。

看板を挟んで反対側に、もう一人写っているのがわかる。同じくスーツ姿の女子学生。

真っ黒な髪も少しぽっちゃりした体形も今とは随分違うけれど、でもその顔は、目の前にいる倉本絵里奈と同じだった。

「……その頃太ってたし、化粧も全然上手《うま》くなかったから、見られたくなかったのに」

絵里奈が顔を赤くしながら、ぼそぼそと小さな声で言う。

高槻は「ごめんね」と謝って、絵里奈にスマホを返した。

「入学式で並んで写真を撮ってるってことは、倉本さんと湊くんは入学前から友達同士だったんだね。湊くんの実家の連絡先を知ってるような口ぶりだったから、たぶんそうだろうとは思ってたけど、これではっきりした」

「……高校が同じだったんです。クラスも、同じで」

返してもらったスマホをテーブルに伏せて置き、絵里奈が言った。

絵里奈と湊の接点は、これだったのだ。かつての同級生。

「私と湊くん、福岡の高校だったんです。別にそんなに仲良かったわけじゃないです、普通にクラスメートだったたってだけ。でも、同じ学年で青和大に入ったのは私と湊くんだけで、他に知り合いもいないし不安だから、一緒に入学式に行こうよってことになって。それで、写真も一緒に撮ったんです。入学してからも、学部は違うけど、連絡は取ってて。たまにごはん食べたりもして」

そこで絵里奈は、一度言い淀《よど》むように口をつぐんだ。

ブレンドの入ったカップを引き寄せ、けれど飲むでもなくただ両手で包むようにしながら、

「最初のうちは普通だったんです、湊くん。でも」

「でも？」

「……五月くらいだったと思います。キャンパスでたまたま見かけて、なんか元気がなさそうだったから、声をかけたんです」

そのとき湊は一瞬、まるで他人を見るような目で絵里奈を見返したという。

それから、相手が絵里奈だということに気づいて、ひどく驚いたような顔をした。

そして、「あれっ、倉本、なんか綺麗《きれい》になったね」と湊は言った。

「『そんなの当たり前』って、私言いました。ちょうど化粧の仕方を覚えた頃で、ダイエットも始めてましたし。でも、湊くんも前より痩《や》せてるみたいでした。もともと細い人だから、ダイエットの必要なんてないのに」

絵里奈が「何してるの」と尋ねると、湊は「歩いてる」と答えた。「次の講義まで一コマあいてて、仕方ないから歩いてる」と。

「『仕方ないから歩いてる』って意味わかんなくて、私、笑っちゃって。そしたら湊くん、なんだか困った顔して、また言ったんです。『倉本、本当に綺麗になったね』って。『すごく大学生っぽいね』って。私、ちょっと恥ずかしくなって、『大学デビューしやがってって馬鹿にしてるんでしょ』って、湊くんの腕を軽く叩《たた》きました。湊くんはそんなことないって笑いましたけど、やっぱり元気がない感じでした」

そのときはそれで別れたのだが、湊の様子が気になって、絵里奈はそれからなるべく湊に連絡を入れるようにした。LINEには大抵すぐに既読がついたが、なかなか返事が返ってこないことも多かった。

それでも、やがてぽつりぽつりと、スタンプしか返ってこないこともあった。

「湊くん、『大学は高校までと違いすぎて、よくわからない』って言ってました。『どこにいればいいのかとか、どんな風に振舞えばいいのかとか、全然わからない』って」

——湊のその戸惑いは、尚哉にもわからなくはない。

大学は、高校までの学校とは本当に違う。勉強の仕方が違うとか、自分で時間割を作れるとか、学生の数が多いとか、差異を挙げたらきりがないほどだ。

だが、一番の違いはやはり、自分の席というものがないことだろう。

高校までは、入学したらどこかのクラスに割り振られた。クラスごとに教室があって、教室の中には自分の机と椅子があった。けれど、大学にそんなものは存在しない。講義の度に教室は変わるし、自由席制だから同じ講義でも毎回座る場所が違ったりする。

講義の最中はまだいいのだ。とりあえずその講義が行われる教室に行って、空いている席を見つけて座っていればいい。その時間だけは、そこが自分の席になる。問題は講義と講義の合間の時間だ。図書館に行くか、キャンパス内のカフェテリアや近所のカフェに行くか、あるいはベンチになんとか空きを見つけるかしないと、座る場所すらないのだ。絵里奈に向かって「仕方ないから歩いてる」と答えたときの湊は、座る場所が見つけられなくて、時間つぶしに歩き回っていたのだと思う。

「湊くんをサークルに誘ったのは私です。『部室があるから、講義の合間とかに部室で誰かと話してたら時間つぶせるよ』って。……でも湊くん、部室にはほとんど来ませんでした。それどころか、そもそもあんまり大学に来なくなっちゃって」

心配になった絵里奈がＬＩＮＥや電話で様子を尋ねると、湊は「倉本はいいな」と繰り返し言った。「羨《うらや》ましいよ」と。

――俺は失敗したみたいだ。

――大学の中にいると、自分がすごく周りから浮いてる感じがして、なんか苦しい。

――誰かと目を合わせるのが辛《つら》くてさ。呼吸の仕方がわからなくなる感じ。

――倉本はいいな。ちゃんと大学生になれた倉本が、すごく羨ましい。

「羨ましいって、そんなの……頑張ったからに決まってるじゃないですか」

少し声を震わせて、絵里奈は高槻と尚哉の前でそう言った。

「同じ講義で近くの席になった子に、頑張って自分から話しかけて友達になりました。そういうの苦手だったけど、でも、そうしないと周りに一人も知ってる人なんていなかったから。サークルにも入らないとって思って、自分に合いそうなところを一生懸命探しました。あと、服装とかメイクとかも……すごく、頑張ったんですよ。私」

絵里奈は伏せて置いたスマホにちらと目をやる。

その中には、入学式のときの、まだ垢抜《あかぬ》けない自分が写った写真が入っている。

「大学入って、びっくりしたんです。だって、皆すごく綺麗で可愛いじゃないですか。

髪もメイクも爪もスタイルも、自分と違って本当にお洒落で、このままだと浮いちゃうって思いました。だから、雑誌とかネットとか見て、そういうの全部勉強して……ダイエットもして。田舎臭くてダサい奴って思われたくなかったから」

握りしめるようにしていたブレンドのカップから、絵里奈はゆっくりと手を離した。そのまま指を折り曲げるようにして手を持ち上げ、己の爪に視線を落とす。綺麗に色を塗って、パールの飾りをつけた爪。

「湊くんが言う通り。私、『大学生っぽく』なろうと頑張ったんです。だってその方が絶対、『大学』っていう場所では過ごしやすいに決まってるから」

上京して、大学に入学して。何もかも違う環境に戸惑って。

絵里奈は、新しい場所に馴染《なじ》むための努力を必死に重ねた。

何をもって『大学生らしい』とするかは、人それぞれだ。キャンパスを見渡しても、色々な者がいる。ブランド品で身を固めたどこのセレブかと思うような奴もいれば、尚哉のようにひたすら地味路線を歩む者もいる。

それでも、どこかに『傾向』というものはあるのだ。

流行《はや》りの服装。流行りの色。流行りの髪型。たぶんそういうのは、男子より女子の方がより顕著だ。その辺の流行に疎い尚哉には、たまにキャンパスで見かける女子学生の見分けがつかなくなることがある。皆して同じようなメイクだったり、同じような格好だったりするからだ。

雑誌にもネットにも、こういうのが今っぽい、というような記事があふれている。イマドキの大学生はこうですよ、だからあなたもそうしましょうね。学生達は、そんな記事に急《せ》き立てられるように流行りのスタイルをかき集めて身にまとい、大学生とはこういうものだという固定概念の中に己を落とし込む。自分だけ周りから浮いたりしないように、皆と同じ格好をする。

そうしていれば、見知らぬ人ばかりのキャンパスの中でも呼吸がしやすくなるから。周りに溶け込むために大切なのは、個性よりも協調と同化だから。

「せっかく大学に入ったんですもん。私は、『大学生』になりたかった。でも、湊くんは……なれなかった」

それは別に、湊に努力が足りなかったとかそういう話ではない。

絵里奈は努力した。とても頑張った。

でも、湊は——たぶん、その努力をするための居場所の確保に初手で失敗したのだ。

「……私、本当は……湊くんと一緒に、『大学生』になりたかったんだけどなあ……」

テーブルの上に手を置き、絵里奈は綺麗に塗った爪を内側に握り込んで、ぽそりと小さな声でそう呟いた。

それから、はっとしたように一旦《いったん》口を閉じ、

「ごめんなさい。今の、忘れてください」

ぽつりとそう言って、絵里奈は少し早口に、また話し始めた。

「『大学に来ないで何してるの』って、湊くんに訊《き》いたんです。そしたら、『自分の部屋で、スマホで動画見たりゲームしたりしてる』って。湊くんは、高校の頃はすごく真面目で勉強もできたんですよ。それなのにそんなことになってる湊くんがなんだか情けなく思えて、私、『せめて外に出た方がいいよ、バイトでもしてみたら』って勧めたんです。――しばらくしたら、湊くんから『バイト始めた』って連絡がありました」

湊が始めたバイトは、フードデリバリーのバイトだった。

自転車で都内を走り回ってる、と言ってきた湊に、絵里奈はほっとした。部屋でごろごろしながらスマホばかり見ているよりは余程健康的だと。

だが、バイトを始めてから、湊は余計に大学に来なくなってしまった。

「それまでは、語学とか必修の講義とかはサボらないようにしてたみたいなんですけど……バイト始めてから、そういうのもサボるようになってきてて。働いた分お金もらえるからって、どんどんバイトにのめり込んでいって……単位落とすよって言っても、大学にいるより楽しいからって。私、もうどうすればいいのかわからなくなってきちゃって、せめて引き戻せないかと思って、あの日、サークルの飲み会に誘ったんです」

サークルの面々は、それまでほとんど顔を出していなかった湊のことを歓迎してくれた。湊も、最初のうちは楽しそうにしていて、テンション高くはしゃいでいた。けれど、だんだん疲れてきたのか、飲み会が終わる頃には一人で黙り込むようになってしまって、誘わなければよかったのかなと絵里奈は後悔した。

それでも、飲み会の後、帰りたくないと駄々をこねた平谷の面倒を見る湊は優しかったし、以前と変わらないように見えた。『異世界に行く方法』をやってみようと湊が言い出したときにはちょっと驚いたが、特におかしな様子もなかったし、次は大人数の飲み会じゃなくてもう少し小規模な会にでも誘えばいいかなと思っていた。

だが、湊はその後、いなくなってしまった。

いつまでも既読にならないメッセージを見たとき、絵里奈は怯《おび》えた。

湊がいなくなったのは、自分が無理に飲み会に誘ったせいではないかと思ったのだ。

そして、その思いは――やがて絵里奈の中で、義務感に化けた。

自分のせいで湊がいなくなったのなら、自分が湊を捜さなくてはならない。

「……でも、私一人じゃ、どうすればいいのかわからなくて。誰に相談したらいいのかも、わからなくて。大学って、担任の先生とかもいないし」

絵里奈は震える指を温めようとするかのように、またブレンドの入ったカップを握りしめる。もうとっくに中身は冷めてしまっているだろうに。

「最初は、サークルの皆に相談しました。でも皆、そんな真剣に心配してくれなくて。『小さい子じゃないんだし、自分でどこかに行ったんじゃない？』とか『そのうち帰ってくるよ』とか……『湊くんって誰？』なんて言う子もいて」

それが仕方のないことだというのは、絵里奈にもわかっていた。

だって皆、湊のことなどろくに知らないのだ。心配のしようもない。

でもそれが、そのときの絵里奈にはひどくこたえた。

「そっか、私以外は誰も、湊くんのこと心配してないんだなって。入学式のときに、湊くん、青和大に入ってすごく嬉《うれ》しそうな顔してたのに……今この大学で湊くんのこと覚えてる人って、どれだけいるのかなって思ったら、なんか……泣けてきちゃって」

絵里奈はぐすりと洟《はな》をすすった。目尻《めじり》に溜《た》まった涙を指で拭《ぬぐ》う。

「だけど、その後、高槻先生の講義に行ったら……そしたら」

高槻が一年生向けに持っている一般教養科目、『民俗学Ⅱ』の講義。

チャイムが鳴り、教壇に現れた高槻は、講義を始める前にいつもの『お約束』を始めた。教室の中を見回し、前回出ていなかった者達を指摘して、配布資料を渡す。その指摘はいつでも正確だ。受講人数はかなりのものなのに、高槻は全員の顔を覚えていると言って微笑んだ。

それを見た絵里奈は――ああもしかして、と思ったのだという。

湊は、『民俗学Ⅱ』の初回講義に参加していた。

もしかしたら高槻は、湊のことを覚えているかもしれない。

「高槻先生。すみません」

またぐすりと洟をすすって、絵里奈は真っ赤になった目で高槻を見た。

「高槻先生なら、相談に乗ってくれるかもって思ったんです。高槻先生、優しそうだし、湊くんのこと覚えてるかもしれないから。でも、いきなり『友達がいなくなって』なんて相談をしていいかわからなかったから、『隣のハナシ』にあんなメールを送りました。湊くんは『異世界に行く方法』をやったせいで消えたんじゃないと思うけど、でも……そういうことにして相談したら、話を聞いてもらえるんじゃないかって、そう思って。ごめんなさい。すみませんでした！」

とうとうそう白状して、絵里奈は高槻に向かって頭を下げた。そのまま、細い肩を震わせて、絵里奈はしゃくりあげる。

絵里奈は、ただ相談する相手が欲しかったのだ。

湊のことを覚えている相手と、湊がいなくなったことについて一緒に心配したかった。どうすればいいのか、話し合いたかっただけなのだ。

「倉本さん。大丈夫だから、顔を上げて」

高槻が、テーブル越しに手をのばし、絵里奈の肩をそっと包むようにつかんだ。優しく顔を上げさせ、その顔を覗《のぞ》き込む。

「別に僕は迷惑だとは思ってないし、怒ってもいないよ。湊くんのことは心配だし、相談してもらえてよかったとも思ってる。こんな回り道じゃなくて、普通に相談してくれてよかったのにとも思ってるけどね」

「高槻先生……」

まだしゃくりあげている絵里奈にハンカチを渡し、高槻は柔らかく微笑んだ。

「さあ、それじゃ、これからどうするべきなのかを、話し合おうか」

結局、まずは湊の両親に連絡を取ってみるということで、話は落ち着いた。

絵里奈は「早く警察に捜索願を出した方がいいのでは」と言ったが、高槻が首を横に振った。捜索願というのは、ただの友人ではそもそも届出を出すことができないのだそうだ。それに、もしかしたら湊は実家に帰っている可能性だってある。

「もしよかったら、僕から湊くんの実家に連絡してみようか？」

高槻がそう言ったら、絵里奈は少し迷った末に、自分がすると言った。

「大学の、しかも違う学部の先生からいきなり電話がかかってきたら、湊くんのお父さんもお母さんも、きっとびっくりしちゃうと思うんです。私ならもともと面識があるし、それとなく様子を窺《うかが》ってから話すこともできるかもしれないし」

一度泣いたからか、絵里奈はだいぶ落ち着いた様子だった。

湊の両親と連絡が取れたら、その後のことは、また絵里奈から高槻に相談するということになった。

最後に高槻は、絵里奈にこう尋ねた。

「大丈夫？」

絵里奈は高槻を真っ直ぐ見返し、こくんとうなずいた。

「大丈夫です」

少しかすれてはいたけれど、その声に歪《ゆが》みはなかった。

絵里奈とは、大学の最寄り駅で別れた。絵里奈は大学の近くのアパートで一人暮らしをしているのだそうで、今日はもう家に帰るという。

「深町くんは、この後どうする？　僕はこれから研究室に戻るけど」

大学の門の前でそう尋ねられ、尚哉は少し迷った。別にこの後、特に用事があるわけではない。

メールでもきたのか、高槻はスマホを取り出してちらと画面に目を走らせた。短く何か返信して、また懐にしまうと、

「時間があるなら、少し話をしようか。一緒においで」

そう言って、ぽんと尚哉の肩を叩《たた》き、ゆっくりとした歩調で歩き出す。

時計を見ると、十九時過ぎだった。昼間は賑《にぎ》やかな中庭も、さすがにこの時間になると静かだ。とっくに閉店した大学生協の前を通り過ぎる。難波が言っていた巨大カボチャが入口前にでんと置かれているのが見える。二十時まで開館している図書館はまだ煌々《こうこう》と明かりがついているが、校舎の方はほとんどの窓が暗い。あちこちに立った街灯が白く照らすキャンパスの中を、尚哉は高槻と並んで歩いていく。

「──先生」

「うん、何かな？　深町くん」

尚哉が口を開くと、高槻はこちらに顔を向けた。

「結局、湊くんは、自分でいなくなっちゃったってことなんですよね？」

「うん、そうだろうね」

高槻が同意する。焦げ茶色の瞳《ひとみ》は、辺りが薄暗いせいか、いつもより黒く見える。

「話を聞く限り、異世界に行ったわけではないと思うし、事件性もなさそうだ。湊くんが実家に戻ってるのならいいけど、そうじゃなかったら、捜索願を出すことになるだろうね。……とはいえ、それで見つかる可能性は薄いけど」

「そうなんですか？」

「捜索願——というか、最近では行方不明者届って呼ぶんだけど、これは出したら必ず警察が捜してくれるっていうものでもないんだよ」

高槻が言った。

「警察も忙しいからねえ、年に何万件も出される届出の対象者をいちいち捜すなんていうのは無理な話だ。警察が積極的に捜してくれるのは、『特異行方不明者』に分類される人達だけだよ。子供、認知症の老人、事故や自殺の恐れがある人、あとは何らかの事件性が疑われる場合。そういう、急いで捜さないと大変なことになるかもしれない人達については、捜索の対象になる。でも、そうじゃない『一般家出人』の場合は、特に捜索は行わないし、たとえ見つけても保護して連れ帰ってくれたりはしない」

「え、それじゃ、届出を出しても意味がないじゃないですか」

「その辺の問題は難しいんだ、本人の意志で行方をくらませている場合もあるからね。一応、見つけたときに本人に『行方不明者届が出てますよ』とは伝えるし、届出を出した側に対して『この場所で見つけました』って連絡はいくそうだけど」

「それなら、湊くんの場合は――やっぱり、捜してもらえないってことですよね」

「うん……そうなるね」

高槻が少し困ったように眉《まゆ》を寄せる。

湊は絵里奈に対し、自分は大学生になれなかった、と言ったという。

湊が思う『大学生』がどんなものだったのかは知らない。でも、彼なりに、入学したときにはたくさんの夢や希望を抱えていたのだろう。

だが、湊がそれらを手にすることはなかった。

大学の中に己の居場所を見つけられず、振舞い方もわからず、湊はもうこの場所からいなくなってしまうしかなかったのかもしれない。

そこまで考えて、それなら自分はどうだろうかと尚哉は思った。

自分だって、実は湊とあまり変わらないのではないかという気がする。サークルに入っているわけでもなく、友人と呼べる相手がさしているわけでもない。世間一般で理想とされる大学生というものの華やかさからは程遠い自覚もある。

尚哉と湊の違いは、おそらく大学という場所に求めていたものの違いだ。

尚哉は最初から何も期待していなかった。友人、恋人、コンパや旅行に行って明るく浮かれ騒ぐ大学生活。そんなものは自分とは無縁のものと割り切って、一人で過ごすつもりでこの場所に来た。居場所なんて図書館の片隅でいいし、誰かと会話する必要もない。ただ平穏に、静かに四年間をやり過ごせればいいと思っていた。

……でも。

それで本当に過ごせたかどうかは、今となってはわからない。

自分の周りに引いた線の中に閉じこもり、イヤホンで両耳をふさいで、誰とも関わらないようにする。大学に入る前から、ずっとそうやって生きてきた。でも、はたしてそれはいつまでも続けられるものなのだろうか。いつか自分も呼吸の仕方がわからなくなって、苦しくなってどこかへ逃げ出したくなったりしていたかもしれない。

いや——そんなことを思うのは、入学当初に比べて、自分が変わったからだ。

ずっと一人でいるつもりだったのに、今では高槻や難波や研究室の院生達と過ごす時間が随分と増えている。

誰かといて楽しい、とか、心地好《よ》い、と思える瞬間が、確かに存在する。

尚哉は、傍らを歩く高槻に目を向けた。

もし去年、『民俗学II』の初回講義に足を運ばなかったなら。

高槻と出会うことがなかったら。

自分も湊のように、今頃この場所からいなくなっていたとしても不思議はないのだ。

そうして、誰にも捜されぬまま、どこかに消えてしまっていたかもしれない。

「……どうしたの？　深町くん」

尚哉の視線に気づいた高槻が、ふっとこちらを見下ろしてきた。

　その顔を見ながら、尚哉は、そもそもこの人がいなかったら去年高熱を出したときに死んでたかもしれないんだよなと思う。

「ていうか、先生」

「え、何？」

「先生、湊くんの失踪《しっそう》は『異世界に行く方法』とは関係ないって、最初からわかってたんじゃないですか？」

　ついでに聞いておこうと思って、尚哉はそう尋ねる。

　怪異がらみの相談がきたとき、高槻は基本的にいつも本物の怪異を期待して、上機嫌になる。いい年をして子供かと思うような勢いではしゃぐし、場合によっては運命に感謝して依頼人を熱烈にハグしようとしたりもする。

　が、そうならないこともたまにある。

　これは怪異ではないと、最初から判断がついているときだ。

「ああ、うん、最初にメールがきたときから、そう思ってたけど」

　高槻が言う。

「え、話を聞く前からですか？」

「だって僕、『異世界に行く方法』だったら、昔さんざん試したもの。でも、一度も成功したことがなかったから、やっぱりこれは作り話なんだなあって思ってたし」

「……じゃあ今回だって、あのビルで実際に試す必要はなかったんじゃないですか？」

「それはほら、念のためというやつだよ。特定のビルでのみ成功する可能性もあるし」

まあ確かに、高槻彰良という人は、そういう人だ。かけらでも怪異の可能性があれば、念のため試しておこうと思う人である。

「でも、怪異じゃないってわかってたなら、何で依頼を受けたんですか？」

「それは……倉本さんが、湊くんがいなくなったことで悩んでいるようだったから」

少し目を伏せるようにして、高槻は淡く笑う。

「親しい誰かがいなくなって見つからないのって、結構辛《つら》いものだと思うからね」

それを聞いて尚哉は、自分の質問がひどく迂闊《うかつ》だったことに気づいた。

この人は、かつていなくなってしまったことがある人なのだ。

それは本人の意志とは関係のないことだったけれど。

たくさんの人が、いなくなってしまった高槻を必死になって捜した。そして、どうにか帰ってはきたのだけれど――多くのものがそれをきっかけに壊れて、二度と元には戻らなかった。

誰かの失踪を心配する相談に、高槻が乗ってやりたいと思うのは当然のことだ。

「先生、あの……」

「――ああでも、今回の依頼を受けた理由は、実はあともう二つあってね」

すみません、と謝りかけた尚哉の声にかぶせるように、高槻がそんなことを言った。

「僕、湊くんと個人的に話したことがあるんだよ」

「え？」

「倉本さんに湊くんの写真を見せてもらったときに思い出したんだけどね。……確かあれは、六月くらいだったかな。図書館で会ったんだ」

そう言って高槻は足を止め、大学図書館の方を振り返った。

青和大学の図書館は、地下三階地上八階建ての実に立派な建物だ。高槻が湊と会ったのは、地下二階のエレベーター前だったという。

そのとき湊は、一人でエレベーターの階数表示を見上げながら、ぼんやりと立っていた。横から高槻がボタンを押すと、湊は高槻の顔を見て「あ」という顔をした。

「彼、僕の顔を覚えていたみたいでね。『なんか怖い話教えてる先生ですよね、前に一回だけ講義受けました』って言われたんだ。一年生っぽかったから、きっと『民俗学Ⅱ』のことだと思ってね。ちょっと記憶を巻き戻してみたら、今年の『民俗学Ⅱ』の初回講義の景色の中に彼の顔が見つかった」

高槻が「初回講義しか出てくれなかったんだね」と言うと、湊は「すみません、他で必要単位がまかなえそうだったもんだから」と謝った。

それから湊はまたエレベーターの階数表示を見上げて、こう尋ねてきた。

――あのときの講義で言ってた『異世界に行く方法』について訊《き》きたいんですけど。

――十階建て以上のビルでやるっていう部分を、地下二階から八階までで置き換えちゃ駄目なんですか？

駄目だよ、と高槻は答えた。

「儀式もおまじないも、大切なのは手順だ。手順を守ることに意味がある。たとえその手順に実際は何の意味もなくっても、決められた手順通りに何かを遂行することで、自己暗示がかかるからね。自分は手順を成し遂げた、だから目的も達成されるはず。そう思い込むことが重要なんだよ――僕がそう言ったら、彼はちょっとがっかりしたような顔をした。どうも大学図書館の中で『異世界に行く方法』を試してみたかったらしくてね。でも、まだ諦《あきら》めてないみたいで、『とりあえず試してみます』って言って、一人でエレベーターに乗っていった」

「それで、どうなったんです？」

「しばらく見守ってたんだけど、六階代わりの四階にたどり着く前に、三階で停まってね。ああ失敗しちゃったなって思いながら、僕も別のエレベーターに乗ったから、それ以降はわからない。でもそのとき、名前を訊いておけばよかったと思ったよ」

「でも、それなら湊くんは、前から『異世界に行く方法』を試してたってことですか」

あのビルで絵里奈達と一緒にやったのが初めてではなかったのだ。

いや、もしかしたら他にも一人で試していたのかもしれない。

何度も何度も、十階以上あるビルを見つける度に。

「湊くんは……そんなに、異世界に行きたかったんでしょうか」

「というより、単に違う場所に行きたかったんだと思う。だから何度も試して……結局エレベーターではどこにも行けなかったから、違うやり方でどこかへ行ってしまったんじゃないかな」

高槻が顎《あご》を上に向けるようにして、空を見上げる。つられて尚哉も上を見る。

頭上には、ただ暗いだけの空が広がっていた。今の時期、月の出はもっと遅い。雲がないから星はあるのだろうが、街灯の光が強すぎてろくに見えない。中庭の真ん中から見上げる月も星もない空は、まるで頭上にぽっかり開いた暗い穴のようだ。

高槻はそこに何かを探すかのように、わずかに目を細める。

「大学の先生っていうのはさ。高校までの先生と役割が随分違ってて、研究以外ではあまり学生と関わることがないんだよね。深町くんはまあ例外として、学生の生活や人生というものは、基本的には僕が触れる範囲のことではないんだ。でも、やっぱり、顔を知ってる学生に何かあったとしたら、気にはなるよ」

「……もっと早くに、なんとかできてればよかったんでしょうけどね」

「そうだね。そこまで彼が思い悩む前に、誰かが手を差しのべてあげるべきだった。一応、大学には学生生活課っていうものがあって、その手の悩みにも乗ってくれることになってるんだけど」

「え、そんなのあるんですか」

「意外と知らない学生が多いんだよねえ。大学のサイト見ると載ってるんだけどね」

高槻が苦笑する。普段自分の大学のサイトを細かく見ることなどないので、知らなかった。相談する先がなくて困っていたという絵里奈も、たぶん知らなかったのだろう。

再び歩き出しながら、高槻がまた口を開いた。

「このまま湊くんが見つからなかったとしたら、彼はひょっとしたら都市伝説の一部になってしまうのかもしれないね」

「え？」

「可能性があるとしたら、平谷さん辺りからかな。たとえば彼女が自分の友達に、こう話したとする。『私の知り合いが、『異世界に行く方法』っていうのを試した後に、いなくなっちゃったの』――それを聞いた彼女の友達は、たぶん最初は信じない。でも、実際に湊智也という学生がいなくなっていることを知ったら、その友達は、彼女の話を本当だと思うだろうね。そうして、湊智也という学生は都市伝説になる」

そう言って、高槻は唇の端を軽く持ち上げるようにして笑う。

「こういうことは、噂や都市伝説が広まる過程ではたまに起こる。不幸の手紙をもらった人が本当に事故に遭って死んでしまったりとか、幽霊のせいで事故が頻発すると言われているトンネルで噂通りの事故が起こるとかね。その人の死や事故は、都市伝説と本来関わりのないものだ。でも、まとめて語ることで、それらは都市伝説の一部と化す。現実の事件と結びつくことで、その都市伝説は信憑《しんぴょう》性を帯び、さらに世の中に流布していくことになる。――湊くんには、そうなる前にぜひ無事に帰ってきてほしいね」

現実と結びついた都市伝説は強い。ついうっかり信じてしまいそうになる。

それでなくても、都市伝説や怪談に出てくるようなシチュエーションに出くわすのは恐ろしいものだ。

そこでふと思い出し、尚哉は言った。

「先生。そういえば、あのエレベーターに乗ったときのことなんですけど」

「うん？　何かあったの」

「五階で女の人が乗ってきたんですけど。そのとき俺、『飴玉《あめだま》いる？』って訊かれて」

「飴玉？」

「いやあの、大阪のおばちゃんがよく知らない人にも飴くれるっていうから、そういうのと同じだったのかもしれないんですけど。でも、なんか言い方が、学校の怪談でよくある『赤い紙いらんか』みたいな感じで、ちょっと怖くて……ああいうのも、現実と都市伝説が結びついた瞬間に近いのかもしれないですね」

「ああ、そうかもしれない。面白いね。それで、飴は本当にもらえたの？」

「いえ、もらってもしょうがないんで、断りました。……でも、別にその人、飴持ってる様子はなかったですね、そういえば」

「そうなの？」

「ええ。でも、繰り返し、『飴玉いる？』って訊いてきて。だからちょっと不気味で」

「……そう」

高槻がふっと口を閉じた。少し眉《まゆ》をひそめて、指先で己の顎をなぞる。

研究室棟が見えてきた。まだ中に残っている人が多いのか、この建物はまだまだ明るい。高槻の研究室がある辺りの窓も、照明は点《つ》いているようだ。院生達が残って研究しているのだろうか。

「先生。それで、もう一つの理由って、何なんですか？」

高槻が先程言っていた『依頼を受けた理由』の残り一つが気になって、尚哉は尋ねる。

すると高槻は、ああという顔で尚哉を見下ろし、

「それはね。——近頃どうも深町くんの様子がおかしいから、手元で様子を見たくて」

言いながら、ふっと身をかがめて尚哉の顔を覗《のぞ》き込む。

びくりとして、尚哉は後ろに身を引きかけた。

が、その瞬間、昨日の研究室でのことが頭をよぎる。がたりと大きく鳴った椅子。固まったようにこちらを見つめる高槻。後退《あとずさ》りかけた足をぎりぎりのところで止め、スニーカーの足裏で強く地面を押してなんとかその場に踏みとどまる。

途端、高槻がぷっと小さく吹き出すようにして笑った。

「ああ、やっぱりね」

「な、何ですかっ？」

引き攣《つ》りそうになる頬をどうにかこらえながら、尚哉は言う。

高槻はまだ笑ったまま、言った。

「気になってるんでしょう。この前『もう一人の僕』が言ったこと」

尚哉は思わず口をつぐむ。

高槻はゆるゆると笑いを消して、小さく息を吐いた。

「昨日、僕が近づいたとき、深町くんは僕から離れようとした。まあ、君はいつも僕が近づくと逃げるけど、それにしてはリアクションが激しいなと思ってね。もしかしたらとうとう僕のことが怖くなったり気持ち悪くなったりしたのかなって、一瞬悲しくなったりもしたんだけど」

「そんなことは、ないです！」

尚哉が強い口調で口を挟むと、高槻は苦笑するように目を細め、

「うん。それにしては足繁く研究室に来るから、違うなと思った。それで少し気をつけて君のことを見るようにしてたら、どうもにおいを気にしてる様子だった。――浅草で『もう一人の僕』が言ったせいだよね。深町くんから黄泉《よみ》のにおいがするって」

やっぱり全部読まれていたかと、尚哉は顔をしかめる。まあ、高槻相手に隠しごとなどできるわけもないが。

「……だって、なんか……嫌じゃないですか。黄泉のにおいとかって」

ぼそぼそと言う。

「どんなにおいか全然わかんないし。別に自分では何のにおいも感じないんですけど、でも、なんか、イメージ的に死臭っぽくて、そう思うと、すごく嫌で」

子供の頃に、あの青い提灯《ちょうちん》の祭に参加して。

代償を払ってこちらの世界に戻してはもらえたけれど、でも、どこかでずっとあの異界とこの身がつながっているような気がしていた。

だって自分は、死者の国の食べ物を食べてしまったのだから。

でも、この夏に再び長野を訪れて、山神が支配する異界は、あの小さな村の中だけで閉じていることがわかった。あの村をまた訪れさえしなければ、大丈夫なのだと。

『君はもう悪夢にうなされなくていいんだ、深町くん。──本当に、よかったよ』

高槻のその言葉が、全てを結論づけたはずだった。

それなのに、まだ自分は黄泉とつながっているのかもと考えたらすごく怖くて、もしかしたら『もう一人』と同じように高槻にはそのにおいが嗅《か》ぎ分けられてしまうのかもしれないと思ったら、嫌でたまらなくて……だから、あまり近づきたくなかった。

「馬鹿な子だねえ、君は本当に」

もう一度、今度は大きく息を吐いて、しみじみとした口調で高槻が言った。

「悩んでるなら早めに相談してほしかったけど……まあ、無理か。『もう一人』の方とはいえ、他ならぬ僕が言った言葉だったわけだから。でも」

高槻が、大きな手をぽんと尚哉の頭に置いた。

そのまま、高槻は尚哉の顔を覗き込む。反射的に後ろに下がろうとした尚哉の動きはがっしと頭蓋骨《ずがいこつ》をつかむようにした高槻の手に阻まれ、あの浅草のときと同じ距離まで高槻の顔が近づいた。

形のいい鼻が、すん、とあのときと同じく小さく鳴る。

「何のにおいもしないよ」

柔らかく透明な声が、すぐ間近からそう告げる。

その瞬間、全身の力が抜けそうなほど安堵《あんど》した。

「……そう、ですか」

「うん。大丈夫。君は、ちゃんと現世の人間だ。今も、これからもね」

そう言って、高槻は尚哉の頭をぽんぽんと叩《たた》いた。それからすっと背筋をのばすようにして、尚哉から顔を遠ざける。

が、まだ尚哉の頭を離そうとはしない。はっとした尚哉が本格的に逃げようとした瞬間、にやりと笑った高槻がわしゃわしゃと尚哉の髪をかき回し始めた。

「だから！　それやめてくださいって、いつも言ってるのに！」

「君が近頃やたらと研究室に来るのは、どうせ僕が『もう一人』に入れ替わったりしてないか心配だとかそういう理由でしょう？　君、近頃健《けん》ちゃん並みに心配性だよね」

「それはっ……佐々倉《ささくら》さんに浅草でのこと話したら、先生のことちょっと気をつけて見といてくれって言われたから！」

「ちょっと待ってよ、僕の知らないところで君達そんなに連絡取り合ってるの？　やっぱり二人で保護者同盟組んでるよね……ああもう、本当にもう！」

「せ、先生っ、やめてくださいって！」

両手でさらに髪の毛をぐしゃぐしゃにされて、尚哉は悲鳴を上げる。

と、高槻が急に手を離した。

どうやらまたスマホに連絡がきたらしい。一体誰とやりとりしているのか、今日は随分頻繁に連絡がくるようだ。高槻が何事か返信している間に、尚哉はぼさぼさになった髪を手で直す。犬の頭でもなでるようにわしゃわしゃするのはやめてもらいたい。

「深町くん。君、今日の晩ごはんの予定は？　賞味期限間近の食材が冷蔵庫にあるから帰らないと駄目とか、そういうことある？」

「え？……いや、特にはないですけど」

「そう。じゃあ、一緒においで」

とん、と画面を指でタップして、高槻がスマホをしまう。

そのまま高槻は研究室棟の中へと入っていき、尚哉は少し怪訝《けげん》な気持ちでその後を追った。どうやら夕飯をおごってもらえるようだが、どうして研究室に行くのだろう。何か忘れものでもしたのだろうか。

高槻は、自分の研究室の前まで来ると、なぜか扉をノックした。

こんこん、こここん、という奇妙なリズムのノックに対し、返る声はない。

高槻は気にせず扉のノブに手をかけ、けれど、すぐには開けずに尚哉を振り返って、

「そういえば深町くん。君、お菓子持ってる？」

「え？　持ってるわけないじゃないですか、そんなもの」

尚哉が甘いものを食べないことは知ってるくせに、なぜそんなことを訊《き》くのだろう。

するとと高槻はにやっと笑って、

「そう。——じゃあ仕方ない、悪戯《いたずら》だ」

そう言って、扉を開けると同時にどんと尚哉を中に突き飛ばした。

研究室の中は、なぜか真っ暗だった。さっき外から見たときは、確かに明かりが点いていたように思うのに。

戸口から差し込む廊下の照明が、明かりの消えた部屋の中をぼんやりと照らしている。

その四角い光の中に、誰かがこちらに背を向けて立っているのが見える。妙にガタイのいい——というか、でかい男だ。汚れた作業服のようなものを着ている。明らかに研究室所属の人間ではない。

あの、と尚哉が声をかけようとしたときだった。

作業服の男が振り返り、異様な顔をこちらに向けてきた。

ぼさぼさの髪。たるんだ皮膚には、あろうことか一部に乱暴なつぎはぎがされている。剝《む》き出しの歯茎には汚い歯が乱雑に並び、眉《まゆ》も睫《まつ》毛《げ》もない目はただの黒い穴だ。尚哉は凍りついたように身を固くしたまま、茫《ぼう》然《ぜん》と男を見つめる。誰だ。何でこんな奴がここにいるのだ。

突然、ぶおん、という不穏すぎる音が響いた。男が手にしたチェーンソーだ。男はゆっくりとそれを頭の上に掲げると、世にも恐ろしい唸《うな》り声を上げながらこちらに向かっ

て突進してきて、

「……！」

ものも言わずに回れ右した尚哉は、扉の横に突っ立っている高槻の腕をとっさにつかんで逃げようとした。やばい。あれは絶対やばい人だ。今すぐ逃げないと死ぬ。だが、なぜか高槻は動こうとせず、尚哉は信じがたい気持ちで高槻の腕を引く。その間にも、チェーンソーの音はすぐ背後にまで迫る。

でかい手が、尚哉の肩を後ろから強くつかんだ。

本気で悲鳴を上げそうになった瞬間、耳元で声がした。

「遅《おせ》えじゃねえか、何してたんだ」

聞き慣れた、ややハスキーだが真っ直ぐな声。

喉《のど》の奥ではじけかけた悲鳴が変な感じに立ち消えて、尚哉は思わずげほごほとむせた。

おいおい大丈夫かと言いながら、作業服の不審者が背中をさすってくれる。

いや、不審者ではない。この声は佐々倉だ。

見れば、高槻は向こうの壁に手をついて肩を震わせている。一生懸命笑いをこらえているようだが、無駄な努力だったようで、結局体を二つに折るようにして笑い出す。

ぱっと研究室の照明が点《つ》いた。

「アキラ先生、深町くん、遅かったですねー」

「わー、わんこくーん！　ねえねえ、びっくりしたー？」

「先生先生、衣装の準備してあるから早く着てください！」

楽しげな声が幾つも上がる。瑠衣子や唯をはじめとした高槻研究室所属の院生や元院生達だ。今まで机の下に隠れていたらしい。だが、皆して姿がおかしい。瑠衣子はぼろぼろの白いワンピース姿で髪もぼさぼさだし、唯は真っ赤なコートを着て白いマスクをつけている。他にもシスター服やら和装に狐面やらと、奇妙な格好ばかりだ。机の上には、パイやサラダや唐揚げといった料理が載った大皿が幾つも置かれている。

これはもしや、と尚哉はもう一度高槻を振り返る。

どうにかこうにか笑いを収めた高槻が、笑いすぎて目尻《めじり》ににじんだ涙を指でこすりながら言った。

「ハッピーハロウィーン、深町くん。ちょっと早いけど」

「さ、先に言っといてくださいよ、こういうことは！」

「どうせならサプライズにした方が楽しいかなと思って」

「楽しくないです全然！ていうか佐々倉さん、あんたいい年して何してんですか⁉」

「レザーフェイス。『悪魔のいけにえ』って映画に出てくるだろ、知らねえか？」

ゴム製のフルマスクをぐいと頭の上に押し上げ、佐々倉が言う。いや、仮装の内容を訊いたわけではないのだが。ちなみにチェーンソーは本物ではなくオモチャだそうだ。

「それ、ホラー映画ですよね？　佐々倉さん、平気なんですか？」

「あれはただのスプラッタ映画だからな。人間しか出てこねえし」

そういう問題なのだろうか。基準がよくわからない。

高槻が今日やたらと頻繁に誰かと連絡を取っていたのは、どうやらこのパーティーの件だったようだ。尚哉に対するサプライズがどの段階から生まれたものかは知らないが、相変わらず何事も全力で楽しもうとする人達だ。

と、瑠衣子がこっちにやってきて、ぐいぐいと尚哉の腕を引っ張った。

「ほら、深町くんの分の仮装も用意してるから。入って入って！」

「いや、俺はいいですよ別に」

「そーゆーこと言わないの！　大丈夫、深町くんでも嫌がらなそうな衣装にしたから」

「え？」

戸惑う尚哉に、別の院生が、頭からばさりとシーツをかぶせてくる。

「伝統の、西洋式幽霊スタイルよ。シンプルな方がいいかと思って」

尚哉はばさばさと布を引っ張り、目の位置に開けられた穴から外を見た。瑠衣子が大きめの鏡を掲げて、今の尚哉の格好を見せてくれる。欧米の映画やドラマでよく子供がやっているハロウィンの仮装だ。シーツをかぶった幽霊。

「本当はね、深町くんにはゲゲゲの鬼太郎《きたろう》の仮装を用意してあげたかったんだけど。でも深町くん、半ズボン嫌がりそうだから、やめにしたの」

「嫌ですねそれは。こっちの方がいいです。……瑠衣子先輩は、それ、貞子ですか？」

「『Jホラー』において非常に汎用《はんよう》性の高い幽霊』の仮装。これなら貞子もできるし、ひきこさんもできるし、ほん怖に出てくる幽霊もできるし」

ばっさりと顔の前に長い髪を垂らして、瑠衣子が笑う。確かに、日本のホラー映画やドラマで大変よく見かけるスタイルだ。

瑠衣子が言うには、毎年この研究室でハロウィンパーティーを開いているのだそうだ。別に民俗学的な意図があるわけでは全くなく、「だって楽しいし、アキラ先生を堂々とコスプレさせられるから」というのが理由らしい。その理由もすごいが、そこにしれっと交ざれる佐々倉もどうかと思う。まあ、どうせ高槻が誘ったのだろうが。

「――去年も深町くんを誘うかどうか迷ったんだよ。でも、あの頃の深町くんはまだ研究室に馴染《なじ》んでなかったから、やめておいたんだ」

後ろで高槻の声がして振り返ると、そこには吸血鬼がいた。

スーツのジャケットを脱ぎ、黒いマントを羽織って牙《きば》をつけただけの簡単な仮装だが、それなりに様になっているのがさすがだ。

「今年はどうしようかなと思ってたんだけど、もう誘っても平気かなと思って。――というか」

そこで高槻が少し身をかがめた。

尚哉がかぶったシーツ越しに、耳元で囁《ささや》くように言う。

「君は、現世の楽しみをもっと知るべきだよ。君が所属してる世界のことなんだから」

「……人に幽霊の格好させておいて、そういうこと言いますかね」

「そこはそれだよ。結構似合ってるしね」

くすくすと高槻が笑う。顔も体も隠れた仮装で、似合うも何もないと思う。

唯がおいでおいでと尚哉に手を振りながら言った。

「ほら｜、わんこくん、ごはんあるから食べなよ｜！　瑠衣子センパイお手製のパンプキンパイは絶品だし、唐揚げとかサンドイッチとかグラタンもあるよ｜。あ、でも、サラダも食べないと駄目だからね｜？」

取り分け用の紙皿と割り箸《ばし》を渡された。何か食べるとなると、この仮装の場合、どうすればいいのだろう。やはりシーツをめくるしかないのか。

「唯先輩のその格好は……ええと、口裂け女ですか？」

「うん、そう！　ほら見て！」

唯がマスクを外してみせる。ご丁寧なことに、マスクの下の顔には真っ赤な口紅で裂けた口が描かれていた。

「さ、アキラ先生も来たことだし、乾杯しましょ！　皆様グラスの御準備を！」

瑠衣子が言った。グラスの準備といっても、実際は紙コップだ。研究室での宴《うたげ》なので、さすがに酒類はないらしい。尚哉の紙コップには、唯が烏龍茶《ウーロンちゃ》を注いでくれた。

皆で乾杯する。料理が取り分けられ、お化けや殺人鬼の格好をした者達が、唐揚げやサンドイッチを頬張りながら談笑し始める。

前にもこんなパーティーに巻き込まれたことがある。あれは確か秋学期試験の最終日だ。高槻の誕生日パーティーを院生達がサプライズで仕掛けたのだ。あのときは佐々倉が怪我をしたという連絡があったせいで、パーティーは半端に終わってしまったが。

シーツにあけられた穴越しに研究室の中を見ながら、現世の楽しみか、と尚哉は胸の中で呟《つぶや》いた。

確かに、自分の部屋で一人で夕食を食べることに比べたら、楽しいかもしれない。唐揚げもサンドイッチもパンプキングラタンも、当たり前のことなのだが、普段自分で作る料理とは違う味がしておいしい。

ところでパーティーというのは何をするものなのかなと思っていたら、そのうちに院生達は寄り集まって怪談話を始めた。さすが高槻研究室の人達だ。と、唯と目が合った瞬間、あっという間に尚哉も引っ張り込まれた。怖い話は別にしなくてもいいから、誰の話が一番怖かったかの評価をしてくれと言われる。そんな審査役を押し付けられても、と思ったが、怪談話を披露しろと言われるよりはマシだ。わかりましたとうなずいた尚哉の前で、トップバッターの瑠衣子が身振り手振り声色付きで語り始める。いきなり怖い。ちょっと勘弁してほしい。

「——あ、そうだ。健司《けんじ》、ちょっと相談したいことがあるんだけど」

大机の向こう側で、高槻が佐々倉に声をかけるのが聞こえた。

見ると、他の者達から少し離れるようにして、二人で小声で何か話し合っている。吸血鬼と殺人鬼が顔を寄せ合って話している様というのも、なかなかにシュールな眺めだ。

「ちょっとー、わんこくん、ちゃんと聞いてるー？」

唯に言われて、尚哉は慌てて院生達に向き直る。

どっちを見ても人外の格好をした人達ばかりだが、彼らは間違いなく現世に属した者達だった。さらに熱の入った瑠衣子の演技に、院生達がきゃあきゃあと笑い騒ぐ。その喧騒《けんそう》を、尚哉の耳は、うるさい、ではなく、心地好《よ》い、として聴いている。高槻と佐々倉がこちらの方を見て、微笑ましそうに笑っている。

研究室の中は明るい活気に満ちていた。

黄泉《よみ》も異世界も、この場所には絶対に迫ってはこられないだろうというくらいに。

頭からかぶったシーツの陰で、尚哉は、すん、と小さく鼻を鳴らしてにおいを嗅《か》いだ。

食べ物の匂いしかしなかった。

唐揚げの匂い。バターの匂いは、瑠衣子が作ったというパンプキンパイからだろうか。窓も扉も締め切った中でこれだけの料理を並べているのだから、当然のことだけれど。

でも、そのことになんだかとてつもなくほっとして、尚哉はシーツで隠れて見えないのをいいことに、顔中に笑みを浮かべた。

――それから数日後。

尚哉は再びあの雑居ビルを訪れた。

時刻は十八時過ぎ。付近には、相変わらずあまり人通りがない。

狭いエレベーターに一人で乗り込み、尚哉は四階のボタンを押した。

ゆっくりと、エレベーターが動き出す。

たどり着いた四階フロアは、やはり真っ暗だった。店舗が抜け、放置されたままのフロアをちらと眺めて、尚哉はすぐに二階のボタンを押す。

……内心では、こんなことに意味はあるのだろうかと思っていた。

成功しない確率の方がずっと高い。どうせ空振りで終わるような気がしてならない。

それでももしかしたらの可能性に賭《か》けて、尚哉は二階の後に六階のボタンを押す。

のろのろとエレベーターは上昇する。階数表示が切り替わっていくのを、尚哉はじっと見つめる。途中で誰かが乗ってくるのではないか。あるいは、関係のないフロアで誰かがエレベーターを呼んで停まるのではないか。そうなったらこれは終わりだ。けれど、そんなことは起きる様子もなく、尚哉を乗せたエレベーターは手順通りに上昇と下降を繰り返す。

エレベーターが五階に着き、扉が開いた。

あのときと同じ女が、エレベーターの前に立っていた。

女は、今日は茶色のコーデュロイパンツの上に黒のブルゾンを着ていた。尚哉はなるべく目を合わせないように壁の方を向きながら、女が乗り込んでくるのを待つ。女はブルゾンのポケットに両手を突っ込み、汚れたスニーカーで床をこするようにしながら歩いてくると、エレベーターに乗った。

尚哉と肩を並べるようにして立ち、ブルゾンのポケットに手を突っ込んだまま、じろじろと尚哉を見る。

「あんた、この前も来てたよね」

女がざらついた声で言う。

尚哉は答えず、ただ女を見下ろした。小柄な女だ。少し荒れた肌。ピアスだらけの耳。重たいマスカラの下からこちらを無表情に見上げる瞳《ひとみ》は、今日は赤い。

前回と同じく、その存在は尚哉にとってただひたすらに異物だ。狭苦しいエレベーターの中で肩を並べて立っているのが妙に辛《つら》くて、尚哉は一階のボタンに手をのばす。

そのときだった。

「ねえ」

女がまた口を開いた。

「飴玉《あめだま》――いる？」

ピンク色の舌で己の唇をべろりと舐《な》め回し、女は言う。

「……いります」

尚哉がそう答えた瞬間だった。

女が叩《たた》きつけるように階数ボタンを押した。

十階のボタンが点灯し、エレベーターが上昇を始める。

やがて、ちん、という小さな音と共に、エレベーターは十階にたどり着いた。

女は尚哉を振り返ることもなく、大股《おおまた》でフロアに踏み出していく。尚哉は少し迷って、女の後についていく。

わざと暗くしてあるらしく、十階フロアはまるで外の夜がそのまま建物の中に広がっているかのように見えた。天井の照明は抜かれ、代わりにガス灯を模したフロアランプが廊下のあちこちに立てられている。壁に設置されたスポットライトが照らし出しているのは、バーの看板と扉だ。扉には『OPEN』の札がぶら下がっている。

だが、女はバーの扉には目もくれず、フロアの奥に歩いていく。

突き当たりの壁にある灰色の非常扉を開け、そこで女は初めて尚哉を振り返った。

「早く来なよ」

女と一緒に扉から外に出ると、そこは非常階段の一番上だった。

さしてスペースもなく、すぐ近くに隣のビルの壁面が迫っている。びゅうっと強い風が吹き、思わず身をすくめた尚哉を、女が笑った。

「あんた、初めて?」

何が、と尚哉が訊《き》くより早く、女はブルゾンのポケットから右手を引き抜いた。

その手には、ビニールの袋が握られている。

「ほら」

袋の中には、色とりどりの飴玉が幾つも入っていた。ピンク。赤。緑。黄色。駄菓子屋の店頭で見るような、まんまるくて周りに白い粉がまぶされた飴玉。

女はその中から赤いものを選んで取り出し、指でつまんで尚哉の顔の前に掲げた。

「おいしいよ」

そう言って、女は尚哉の唇の間に飴玉を押し込もうとし——そのときだった。

ぎい、と非常扉が再び開いた。

はっとした女が、体当たりするようにして閉めようとする。

が、その前に、扉の隙間から出てきた大きな手が、がしっと扉の端をつかんだ。

「——おい」

女が懸命に閉じようとしている扉を力まかせにこじ開け、狂犬のような目つきをしたでかい男が顔を出す。

まるっきりヤのつく職業の人にしか見えない凶悪な顔が、はるかな高みから女を見下ろして、にたりと笑った。

「俺にも飴玉よこせよ」

「……っ！」

ひっと、女の喉《のど》が恐怖に鳴った。

尚哉を扉の方に突き飛ばし、錆《さび》だらけの階段をがんがん鳴らしながら駆け下りていく。

よろけた尚哉を胸で受け止めた佐々倉が、下に向かって叫んだ。

「おい、そっち行ったぞ！」

それと同時に、今度はがんがんと下から上がってくる足音が聞こえる。数が多い。尚哉は非常階段の手すりから身を乗り出すようにして、下を見た。スーツ姿の男達が幾人も非常階段を駆け上がってくるのが見える。挟み撃ちにされて、女が畜生と叫ぶ。

　また非常扉が開き、今度は高槻が顔を出した。

「二人とも、お疲れ様。上手《うま》くいったみたいだね。深町くん、怪我とかしてない？」

「はい、大丈夫です」

尚哉はうなずいた。

階段の下の方が、さっきよりもさらに騒がしくなった。どうやら女を確保したらしい。

「俺もちょっと行ってくる。後で話聞くから、まだ帰らずにいろよ」

佐々倉がそう言って、階段を下りていく。

尚哉はふと足元に視線を向けた。

女がさっき尚哉に食べさせようとした飴玉が落ちていた。落下の衝撃か、あるいは逃げる女が踏みつけでもしたか、赤い飴玉は割れ砕けて粉々だ。

きらきらと輝いて見える飴玉のかけらを見下ろしながら、尚哉は、つくづく自分は飴というものに縁があるのかもしれないなと思った。

かつて真夜中の祭に参加して食べさせられたのは、べっこう飴だ。

そして今回は、飴玉。

どちらの飴も食べると大変よろしくないことが起こるという点では共通している。

べっこう飴は、食えば『孤独になる』というものだった。

そして、この赤い飴玉は——おそらく、湊智也を失踪《しっそう》させた原因のはずだ。

佐々倉が事の顚末《てんまつ》を話すために高槻の研究室を訪れたのは、その翌々日のことだった。

「——見つかったぞ、湊智也」

「そう、よかった」

開口一番そう言った佐々倉に、高槻はにこりと微笑んだ。

佐々倉はパイプ椅子にどっかりと腰を下ろすと、

「都内のマンガ喫茶を転々としてたらしい。保護して、今は病院にいる。両親には連絡済みだ」

「そう。……湊くんの様子は？　ひどいの？」

「まあ、会話は普通にできるらしいし、そこまでじゃねえとは思うがな。保護したときも、特に抵抗もしなかったって聞いてる。とはいえ、ある程度常用はしてたみてえだからなあ……まあ、その辺は、自業自得な部分もあるよな」

なにせドラッグだからな、と苦々しげな声で佐々倉は言った。

——『飴玉』というのは、近頃都内の学生を中心に広まりつつあるドラッグのことなのだそうだ。手軽に高揚感を得られるが、常習性があるので問題になっていたという。

あのビルは、そのドラッグの取引現場の一つだった。監視カメラを確認したら、以前から湊が出入りしていたことがわかったそうだ。

絵里奈が湊の両親に連絡したところ、湊は実家には戻っていないということだった。湊の両親が行方不明者届を出し、一旦《いったん》は『一般家出人』の扱いで受理されたが、薬物への関与が疑われた時点で『特異行方不明者』に切り替わり、捜査員が動員された。

大仏マグカップに入ったコーヒーを飲みつつ、佐々倉が言った。

「しかし彰良、お前よく『飴玉』のこと知ってたな」

「ちょっと前に別の大学の先生達と懇親会をしたときに、その話が出たんだ。よりにもよって教え子が『飴玉』に手を出して、警察沙汰《ざた》になったって。――深町くんがエレベーターの中で『飴玉いる？』って訊かれたっていうのを聞いて、思い出したんだよ」

高槻が言う。

「湊くんがもし『飴玉』を使ってたとしたら、倉本さんや平谷さんが話していた湊くんの様子にも納得がいく。飲み会で、湊くんは最初のうちはテンション高く騒いでいたけど、だんだん無口になって黙り込むようになったという話だった。まあ、単に疲れただけかもしれないし、抑うつ状態の人にはよくあることのようにも思えたんだけど……でも、もしかしたら薬物のせいもあったかもしれないと思ってね。それで、念のため健ちゃんに相談したんだ。こういう話は、やっぱり警察に言うのが一番でしょう？」

ハロウィンパーティーのときに高槻が佐々倉と話していたのは、このことだったのだ。

薬物関係は佐々倉のいる刑事部ではなく、組織犯罪対策部の扱いなのだそうだが、佐々倉の先輩刑事がそちらの部署にいることもあり、比較的スムーズに話が通った。

「これで一網打尽とはいかねえだろうが、あの女からある程度は芋《いも》づる式に引っ張れそうだって、組対は喜んでたぞ。――深町、囮《おとり》役やらせて悪かったな。だが今回は、お前のその地味で大人しい見た目が役に立った。助かったよ」

「……それ、全然褒めてませんよね」

佐々倉の言葉に、尚哉は顔をしかめつつ自分のコーヒーを飲む。

あのビルが『飴玉《あめだま》』の取引現場だとしても、なぜ尚哉だけが売人に声をかけられたのかが謎だったのだ。学生をターゲットにしていたのであれば、絵里奈や平谷だって声をかけられてもおかしくはない。

その謎の答えは、例の売人の女が吐いた内容からわかったそうだ。

「あのエレベーターの監視カメラの映像は、五階にある事務所でも見られるようになってたな。どこかの階に用がある様子もなく、しばらく行ったり来たりしてる学生がいたら、売人が声をかけるってやり方にしてたらしい。噂を聞きつけてやってきたのかもってことでな。で、売るときの方針が、『派手めの奴と女子は避ける』だったんだと」

「何でなんですか？」

「『女子は下手したら泣くし、彼氏を連れてきたりするから面倒臭い。大人しめの男子は扱いやすくていい』だとさ。別に組織の方針じゃなくて、あの女がそう決めてただけらしいがな。小柄で力も弱い女が一人で客と相対してたんだ、自衛のためのルールが必要だったんじゃねえのか。湊智也も、地味で大人しい感じの見た目してたぞ」

「成程。つまり深町くんは、彼女にとって、顧客としてどストライクだったわけだ」

高槻がうなずきながら言う。全然嬉《うれ》しくないなと尚哉は思う。

湊が最初にあのビルに行ったのは、フードデリバリーのバイトでだったそうだ。

ビルに入っている事務所に配達に行き、帰ろうとしたとき、このビルは十階建てだと気づいて、『異世界に行く方法』を試したのだという。

用は済んでいるはずなのにエレベーターで行きつ戻りつしている湊の姿は、監視カメラの映像を通して、売人の女の目に留まった。

女は湊と同じエレベーターに乗り込み、尋ねたのだ。

——飴玉いる？

湊はそれに、「いる」と答えてしまった。

それが運命の分かれ目だった。

湊は、『飴玉』の虜《とりこ》になった。『飴玉』がもたらす高揚感にすっかりハマり、『飴玉』を買う金を稼ぐためにバイトを増やし——けれど、本人にも、これがドラッグだという自覚はあったらしい。このまま続けていたらやばいことになるとも思っていた。

「湊の話だと、例のサークルの飲み会には、手元にあった最後の『飴玉』を食ってから行ったらしい。その最後の一つで『飴玉』とは縁を切って、大学に戻るつもりでな。でも、薬の効果が切れたら気分が落ち込んできて、自分はもう駄目だと思ったらしい」

——もう自分は大学には戻れない。

そう思った湊は、平谷が駄々をこねて新宿をうろうろする羽目になったとき、わざとあのビルへ絵里奈と平谷を誘導した。そして、『異世界に行く方法』をやるふりをして売人に会い、『飴玉』を購入した。

だが、一人でアパートに戻り、自分の部屋に入って扉を閉めた途端、湊はどうしようもなく怖くなったのだという。

自分は大学には戻れない。でも、毎日毎日この部屋でベッドに寝転び、『飴玉』をしゃぶりながらスマホばかり眺めていたら、きっと抜け出せなくなる。

だから湊は、買ったばかりの『飴玉』と最低限のものだけ持って、自分のアパートから逃げ出した。

手元の『飴玉』が尽きたら、死のう――そう思っていたらしい。

「そう。間に合ってよかった」

佐々倉の話を聞いて、高槻がほっとした声を出す。

「倉本さんには湊くんのご両親から連絡がいってるかもしれないけど、後で僕からも電話しておくよ。……たぶん、彼女にもケアが必要だ」

「そうだな。悪いが頼む。その辺は警察じゃもう手が出せねえ範囲だ」

事件で傷つくのは当事者だけではない。その周りの人々、家族や友人もまた、ショックを受けたり悲しんだりするのだ。

とはいえ、絵里奈が高槻に相談しなければ、最悪の事態も十分あり得た話だ。本当に、間に合ってよかったと思う。

　飲み干したコーヒーのマグカップをどんと机に置き、佐々倉が尋ねた。

「つーか、何なんだよ？　『異世界に行く方法』って」

「そういう都市伝説があるんだよ。エレベーターを使って異世界に行くための手順を説明した話でね。湊くんは、もうずっと前からそれを試してたんだ」

「何でそんなもんをやりたがるんだ」

「ままならない現実から逃げ出したかったからじゃない？」

　甘いココアを口に運んで、高槻は唇の端を少し吊《つ》り上げた。

「とはいえ、異界への扉はそう簡単には開かない。湊くんは異世界にはたどり着けなかった。……求めれば気軽にたどり着けるような異界があれば楽なのにね」

「——おい」

「冗談だよ」

　ぎろりと睨《にら》んだ佐々倉に、高槻が小さく肩をすくめて笑う。

　佐々倉が舌打ちして立ち上がった。

「こちとら現実世界で必死に生きてんだ、そんな遠足感覚で行ける異界があってたまるかよ」

「そうだねえ、遠足とか修学旅行で異界に行けたら楽しい気もするけどね。——健ちゃん、もう帰るの？」

「ああ。まだ仕事がある」

「そう。今日はわざわざ話しに来てくれてありがとう。またね」

高槻が言い、佐々倉は「ああ」とうなずいて、研究室から出て行った。

尚哉も自分のコーヒーを飲み干して、立ち上がる。

「それじゃ、俺もそろそろ行きますね。この後まだ講義があるので」

「ああ、うん。深町くんも、来てくれてありがとう」

「あ、せっかくだから、また本借りていっていいですか？」

そう言って本棚の方に向かいかけ、ふと先日のやりとりを思い出して、尚哉は高槻を振り返る。

「……これは、純粋に本借りたいから借りるんであって、他意はないですからね」

口に出して言ってみたら、思いのほか言い訳がましくなった。

あは、と高槻が声を出して笑う。

「いいよ別に、どっちでも。深町くんが研究熱心なのは嬉しいし、僕を心配してくれてるのも嬉しいから。でも、そんなに心配しなくても大丈夫だよ？　自分でも気をつけて確認してるけど、あの浅草以来、記憶が途切れたことはないよ」

「そう、ですか」

「そんなしょっちゅう出てこられたらたまらないよ。――これは僕の体なんだからさ」

高槻がそう言って、立ち上がった。使用済みのカップを片付け始める。

尚哉は本棚に向き直り、借りる本を選び始めた。

と、本棚の一番下の段から、髪の毛のようなものがはみ出していることに気づいた。

その段には本ではなく段ボール箱が幾つか置かれていて、物置のようになっている。

文房具やお菓子などが入っているのは知っているが、誰かかつらでも入れたのだろうか。

怪訝《けげん》に思って、覗《のぞ》き込んでみる。

違った。

佐々倉がハロウィンパーティーで使用した、あの気持ち悪いゴムマスクだった。

「……あの、先生。これ、何でここに……」

「え？　ああ、健ちゃんがもういらないって言うから、とりあえずそこに」

「いや、誰もいらないでしょ、これ……」

「でも、来年のハロウィンパーティーで僕がかぶるかもしれないじゃない？」

「それ、たぶん瑠衣子先輩達が絶対許さないと思いますよ」

「何で？」

きょとんとした顔で高槻が首をかしげる。この出来の良すぎる顔面が隠れるような仮装を瑠衣子達が許可するわけはないと思う。

本を選び終わり、研究室を出ようとした尚哉の背中に向かって、高槻が言った。

「――深町くんはさあ。一人でどこかに消えたりしたら駄目だよ」

尚哉は振り返った。

高槻は、窓際の小テーブルの前にいた。

今日は天気がいい。窓から差し込む陽射しは白く明るく、窓を背にした高槻の茶色みがかった髪はその陽射しに柔らかく透け、上等なスーツに包まれたすらりとした長身は光に縁取られて見える。その分、こちらに向けてやんわりと微笑むその顔は少し陰になっていて、

——あのね。あたし、何でかわからないけど、たまに不安になるの。

——いつかアキラ先生がいなくなっちゃうような気がして。

どうして今、ずっと前に聞いた瑠衣子の声を、思い出すのだろう。

頭に浮かんだものを払うように軽く首を振り、尚哉はつかつかと高槻に歩み寄った。

「何？　どうしたの、深町くん」

高槻が、少し驚いたように尚哉を見る。近づいてしまえば、先程は陰になって見えた顔も普通に見える。

尚哉はその顔をぐいと見上げて言った。

「消えませんよ、俺は」

高槻が軽く目を瞠《みは》る。

焦げ茶色の瞳が尚哉を見下ろし、そして笑みを浮かべた。

「そう。よかった」

「ていうか、それは割とこっちの台詞です。先生、前科があるんですから」

「なるべくって」

「大丈夫。ちゃんと気をつけるよ。だって来年も、ここで皆でハロウィンパーティーするんだからね」

そう言って、高槻がぽんと尚哉の頭に片手を置く。

また髪をかき回される前に、尚哉はその手の下から抜け出し、失礼しますと言って研究室を出た。笑いを含んだ「またね」という言葉を背中で聞きながら、扉を閉める。

普段はなるべく階段を使うようにしているが、研究室棟にはエレベーターもある。時刻を確認すると、次の講義まであまり時間がなかった。ちょうど三階にエレベーターが停まっているようだったので、尚哉はボタンを押して扉を開き、中に乗り込んだ。

この建物は六階建てだ。壁に並んだ階数表示は、当然ながら六までしかない。

そうか、とそれを見て尚哉は思う。

このエレベーターでは、異世界へは行けないのだ。

それから、自分の考えに馬鹿馬鹿しくなって、尚哉は一階のボタンを押した。

佐々倉の言う通り、自分達は現実世界で必死に生きなければならないのだし——それに、尚哉は知っている。

異界は、決して気軽な逃げ場所にできるようなところではないのだということを。

——ちなみに、ハロウィンパーティーの話には、後日談がある。

パーティーの最中に、大学生協でやっているカボチャの重量当てコンテストの話になったのだ。生協は閉店済みだが、カボチャも応募用紙も生協の外に設置されている。せっかくだから皆でやろうということになった。

仮装した状態で外に出るのはどうなんだろうと尚哉は思ったが、他の誰もそんなことを気にする様子はなく、徒党を組んで堂々とカボチャ目指して歩いた。時間が遅いこともあり、誰ともすれ違わなかったのが幸いだった。

コンテストの結果は、ハロウィンの翌日に、生協入口に掲示された。

生協に買い物に行った尚哉は、優勝者の名前を見て目を疑った。

——『高槻研究室　佐々倉健司』

カボチャの重量は五十三キロだったそうなのだが、なんとぴたりと正解したらしい。

……はたして生協の職員は、どう見ても研究室所属には見えないあの強面《こわもて》刑事が出向いても、賞金を渡してくれるのだろうか。

首をひねりつつも、尚哉はとりあえずコンテスト結果を写真に収め、「おめでとうございます」という言葉を添えて、佐々倉にメールで送っておいた。

もし首尾よく佐々倉が賞金を手にしたら、たかろうと思いつつ。

第二章　沼のヌシ

十一月に入ると、キャンパスはどこか浮足立ったような雰囲気に包まれる。

青和祭、つまり大学祭が近づいてくるからだ。

開催は例年十一月二週目の金曜から日曜。その間は、キャンパス内は普段とは全く違った顔になる。中庭には種々雑多な食べ物の屋台が立ち並び、校舎の中では各種展示のほかに様々な催し物が行われる。演劇関係のサークルや落研はここぞとばかりに新作公演を打ち、裏庭ではプロレス研究会が飛び入り参加大歓迎のプロレスリングを設置して熱い闘いを繰り広げ、中庭の特設ステージではライブや芸能人を招いてのイベントが行われる。三日間にわたるお祭り騒ぎは、毎年かなりの動員数を記録しているという。

おかげで今の時期は、キャンパスの中で右を向いても左を向いても、学祭の準備に勤《いそ》しむ学生達の姿が目につく。段ボールや板材を地面に広げ、絵具を塗ったりトンカチを振るったりしている彼らは、全力で学祭を盛り上げようという熱に包まれている。

――が、そんなものとは全く無縁の学生というのも、中にはいる。

深町尚哉もまたその一人だ。

サークルにも学生団体にも所属していないし、そもそも人の多い場所は苦手だ。そういう学生には、大学祭というのは過ぎ去るのを待つばかりの嵐みたいなものである。

「そういえば難波、今年も学祭でサークルの屋台やるのか？」

青和祭を週末に控えた、十一月二週目の月曜午後。

講義前の休み時間に、尚哉は教室で隣に座る難波にそう尋ねた。

難波が所属するテニスサークルは、毎年クレープの屋台を青和祭で出す。中庭グルメコンテストで必ず上位に食い込む人気店だそうだ。

去年は難波からコンテストの投票に協力してくれと頼まれて、一日だけ学祭に行ったのだ。今年も来いと難波が言うなら、一回だけ食べに行ってもいいかなと思う。店の名物の明太《めんたい》お好み焼きクレープとやらは、結構おいしかった。

「……難波？　どうした？」

返事がないのを怪訝に思って、尚哉は難波の方に顔を向けた。

難波は机に突っ伏していた。

眠いとか具合が悪いというよりはまるで世の中を拒絶したようなその姿勢に既視感を覚え、尚哉は尋ねる。

「まさか、また不幸の手紙をもらったとか言わないよな？」

机に突っ伏したまま、難波がふるふると首を横に振る。違うらしい。

「じゃあ何だよ、もしかして彼女と喧嘩《けんか》でもしたとか？」

軽い冗談のつもりで尚哉がそう言った途端、難波が身を固くした。

え、と尚哉は驚き、

「まさか図星？」

「…………………っっ」

難波が声にならない声を上げて、机に投げ出した己の腕にぐりぐりと額を押しつけ始める。やばい。これは結構深刻だ。

「うわ、泣くな泣くな、俺が悪かったから！　何があったんだよ一体⁉」

ぐりぐりが止まらない難波の背中をなでさすり、なんとかなだめようとする。

難波は他学部の女子と一年の頃から付き合っている。同じサークルに所属している子で、確か名前は愛美《なるみ》だ。難波とは良いカップルのように見えたが、どうしたのだろう。

「昨夜喧嘩してさあ……部屋から蹴《け》り出されて。比喩《ひゆ》じゃなくてマジで蹴り出されて」

「えっ、何したんだよお前」

「……………他の女の子とメシ食いに行ったのがバレました」

「それはお前が悪いだろ」

「違《ちげ》えよ！　別にやましいことは一つもない清い間柄よ、ただの友達よ⁉　向こうがちょっと相談に乗ってくれっていうから！　けど、彼女いるのに二人きりで晩飯はアウトだって。そもそも男女間に友情なんかないって」

「いや、それはあるだろ普通に。まあでもその辺の価値観は人それぞれか」

「せめて事前に言っとけって、泣きながら怒られて……つーか、愛美の友達が、たまたま同じ店にいたらしくって。そんでこっそり写真撮って愛美に送っててさあ……」

「えええ」

「その写真がまた、いかにも浮気の証拠写真みたいな絶妙なやつで……もー修羅場よ、ミッフィーちゃんのクッションで殴り殺されそうになった。あれが鈍器ならマジ殺人」

「うわあ、それは……大変だったな」

他に言葉が出ない。

難波は机に突っ伏したまま、両手で頭を抱える。

「いつもはさあ、喧嘩しても翌朝にはなんとなく仲直りして、昼までにはいつも通りに戻るんだけど。ＬＩＮＥも既読にならないし、電話も出ないし、どーすれば……」

またぐりぐりが始まる。尚哉はよしよしとその背中をなでる。

「とりあえずなんとか彼女を捕まえて、あらためて話をするしかないんじゃないか？」

「逃げられたらどーしよ……」

「じゃあ、ほとぼりが冷めるまで待つとか」

「そんなん待ってたらマジ終わる……」

この世の終わりに直面した男のような声で難波が言う。

すっかり机と仲良くなっている難波の頭を見下ろし、尚哉はどうしたものかと考えた。

これはもう青和祭の話どころではなさそうだ。

何か気の利いた言葉でもかけてやりたいところだが、何しろ尚哉はその方面には完全に疎い。経験値が絶対的に足りないのだ。通り一遍のことしか言えない。

「俺は、難波にはなるべく幸せでいてほしいんだけどなあ……」

よしよしと難波の背中をなでていたら、思わず本音が出た。

難波という男は不思議な奴で、絵に描いたようなリア充なのだが、全く嫌味がない。尚哉が最初から放棄している華やかな学生生活を存分に謳歌《おうか》するその姿は、むしろ応援したくなるほどだ。難波にはいつでも明るく楽しく過ごしていてほしい。

と、難波がうっそりと顔を上げた。

こすれてすっかり赤くなったおでこをこちらに向け、うつろな目をしながら、

「やだ深町くんたら優しい。惚《ほ》れちゃいそう」

「やめろ。振られたからって錯乱するな」

「まだ振られてないっ！　断じて振られてないぞー、俺は！」

ぎゃーぎゃーと難波がわめく。わめくだけの元気があるなら、まあ平気だろう。

と、机の上に置いてあった尚哉のスマホが、一度震えた。メールがきたらしい。

画面に表示された名前を見た尚哉は、思わず、あ、と小さく声を出した。

難波が拗《す》ねた目つきで言う。

「なんだよー、なんかいいメールでもきたのかよー」

「いいメールっていうか。……先輩からだよ。どうしたのかなと思って」

「先輩？　高校の？」

「いや、人生の」

「はあ？……前にもなんかそんなこと言ってたなお前」

難波が首をかしげる。確かにこれと全く同じ会話を前にした記憶がある。

遠山宏孝《とおやまひろたか》。

過去に尚哉と同じ体験をし、同じ力を与えられた、人生の先輩である。


——高槻に相談したいことがあるのだがアポ取りできるだろうか、というのが、遠山からのメールの内容だった。

取り急ぎ高槻にメールで訊《き》いてみると、高槻は「明日《あした》でも大丈夫だよ！」とテンション高く回答してきた。他でもない遠山からの依頼というのが気になるらしい。尚哉が遠山にその旨返信すると、明日の午後に遠山が青和大を訪問するということで、すぐに話がまとまった。どうやら急ぎの用件のようだ。

というわけで次の日、尚哉は午後の講義の後に、駅まで遠山を迎えに行った。

遠山はもう改札の外で待っていた。

仕事柄か、遠山の服装は高槻と比べると少しラフだ。今日はタートルネックのニットの上にジャケットを重ね、下はチノパンを穿《は》いている。銀縁の眼鏡をかけた顔は知的で落ち着いた印象で、やや白髪の混じった髪はいつも綺麗《きれい》に整えられている。

「遠山さん。お待たせしてすみません」

尚哉が駆け寄ると、遠山は眼鏡の奥の切れ長の目を優しく細めた。

「やあ。わざわざ迎えに来てもらってすまないね」

「いえ。行きましょう、こっちです」

遠山を大学へと案内する。近くまで来たことはあるが、遠山がキャンパスに足を踏み入れるのは今日が初めてだ。

四月にとある事件を通して出会って以来、遠山とはたまに連絡を取り合ったり、会って話をしたりしている。

直近で遠山と会ったのは、長野から戻った直後だ。起きたことを一通り伝えると、案の定「だから行くなと言ったのに」とかなり本気で叱られた。が、山神の話や死者の祭の真実などについては、遠山も興味深そうに聞いていた。己が過去に体験した出来事について知りたいという気持ちは、やはり遠山の中にも強く存在していたらしい。

遠山を連れてキャンパスの門をくぐる。

いつもはダンスサークルがステップを踏んでいたり、大道芸研究会がジャグリングを披露していたりする中庭は、今は学祭のための巨大な作業場だ。通路に何枚もベニヤ板を敷き詰めて作業している者達もいるので、通行もままならない。

大きなパネルをえっちらおっちら運ぶ二人組に道を譲りながら、遠山が口を開いた。

「これは、もしかして学祭の準備かな？」

「あ、はい。確か今週末から学祭なんですよ」

尚哉がそう答えると、遠山はまた少し目を細めた。

「他人事《ひとごと》だって口調だね」

「他人事ですから。サークルとか入ってませんしね」

「……私も、学生のときは君と同じようなものだったよ。騒々しいのは苦手でね」

遠山が言った。

段ボールを組み合わせて何か作っている集団の横を通り過ぎる。雑談を交わしながら作業する彼らの声は、時折チューニングが狂ったかのように歪《ゆが》んで聞こえる。遠山が自分と全く同じタイミングで顔をしかめるのを見て、尚哉はなんとなく笑い、

「遠山さんも、やっぱりそうでしたか」

「ああ。学祭なんて早く終わればいいのにと、いつも思っていた」

「俺、今まさにそう思ってます」

同じ力を持つ者同士は気が楽だ。

自分と同じ人生を歩んできた人が他にもいるのだと思うと、それだけで不思議に心が安らぐ気がする。誰といたってどうしても心の隅に残る冷たい孤独が、今だけはぴったり同じ大きさの何かで埋められて消えてくれるような感覚がある。

学祭の準備をしている集団は、研究室棟の近くにもいた。四角く切った板に棒を取りつけ、プラカードのようなものを作っているらしい。尚哉は遠山を連れて、その集団を

避けるように少し迂回《うかい》する。

そのときだった。

「——あ。深町くんだ」

そんな声が聞こえた。

驚いて思わず振り返ると、プラカード作成集団の中に見覚えのある顔が二つあった。

去年、語学クラスで一緒だった女子学生だ。背が高くて茶色の髪を長くのばしているのが、確か中川《なかがわ》はるか。今声を上げたのは、はるかだ。

そして、その隣——小柄で黒髪ショートボブの眼鏡の子は、梶山亜沙子《かじやまあさこ》。

亜沙子は尚哉を見ると、ふっと頰を強張《こわば》らせた。

尚哉も少し気まずい気分で、目をそらす。

と、何を思ったか、突然はるかがこちらに向かって走り寄ってきて、

「ねーねー、深町くん！　深町くんって、脱出ゲームとか好き？」

「え？　えっと、ごめん、やったことない」

突然尋ねられて、尚哉は戸惑いながらもそう答える。

が、それで引き下がるはるかではなく、

「あのね、あたしと亜沙子って、クイズ研究会に入ってるのね。うちのサークル、青和祭で脱出ゲームやるの。キャンパス全体をお城に見立てて、時間内に謎が解けたら脱出成功。お城の住人の格好をしたクイズ研のメンバーがあちこちにいてヒントをくれるか

ら、それをもとに推理すればいいの。問題は難しいけど、よーく考えれば解けないことはないし、あたしのところに来てくれたら、深町くんにはスペシャルヒントをあげてもいい。あたしと亜沙子はお城のメイド役でね、超可愛いメイド服着るんだよ！」

早口でまくし立てるようにしてぐいぐいと攻めてくる。なんというか、押しが強い。

「あ……でもそういうのって、一人で参加するのもアレだから、俺はいいかな」

「大丈夫！　ぼっち参加も大歓迎！　でも、もしも一人が嫌なんだったら」

きらりと、はるかの目が一瞬光った気がした。

「亜沙子と一緒に回ればいいと思うな！　あたし達、自由時間も勿論《もちろん》あるから」

「え……と、俺は、あんまりそういうのは……」

さらにぐいぐい攻めてくるはるかに完全に押されて、尚哉が思わず後退《あとずさ》りそうになったときだった。

「――はるかちゃん！」

ぐいと、はるかの腕を後ろから引っ張った小さな手があった。

亜沙子だった。

はるかの腕を両手でつかみ、うつむきながら言う。

「はるかちゃん。深町くん困ってるよ。無理に誘ったりしたら駄目だよ、迷惑だよ」

「亜沙子。だけど」

「……も、もー、やだなーはるかちゃんったら。もういいって言ったのに」

亜沙子が顔を上げた。

眼鏡の奥の大きな目をぱちぱちさせながら尚哉を見て、

「ごめんね、深町くん。気にしないでいいから」

「……梶山さん」

「こ、この前のことは、忘れてくれると嬉《うれ》しいなっ。あれ、私の勘違いだったみたい」

恥ずかしそうに笑って言ったその声が、ほんの一部だけ、はっきりと歪んだ。

——亜沙子から告白されたのは、夏休みが明けてすぐのことだった。

好きです、付き合ってくださいと、突然言われた。

何の前触れもなかったように思う。本当に唐突すぎて、びっくりした。

何しろ尚哉と亜沙子が接点を持ったのは、ただ一度だけだ。春学期の途中のこと。学食でイヤホンをつけながら遅い昼食を食べていたら、近くに亜沙子がいたのだ。亜沙子は見覚えのない男女二人の学生と同席していたが、なんとなく様子がおかしかった。二人は、亜沙子が戸惑った顔で何か言いかける度に笑顔でそれを遮り、しきりに何かを勧めているようだった。

少し気になってイヤホンをはずしてみたら、亜沙子と話している二人が嘘しか言っていないことがわかった。ぎゅるぎゅると歪み狂った声で「亜沙子は友達だから」と言っては、何かを買え買えと亜沙子に迫っている。しばらく我慢して聞いてみると、どう考えてもそれはマルチ商法で——気づいてしまったら、さすがに放っておけなかった。

その場からなんとか亜沙子を連れ出し、高槻のところに連れて行った。

でも、亜沙子との関係といえば、本当にそれだけだ。後日何か話した覚えはないし、そもそも今は学科も違うから、普段講義で顔を合わせることもない。

それなのに告白されて——尚哉はそれを、断った。

「ほら、前に、深町くんに助けてもらったから、それで私、何かその、勘違いしちゃったみたいで。だから、だからもう今はね、全然、本当全然っ、そんなこと思ってないから……なんて言ったら深町くんに失礼になっちゃうね、ご、ごめんね？」

はるかの腕をつかんだまま、不器用な喋《しゃべ》り方で亜沙子が言う。真っ黒な髪の間から覗《のぞ》く小さな耳が真っ赤になっている。一生懸命なその声がぐにゃりと歪む度、尚哉は胸の奥が痛むのを感じる。この子は、自分の声がそんな風に尚哉の耳に届いているなんて夢にも思わないだろう。

ああ、きっといい子なんだろうな、と尚哉は思う。

そう思うからこそ、余計に苦しくなる。

「——深町くん。そろそろ」

そのとき、遠山がそう声をかけてくれた。

尚哉ははっとして遠山を振り返り、また亜沙子に視線を戻して、

「……ごめん。俺、人を案内してる最中で」

「あ、うんっ。邪魔してごめんね、じゃあね！」

亜沙子がそう言って、はるかを引きずるようにして作業場に戻る。

はるかはいつまでもこちらを睨《にら》んでいるようだったが、尚哉は彼女達に背を向けて、遠山を連れて研究室棟に入った。

彼女達の視界からはずれたと思った途端、胸の底からため息が出た。

「すみません。助かりました」

「いや、いい」

遠山が短くそう返す。

それから、少し眼差《まなざ》しを和らげて、こう言った。

「まあ、生きていれば色々なことがあるよ。……あまり気にしないことだ」

その言葉にはいと答えながら、遠山にも色々あったのかなと尚哉はちらと思う。あったからこその言葉なのだろうが、そういえば遠山とそういう話をしたことはまだない。

遠山を高槻の研究室まで案内し、扉をノックする。

いつもなら「どうぞ」と声が返るところだが、今日は中から高槻が自分で扉を開け、

「おひさしぶりです、遠山さん！　どうぞお入りください」

「ご無沙汰《ぶさた》しております、高槻先生。今日はお世話になります」

人懐こい笑みを浮かべてそう言った高槻に、遠山が軽く頭を下げた。

この二人が直接顔を合わせるのは、四月の事件以来だ。高槻は遠山に椅子を勧めると、いつものように突き当たりの窓の前にある小テーブルの方へと歩いていく。

「遠山さん。お話を伺う前に、まずは飲み物を入れますね。選択肢はココアとコーヒーと紅茶とほうじ茶です。紅茶とほうじ茶はティーバッグ使用、ちなみにココアはバンホーテンですよ！」

「では、コーヒーをお願いできますか」

「お薦めはココアなんですが、やはり遠山さんも甘いものは駄目ですか。では、少々お待ちください」

高槻がそう言って、食器棚からマグカップを三つ取り出した。

誰か客が来ると、とりあえず飲み物を出すのが高槻の習性である。ゆえに窓辺に設けられたこのスペースは、この研究室においても重要なものらしい。

しかし、前に日本史の三谷《みたに》教授の研究室に行ったとき、同じ位置に教授専用の事務机が置かれているのを見て、尚哉は、あれ、と思った。そういえば高槻の研究室には高槻専用の机というものがないなと、そのとき初めて気づいたのである。

高校までの職員室の様子を思うと、そういうものがあるのが普通なのではないかという気がした。が、「何で先生の机ないんですか？」と高槻に尋ねてみたところ、「いらないから捨てちゃったんだよね」というなかなかに衝撃的な答えが返ってきた。

研究室を割り当てられた当初は、部屋の備品として、高槻用の事務机が置かれていたのだという。でも、その机を使うと、大机で研究したり会話したりしている院生達との間に距離ができてしまう。そのことになんとなく疎外感を覚えて、結局高槻も大机の方に座るようになったらしい。

使われなくなった事務机には、やがてコーヒーメーカーとポットが置かれるようになり、各自のマグカップが並んだ。それならいっそ事務机をなくして食器棚を置いた方がいいのではないかと思って、今の形にしたのだそうだ。……寂しかったからなんて、そんな子供みたいな理由でかと思ったが、まあ高槻らしい話ではあるかもしれない。

「――どうぞ」

トレーを手に戻ってきた高槻が、遠山の前にコーヒーの入ったマグカップを置いた。

遠山は、マグカップの大仏柄に一瞬顔を引き攣《つ》らせたが、特に何も言わずに口に運んだ。さすが大人の対応だ。

高槻は、遠山の隣に腰掛けた尚哉に犬柄のマグカップを渡すと、自分は遠山を挟んで反対側の椅子にすとんと腰を下ろした。

「……ここでは横並びが基本なんですか？」

と、遠山がぼそりと呟《つぶや》く。

言われて気づいたが、相談者と大学の先生というものは、机を挟んで向かい合うのが一般的な気がする。先日相談に訪れた絵里奈は、尚哉が先に席に座っていたせいもあって自分から向かい側の椅子を選択したが、今日は三人で一列横並びの状態だ。

しかし高槻は、にっこり笑って自分のマグカップを手元に引き寄せると、

「この机は大きいので、机を挟むと距離が遠くなってしまいますからね！」

「遠いと何か問題が？……ああ、聴力等に問題があるのでしたら、すみません」

「いえ、僕、目ほどではないですが、耳も結構いいですよ。離れていても、会話に不自由はありません。でも僕は遠山さんと仲良くなりたいので、まずは物理的距離から縮めてみようと思いました！」

「……はあ。そうですか」

すでにやや引き気味のテンションで、遠山がそう返す。

たぶん遠山は、高槻の誰に対しても気安く距離を詰めてくる感じがちょっと苦手なのだと思う。尚哉も本来は遠山と同じタイプの人間なので、気持ちはわかる。わざわざ尚哉を通して高槻のアポ取りをしたのも、関係にワンクッション置きたかったからだろう。

「それで、僕に相談したいことというのは何でしょうか？」

わくわくした顔で、高槻が遠山に尋ねる。

遠山はどこか諦《あきら》めたような顔で小さく息を吐き出すと、話し始めた。

「――うちの事務所が今手掛けているプロジェクトにからんで、少々問題が発生していましてね。できれば高槻先生のご意見とご協力を仰ぎたいと思っております」

遠山は、都内に建築設計事務所を構えている。小さな事務所だが、実績はあるようで、前に事務所を訪れたときに、設計デザイン関係の賞のトロフィーが飾られていたのを覚えている。

「栃木県の那須町《なすまち》の辺りで、山を一つ潰《つぶ》して新規で別荘地を作る計画がありまして、うちもその設計に携わっています。山といっても、近所の人が散歩のために気軽に入るような低くて小さなものですがね。土地の買収も終わり、そろそろ工事を始めようかということになっているんですが――調査や視察のために人が訪れる度、近くに住んでいるおばあちゃんが言いに来るんですよ。『ヌシ様に祟《たた》られるぞ』とね」

「ヌシ様の祟りですか！　それは大変興味深いお話ですね！」

高槻が目を輝かせる。

「栃木県の那須といえば、九尾の狐が姿を変えたという殺生石《せっしょうせき》が有名な土地ですよね！　那須連山《な》の西端に位置する沼ッ原湿原《ぬまっぱらしつげん》にも、湿原の主《ぬし》である大蛇が人間の男との間に子を生した子守石《こもりいし》の伝説が伝わっています。そんな伝説が息づく土地に別荘だなんて、実に素晴らしい！　さすが目の付け所が違います！」

「いえ、もともとあの辺りは別荘地としてはメジャーですよ。東京から近くて、ゴルフやスキーが楽しめるうえに温泉もありますから」

早くも興奮した様子で身を乗り出す高槻に、遠山が淡々とした口調で返す。なんだか二人のテンションの違いがすごい。

「先生。落ち着きましょう」

遠山越しに尚哉がそっと小声でそう諭すと、高槻ははっとした様子で座り直した。

紳士的な佇《たたず》まいを取り戻そうとするかのように少しジャケットの襟を直し、遠山に先を促す。

「話の腰を折ってしまってすみませんでした。どうぞお話を続けてください。地元のおばあちゃんが、ヌシ様の祟りを訴えてくるんですね？」

「ええ」

遠山がうなずいた。

「私が行ったときにも現れました。小柄なおばあちゃんでね、地元の人の話だと、ちょっとボケちゃってるんだそうです。毎日山の中にある沼の前に居座って、『この沼にはヌシ様がいる。潰したりしたら、祟りが起こる』と繰り返すんですよ」

「では、そのヌシ様というのは沼の主なわけですね。大きな沼なんですか？」

「いえ、そんなに大きなものではありません。広さは十二アールほどですね。田んぼ一枚分よりちょっと大きいくらいですよ」

「成程。でもそこにヌシ様がいると、そのおばあちゃんは言っているわけですか」

興味深げな顔でうなずき、高槻は己の顎《あご》を指先でなでる。

遠山は少し顔をしかめながら、

「とにかく困ってるんです。山の入口は工事用のフェンスでふさいでるんですが、それでも勝手に隙間を見つけて入り込むもので。非力なおばあちゃん一人なので、無理矢理追い出してもいいんですが、あまり乱暴なことをしても問題になりますし」

「ああ、それは大変ですね。――それで遠山さん、その場所で一体どんな祟りが起きたんです？」

高槻が言った。

ぴく、と遠山が小さく肩を揺らす。

高槻は再びその瞳《ひとみ》の中にわくわくとした光を浮かべながら、

「何か祟りと思えるようなことが、現場で起きたんでしょう？ ただ地元のおばあちゃんが騒いだというだけなら、あなたはわざわざ僕に相談には来ないでしょうから。一体何があったんですか？」

「――フェンスが泥まみれにされるんですよ」

ため息混じりに、遠山が答えた。

高槻がまた少し身を乗り出す。

「泥、ですか」

「ええ。洗い流しても、またすぐに泥まみれにされるようです。私が行ったときも、その状態でした。どうせそのおばあちゃんの仕業なんでしょうが、問い詰めても『ヌシ様がやったんだ』としか言わないそうです。実害がたいしたことないので、監視カメラを設置して確認するというようなことはしていないんですが、まあ、多少気味が悪いといえば悪いですね。それと」

「他にも何か？」

「……現場の確認に行った建設会社の車が、山の近くで事故を起こしました」

苦々しげな声で、遠山が言う。それはまた随分と明確な祟りなのではないだろうか。

「電信柱にぶつかったそうです。自損事故だったのがせめてもの幸いですが、一人が怪我をしました。事故の音を聞きつけたのか、例のおばあちゃんがすぐにやってきましてね。事故車両を指差して、『祟りだ！』と叫んだそうですよ」

「わあ、まるで『八つ墓村』ですね！」

古い映画のタイトルを口にして、高槻がまた目を輝かせる。

しかし、遠山にとっては全く面白い話ではないのだろう。

「この手の話はよくあるんですよ、工事現場では」

遠山はそう言って、少し節くれだった長い指を机の上で軽く組んだ。

「工事のために木を切ろうとしたらそれが御神木で、そのせいで関係者が病気になったとか。神社を移転させようとしたら、工事車両が事故を起こしたとか。単なる偶然とこじつけですよ。病気も事故も、何もなくたって普通に起こるものでしょう。有名なツタンカーメンの呪いだって、そうだったんでしょう？」

「そうですね、ツタンカーメンの呪いの話については、残念ながら大半がマスコミによるでっちあげだったことがわかっています。実際に死んだ人々についても、呪いのせいではないと考える方が自然だそうです。――しかし、そうした事実が判明するまでは、多くの人がツタンカーメンの呪いは本当だと信じていました。どちらかというと、その点の方が僕にとっては面白いですね」

高槻は流れるような口調でそう語ると、またにっこりと笑った。

「人は、何か不幸な出来事が起きたとき、その原因を呪いや祟りに求めがちです。まして、事前に『祟りが起きるぞ』と吹き込まれていたなら、なおさらですよね」

「……ええ、仰《おっしゃ》る通りです」

高槻の言葉に、遠山はますます苦い表情でうなずいた。

「建設会社からは、『お祓《はら》いをした方がいいのでは』などという話も出ています。どうせ建設を始める前には、地鎮祭をやるんですがね。しかし、その沼は別に神様を祀《まつ》っているわけでもないですし、呪いのスポットというわけでもないんですよ。単に主がいるというだけなので、お祓いというのもちょっと違うのではないかと」

「そもそも、そのヌシ様というのはどのようなものなんですか？　地元の人が信じているのなら、何かしら伝説のようなものが伝わっているのでしょうか」

「さあ、私もよくは知りません。ただ、その辺りでは、ある程度有名な話のようです。そんな騒ぎが連日続けば地元住民の注目も集まってきますし、中にはおばあちゃんの言葉を信じて、だんだん工事に悪い印象を持ち始めている人も出てきているらしく……建設段階で地元住民とひどく揉《も》めてしまうと、いざ別荘を買った人達がやってきたときに、トラブルの種になることがあります。我々としては、極力地元住民との関係を悪化させたくはない。――そこで高槻先生に、地元住民と話をしていただきたいんですよ」

遠山はそう言って、銀縁眼鏡越しにあらためて高槻を見据えた。

すっと背筋をのばすようにして高槻と相対し、静かな口調で言う。

「沼の主というのは単なる昔話であり、沼を潰しても祟りは起こらない。だから大丈夫だと、彼らを安心させていただきたい。大学の先生が話せば、彼らも耳を傾けるかもしれないでしょう。先生は語り方も上手《うま》いですしね。勿論《もちろん》、多少ですが謝礼もお支払いいたします。いかがでしょうか、高槻先生」

「——遠山さん」

高槻が口を開いた。

あ、そろそろかな、と尚哉は身構える。

高槻は遠山を見つめると、うっとりとした声で言った。

「謝礼なんて、とんでもない。普段から調査の際にそのようなものを受け取ったことはありませんし、今回のお話については、むしろ僕の方が感謝したいくらいです」

「感謝？」

「ええ。大変貴重なお話をお聞かせいただき、ありがとうございます。僕はぜひその沼に行ってみたい」

「ああ、それでは現地までご足労いただけるわけですね。助かります」

遠山が言う。

高槻は、遠山に向かって右手を差し出し、

「勿論です。——早く現地に行って、詳しい聞き取りをしなくてはいけません！」

「……はい？」

高槻の手を契約成立の握手と思って握った遠山が、高槻の言葉に眉《まゆ》をひそめる。

しかし高槻は、そのまま遠山の手を両手で握り直すと、

「現代にも生きる沼の主の伝説だなんて、なんて素敵なんでしょうね！　本当にヌシ様がいるのであれば、ぜひ会ってみたいです！　ああでも、その沼は潰《つぶ》すつもりなんでしたっけ？　そんなもったいない！　永久保存すべきだと思いますよ僕は！」

まずい、と尚哉は席から立ち上がった。

やっぱりこうなったかと思う。ひさしぶりにわふわふ大型犬モードを見たが、よりによって遠山相手に発動するのはやめてほしい。ただでさえ遠山は高槻を敬遠しているのだ。これ以上何かあれば、今後遠山に会う度に高槻の助手など辞めた方がいいと懇々と諭される気がする。

「先生、ストップ！　遠山さんの手を離してください、遠山さんは日本人です！」

「知ってるよそんなことは！　深町くんは時々おかしなことを言うよね！　ねえ、深町くんもヌシ様に会ってみたいよね、一緒に行こうよ！　というか遠山さんもぜひ一緒にヌシ様に会いましょう、そしたら気持ちも変わるかもしれません！」

握りしめた手ごとぐいぐいと遠山を自分の方に引き寄せながら、興奮した口調で高槻が言う。相変わらず日本人の距離感というものがわかっていない。遠山はほとんど仰《の》け反るようにして己の手を引き戻そうとしているが、どうにも高槻の力の方が強いらしい。助けを求めるようにこちらを見る遠山の視線に、尚哉は慌てて高槻に駆け寄ると、

「先生、落ち着いてください！」

高槻の耳元で、ぱあんと大きく両手を打ち鳴らした。

びくっと、高槻の肩が跳ねた。

はっと我に返った様子で、高槻が遠山の手を離す。

「……あっ、す、すみません、遠山さん……ちょっとあの、あまりに興味深い話だったもので、学術的興味のあまり、理性がぽんと飛びました」

「大学の准教授というものは、そうもたやすく理性が飛ぶものなんですかね」

呆《あき》れを通り越してドン引きした声で、遠山が言った。パイプ椅子の脚がずずずと床をこする音がする。遠山が椅子ごと後退して高槻との間に距離を確保したからだ。なんだか普段の自分を見ているような気分になりながら、尚哉はすみませんと助手として遠山に頭を下げる。うちの先生の頭がちょっとおかしくて本当に申し訳ない。

高槻はしょぼんと両肩をすぼめ、

「僕を基準にすると他の先生方の信用を損なうので、一緒にしないでいただけると助かります。僕が悪かったです、申し訳ありません」

「まあ、もう落ち着いたのであればいいですがね。――しかし、沼の保存は今更無理ですよ。先程も言いました通り、土地の買収はすでに終わっています。工事が始まれば、早晩あの沼は水を抜き、山ごと整地してしまう予定です。その計画は変わりません」

「そうですか……」

遠山の言葉に、高槻はますますしゅんとする。

耳も尻尾《しっぽ》も垂らして落ち込む犬のようなその風情に良心が痛んだか、遠山が小さく咳《せき》払《ばら》いして言った。

「……まあでも、もともと高槻先生には地元住民と話してほしいと思っていたわけですし、沼までご案内はしますよ」

「え、いいんですか!?」

途端に高槻が嬉《うれ》しそうに顔を上げる。

その顔を見て、遠山は大きなため息を吐き、

「高槻先生。ご案内はしますが、どうかくれぐれも、あなたが立っているのは我々の側であることをお忘れなく。沼の主伝説を信じる住民の方々を説得するために、高槻先生に来ていただくんです。沼を潰すのはもったいないだとか保護すべきだとか、そのようなことは口にしないように」

「はい。肝に銘じます」

そう言って神妙にうなずく高槻を、遠山は疑わしそうに見つめる。

とはいえ、高槻が嘘を言っていないことは、遠山にも即座にわかるのだ。まあいいかというようにもう一度ため息を吐いて、遠山は尚哉を見た。

「深町くんも、一緒に来てくれるんだね?」

「あ、はい。いつも先生の調査には助手として同行してるので」

「そうか。助かる。……この先生と二人きりは、私にはちょっときつそうだ」

しみじみとした本音のあふれる言葉に、尚哉は苦笑いするほかない。

気持ちを切り替えるように眼鏡のブリッジを押し上げ、遠山が言った。

「もうすぐ工事が始まります。沼に行くのは早い方がいい。よければ、私の車で行きましょう。ただ、今は紅葉のシーズンです。週末は道路が混む可能性が高い。できれば平日の方が助かるんですが、高槻先生と深町くんの予定はいかがです？」

「僕は講義のある日さえ避けてもらえれば、どうとでもなります。深町くんは？」

「俺も、必修講義さえなければいつでも……あ、それなら今週金曜はどうですか？」

話を振られて、尚哉はそう提案してみる。

「その日から青和祭だから、講義もないし。先生、今年は別に何かのイベントに参加する予定はないんですよね？」

「うん、今年はそういうのはないよ」

高槻が言う。去年の学祭では、高槻は芸能人のトークショーの相手を務めたのだ。

「わかりました。では、建設会社とも予定を調整して、後日またご連絡いたします。今日のところは、これで失礼します」

遠山がうなずき、席を立つ。

駅まで送ろうと立ち上がりかけた尚哉を手で制して、

「深町くんは、まだここにいた方がいいだろう。私のことは気にしなくていい」

「え？　あ……」

遠山に言われて、思い出す。

外ではまだ、亜沙子達が作業しているかもしれない。

それじゃ、と言って研究室を出て行く遠山を見送り、尚哉は両手で握りしめるようにしたマグカップに視線を落とした。

高槻がそんな尚哉の様子を見て、尋ねてくる。

「深町くん、外で何かあったの？」

「……いえ、ちょっと、その」

尚哉が口ごもると、高槻は軽く首をかしげた。

一つ席を移動して、尚哉のすぐ隣に腰を下ろす。

「どうしたの。まさか八尺様《はっしゃくさま》にでも遭遇した？　ちゃんと身の丈八尺あった？」

「いや大学にいませんからそんなの。ていうか、心配するより先に化け物の特徴を確認するのやめてくださいよ。……じゃなくて、外に梶山さんがいるんです」

「梶山さん？——ああ、梶山亜沙子さんのことかな、前に深町くんが研究室に連れてきた子だよね」

「はい。今、その梶山さんが外で学祭の準備をしてて……ちょっと顔を合わせづらいので、もうしばらくここにいてもいいですか？」

「それはいいけど、彼女と何かあったの？　珍しいね、深町くんが誰かとトラブルだなんて。君はそういうの回避するの上手《うま》いはずでしょう」

「トラブルとは、ちょっと違うんですけど」

「けど？」

「…………実は、ちょっと前に告白されまして」

「えっ」

なぜそう目を輝かせるのだろうかこの人はと呆れつつ、尚哉はコーヒーを口に運ぶ。

「断りましたよ、当然」

「そっかあ」

高槻が苦笑した。

そのまま付き合えばよかったのにと言わんばかりの高槻の視線に、尚哉はなんだか少し腹が立って、

「当たり前じゃないですか。付き合えるわけないでしょう、俺なんかが」

先程の亜沙子の様子を思い出す。

たぶん彼女は尚哉のことをまだ好きでいてくれていて——でも、ぐいぐい攻めてくるはるかに尚哉が困っていたから、だからわざと嘘を言ったのだ。「勘違いだった」と。

実に下手くそな嘘だった。あれでは、尚哉でなくても嘘だと丸わかりだ。誰かを騙《だま》したいなら、もっと上手くやらないといけない。何度も声を喉《のど》に詰まらせながら、ばればれの表情で、それでも彼女は一生懸命に嘘をついた。それはひとえに尚哉のためだ。

……彼女と付き合ったら、もしかしたら楽しいのかもしれない。

いい子だと思うし、可愛いと思わないわけでは決してない。

ちょっと前に、難波からも亜沙子の件について訊《き》かれたことがある。亜沙子を振った理由を探ってこいと、はるかに頼まれたらしい。そのときも、難波から「亜沙子ちゃんって、すげえいい子じゃん。何が駄目？」と端的に訊かれて、答えに困った。別に亜沙子に駄目なところがあるわけではないのだから。

でも――一緒にいれば、この先亜沙子が尚哉の前で嘘をつく局面は、何度も訪れることだろう。

人は嘘をつく生き物だから。

言葉を使って生きている以上、それはもうどうしようもないことだから。

別に必ずしも悪意にもとづくものとは限らない。何かを隠すために、あるいは相手を傷つけないために、しばしば人は本当とは違うことを言う。相手を楽しませようとして話を盛るのだって、立派な嘘だ。内容によっては、亜沙子だってもっと上手く嘘をつけるかもしれない。笑いながら、さりげない口調で、何とも思わずにその舌に嘘偽りを乗せるだろう。

でも、その嘘に、尚哉は決して騙されてやることができないのだ。

彼女が嘘をつく度、尚哉はきっと「ああこの子はまた嘘をついた」と思うだろう。彼女の声の歪《ゆが》みを不快な音として聞くだろう。……はたして自分は、それをいつまで許し続けられるだろうか。どこかで耐えられなくなって、彼女を突き放してしまうような気がしてならない。

だからといって、亜沙子にこの耳のことを話して聞かせる勇気もないのだ。

……このことについて考える度、思い出すのは、遠山の左手だ。

指輪のない薬指。

勿論《もちろん》、結婚するかどうかは人それぞれだ。だが遠山は、家族とも疎遠だと言っていた。

一人で生きることを選択した者の口調だった。

きっと自分も、遠山と同じ人生を歩む。

「――僕は、深町くんには学生の間に楽しい思い出をたくさん作ってほしいなと思うんだけどなあ」

高槻が言った。

尚哉は高槻に視線を向ける。

「俺はそういうのいらないって、前にも言ったじゃないですか」

「そういう思い出を多少なりとも作っておいたから黄泉比良坂から帰ってこられたって、そう言ったのは深町くんだよ」

びしりと言われて、尚哉は返答に詰まる。

高槻はどこか困ったような顔で笑い、

「そんなに難しく考える必要はないと思うよ。普通に誰かとお付き合いしてみたらいいのに。学生時代のそういう時間って、社会に出たらもう得られないものなんだから」

「……いいんですよ、俺は。そういうのは」

自分の声に混じる頑《かたく》なな響きを自覚しながら、尚哉はぼそぼそと言う。

でも、だって本当にそう思うのだ。そもそもこれまで誰かと付き合ったこともない。

そこまで考えたとき、ふと、高槻はどうだったのだろうと思った。

高槻も独身だ。この容姿なら学生時代からそれはもう引く手あまただっただろうが、高槻が抱える事情も複雑だ。おまけに背中の傷のことを思うと、ある意味尚哉より難しい面もあったかもしれない。

「……何？」

尚哉の視線に気づいて、高槻が片方だけ眉《まゆ》を上げてみせる。

「——いえ。先生の学生時代はどうだったのかなと思っただけで」

「僕？　僕はねえ、結構楽しく過ごしたよ？　友達も多かったし、学生らしいことは一通り楽しんだ。……まあ、皆で海に行くとか温泉に行くとか、そういうイベントは断らざるをえなかったけど」

「そうですか」

楽しく過ごしたという高槻の声に歪みがなかったことに、尚哉は羨《うらや》ましさを覚えると同時に、なんだかほっとした気分になる。難波に対して思うのと同じくらい、できれば高槻には幸せな時間が多くあってほしいと、近頃よくそう思うようになった。

「……うん。まあ、それなりに色々あったんだけどさ。でも、総合評価ではやっぱり『楽しかった』が一番勝つんだよね。ていうか、学生時代が良くなかったら、そもそも大学で働こうなんて思わないよ」

頬杖《ほおづえ》をついて目線をやや上に向け、高槻は過去の景色でも眺めやるかのような顔をしながら、少し微笑む。あるいは本当に、今その瞳《ひとみ》は学生時代に目にしたものを見つめ直しているのかもしれない。全てを記憶して忘れることのない高槻なら、それも可能だ。

……それなりに色々あったと、高槻は今そう言った。

ないわけがない。普通に生きているだけでも毎日何かしら起きるのに、高槻を取り巻く環境も、過去の出来事も、現在進行形の状況も、全てが特殊過ぎるのだから。

それでも、その瞳が最終的に見出《みいだ》すのが楽しかった思い出なのは、高槻がそういう人だからなのではないかという気もする。

尚哉も、そして遠山も、目の前に薄闇が広がっていたなら、暗いなとしか思わない。

でも高槻は、そうじゃないのだ。その中に何かしら輝くものを探そうとする。あるいは別の方角を振り返り、そこにまだ残る光を見るのだろう。これまで関わってきた様々な事件を、高槻はそういう視点で解いてきた。

高槻だったら——亜沙子とのことだって、尚哉よりもっと上手くできたのだろうか。

「さて。僕はそろそろ仕事をするけど、深町くんは気にせず好きなだけここにいていいよ。コーヒーのおかわりはいる？」

高槻が自分のノートパソコンを引き寄せて、そう言った。

尚哉は大丈夫ですと首を振って、鞄《かばん》の中から教科書やノートを取り出す。せっかくだから、ここで課題を片付けてしまうことにした。


次の日、遠山から那須行きについての連絡がきた。尚哉の提案通り、金曜日でいいという。建設会社の人間は同行せず、遠山と高槻と尚哉の三人で行くそうだ。

待ち合わせの時間と場所が記載されたメールを読みながら、尚哉は、そうか今回は日帰りなんだなと思った。

いつもなら、遠出するときは佐々倉に運転を頼み、宿を取って、ついでに観光したりする。近くに温泉があるならなおさらだ。たぶんこういうところも、高槻と遠山の違いだ。何事も楽しもうとする高槻と、仕事は仕事とはっきり割り切っていそうな遠山と。

そんなわけで金曜の朝、尚哉は高槻と共に、遠山の車の後部座席に収まっていた。

「大体三時間ほどで着くと思います。沼を見に行くのは昼食後にしましょう」

運転席から遠山がそう言った。天気は良く、今のところ道もそう混んではいない。遠山の運転は丁寧で、車は高速道路を滑らかに走行していく。

佐々倉と一緒のときはコンビニ菓子を買い込んだりする高槻も、さすがに今日はそういうのはなしのようだ。高槻はいつものスーツの上にグレーのロングコートを合わせていた。尚哉は去年も着たダッフルコートを着ている。二人とも膝《ひざ》の上に畳んだマフラーを置いているのは、都内より寒い場所に行くから暖かい格好で来いと遠山に言われたからだ。暖房の効いた車内ではさすがに暑くて、二人とも車に乗るなりはずした。

「そういえば先生、訊いてもいいですか？」

ただ座っているだけなのも手持無沙汰《てもちぶさた》で、尚哉は高槻に尋ねた。

「この前遠山さんが、『お祓《はら》いした方がいいかも』って話が出てるって言ってたじゃないですか。でも、別にその沼は神様を祀《まつ》ってるわけじゃないから、お祓いっていうのもちょっと違うかもって。主と神様って、やっぱり違うものなんですか？　なんとなくイメージ的に、妖怪《ようかい》っぽい感じはありますけど」

「ああ、それは良い質問だね」

にっと高槻が笑う。

遠山がバックミラー越しにちらとこちらに視線を投げてきて言った。

「その辺りの話は、私も伺っておきたいですね。ヌシ様だの沼の主だのといった話は聞いていますが、具体的なイメージが今一つ湧かない。そもそも主というのはどういうものなんです？」

「そうですね、ヌシ様の具体的な姿については、現地で聞き取りをすればわかるかもしれませんから、とりあえず今は一般的な『主』というものについて話しましょうか」

そう言って、高槻が少し居住まいを正した。

那須へ向かう車の中で、高槻の講義が始まる。

「主の条件は幾つかあります。まず、同じ場所に、大変長く棲《す》み続けていること。そして、とても大きいこと」

「ほう、大きさが重要なんですか？　面白いですね」

「重要というより、年を経た生き物だという印なんだと思います。長く生きたものは必ず巨体になるという意識があるんでしょうね。一つの場所に長く棲みつき、並外れて大きくなった動物が、霊力を持ってその場所を支配するようになる。そういうものが、『主』と呼ばれるんですよ。ジブリ映画の『もののけ姫』に出てくるモロの君《きみ》や乙事主《おっことぬし》をイメージするといいと思います。作中ではもののけという言葉で括《くく》られ、犬神や猪神《ししがみ》とも呼ばれていますが、彼らはまさに主ですよ。彼らもとても大きいでしょう？」

高槻が言う。

急にアニメーション映画の話になったが、おかげでわかりやすくなった。『もののけ姫』なら尚哉も観たことがある。テレビ放送される度になんとなく観てしまうくらいには好きだ。美輪《みわ》明宏《あきひろ》が声をあてていたモロの君は、尾が二本あって人語を喋《しゃべ》る巨大な白い山犬で、ものすごい存在感だった。乙事主は牙《きば》が四本ある巨大な白い猪だ。どちらも何百年も生きているという設定だった。

確かに、あれが主だと言われれば成程と思う。その土地に人間が来るよりも前からずっといて、恐ろしく長く生きている動物達。彼らは言葉も喋れるし、とても強い。

「乙事主って、なんか『古事記』に出てくる神様みたいな名前だなあって思ってたんです。でも、シシ神《がみ》と違って別に神聖なものって感じの描かれ方でもなかったから、ちょっと不思議だったんですけど、主だって言われたらなんか納得できますね」

尚哉が言うと、高槻はうなずいて、

「深町くんの言う通り、日本神話の神々には、『大国主《おおくにぬし》』とか『事代主《ことしろぬし》』みたいに、名前に『主』という言葉が入るものが多いよね。でも、そういう名前の神様は、国津神《くにつかみ》に集中しているんだ」

「国津神？」

「高天原《たかまがはら》の神様が天津神《あまつかみ》。葦原中国《あしはらのなかつくに》の神様が国津神。天上と地上の神様だね。日本神話を大和《やまと》王権による勢力拡張の暗喩《あんゆ》として読み解くなら、天津神は大和王権が信仰していた神で、国津神は土着の豪族が信仰していた神ということになる。もともとその土地にいた神様だから『主』なんだ。そもそも『ヌシ』という言葉の語源は『ウシ』だとされていてね、これは『土地を領有する人』という意味の言葉だよ」

つまり、主というもののアイデンティティで一番強いのは、『そこにずっと前から存在している』ということなのかもしれない。主に相対する者達にとって、彼らは常に先住者であり、だからこそその場所の支配者なのだ。

高槻の話を聞きながら、尚哉はなんとなく高校時代の頃のことを思い出した。

当時、『図書室の主』と呼ばれていた先輩がいたのだ。眼鏡をかけた無口な女の先輩で、図書委員長だった。図書室の貸出業務は委員による当番制だったのだが、その先輩は当番にかかわらず常にいて、図書室の中のことには司書教諭より詳しかった。「わからないことがあったら『図書室の主』に訊《き》け」は、図書委員の間の合言葉だった。人間であっても、同じ場所にずっといれば、主と呼ばれるようになる。

高槻が話を続けた。

「伝説上の主には様々なものがいますが、一番多いのは、今回のケースと同じく、水に棲《す》む主です。龍《りゅう》や蛇、魚などが水棲《すいせい》の主としてよく語られますね。先程深町くんが、主には妖怪っぽいイメージがあると言いましたが、主というものがはたして神なのか妖怪なのかというのは、実は難しい問題です。これについては、結局は祀られているかどうかという点で考えるしかないと思います。今日行く沼は、特に何も祀っていないということでしたね。であれば、地元の人との関わり方は、神としてではなく、妖怪としてのものに近いのではないかと思います」

「成程。では、いざとなればお祓いではなく、退治というのが妥当ですね？」

遠山が物騒なことを言う。何しろ件《くだん》の沼は埋め立てることが決まっているのだ、ヌシ様にはいなくなってもらうほかないと思っているのだろう。

すると高槻が、

「ああ、主の棲み処《か》を破壊して祟《たた》られる話もたくさんありますので、そこは慎重にいきましょうね？」

さらに物騒なことを言い出した。

遠山が実に嫌そうな声で、

「そういうことを言いますかね」

「参考としてお話ししておいた方がいいかと思いまして」

にっこりと笑って、高槻は言った。

「和歌山県西牟婁郡《にしむろ》に梅田《うめだ》という地名があるんですが、この『梅田』はかつてあった大きな淵《ふち》を『埋めた』ことからついたものと言われていましてね。伝説によると、その淵には大蛇が棲んでいて、度々人身御供《ひとみごくう》を要求していたんです。やがてたまらなくなった村人達はこの沼を埋め立ててしまったんですが、埋め立て作業に参加した若い衆が祟りで次々と病気になったそうです。また、奈良県吉野郡十津川村《とつかわ》には、淵の主である大蛇を追い出そうとして祟りに遭った男の話が伝わっています。これはなかなか凄惨《せいさん》な話で、一家七人全滅したうえに、飼っていた牛や猫も死んだそうですよ」

「猫もですか。それはひどい話だ」

遠山が顔をしかめた。

なんだか怖い例ばかり出てきたぞと思った尚哉は、せめて逃げ道を探そうと、

「先生、主によその土地に移ってもらう話とかはないんですか？」

「あるよ」

高槻はあっさりとうなずいてみせた。どうせなら先にそういう話をしてほしい。

「埼玉県さいたま市にはかつて見沼《みぬま》という巨大な沼があってね。徳川吉宗《とくがわよしむね》将軍の頃に干

拓されたんだけど、この見沼には龍が棲んでいたという伝承が残ってる。干拓工事が始まると、龍は事故を起こしたりして工事を妨害しようとしたんだけど、何しろ将軍様の命令だから、工事担当のお侍もやめるわけにはいかないんだよ。すると、その工事担当のお侍である井沢弥惣兵衛《いざわやそべえ》さんのところに、ある晩すごい美女が訪ねてくる」

「龍が化けてるパターンですね？」

「うん。美女は『新しい棲み処を見つけるまで工事を待ってほしい』と彼に頼んだ」

「弥惣兵衛さんは、待ってあげたんですか？」

「いや、そうも言ってられないので、そのまま工事を進めた」

「えええ」

沼の主より仕事が優先な辺り、江戸時代の人も大変だなと思う。事故があったということは、明確な祟りが起きていたという話だと思うのだが、それでも工事をやめないのがすごい。なんだか江戸幕府がブラック企業のように思えてきた。

「で、そのうちに季節外れのものすごい台風がきて、せっかく工事したところが駄目になったりして、弥惣兵衛さんも病気になって寝込んじゃうんだけど」

「……あの、さっきから祟りしか起きてないんですけど、この話、無事に主が移住する話ですよね？」

「うん、一応は。というかこのときの弥惣兵衛さんの病気は、祟りとは関係なかったみたいだね。その証拠に、龍が彼を看病して、病気を治してくれるんだ。看病といっても、半分姿を現して蛇女みたいになった龍が長い舌でべろんべろん全身舐《な》め回すんだけど」

病気が治るのはいいが、それはそれですごく嫌だなと尚哉は思う。ちらとバックミラー越しに遠山を見ると、遠山も顔をしかめていた。にこにこしているのは高槻だけだ。

「その後、干拓は無事に成功した。その後も祟りが続いたという話もあるけど、主が無事に移住先を見つけた話も伝わってる。移住先は千葉の印旛沼《いんばぬま》だとか、諸説あるね」

「……高槻先生。とりあえず今の話は、祟り云々《うんぬん》のくだりについては置いておいて、主の移住は可能だという点だけ記憶しておきます」

低い声で遠山が言う。

高槻は相変わらずにこにこしながら、

「主の伝承について考えるとき、忘れてはならないのは、先にそこにいたのは人間ではなく主の方だということですよ。我々はあくまで『後からやってきたよそ者』なんです。──これから行く沼に本当に主がいるのかどうかはぜひ知りたいところですが、まずは敬意をもって接するべきですよ。沼の主にも、それを信じる地元の人にも」

「……」

遠山が口をつぐむ。

高槻はすっと目を細め、バックミラー越しに遠山を見つめた。

「今お話しした弥惣兵衛さんが行った干拓工事は江戸時代のことですが、遠山さん達が今やろうとしていることと何も変わりありませんね。主が棲むと言われる沼を人のために埋め立てる。まあ、仕方のないことです。我々人間には、人間としての生活があるし、仕事ならやらなくちゃいけない。そのために自然に影響を与えることになっても、しょうがない。けれど、そのことに対する後ろめたさが、結局こうした伝承を生むのではないかという気もします。山や沼を潰《つぶ》すことは、そこに長らく棲んできた生き物たちの棲み処を破壊することですからね。それに、外からやってきて工事を行う人達にとっては何の思い入れもない山や沼でも、もともと住んでいる地元の人にとっては大事な思い出のある場所だったりもします。そうした人の想いもまた、そこに宿っている。想いが形を成せば、それもまた主と呼んでいいかもしれませんね」

「……高槻先生。あなたは」

遠山が再び口を開いた。

ハンドルを握り、前を向いたまま、声だけを高槻に投げる。

「あなたは一体何を考えているんです？……何のために、沼に行くんですか」

「勿論《もちろん》、ヌシ様の正体を知るためですよ。住民の方々を説得するにしたって、それを知らなければどうしようもない」

高槻はそう言って、形のいい唇の両端を持ち上げてみせた。

「まずは、そのおばあちゃんがなぜそんなにも沼にこだわるのか、それを知るべきなんじゃないかと思います。楽しみですねえ、早くお話がしてみたいものです」

車は昼過ぎに那須町に着いた。

問題の別荘予定地は那須高原の近くにあるという。観光地というだけあって、周辺には観光施設や飲食店などが多い。山の上にある遊園地を横目に適当な店で昼食をとり、早速沼を見に行くことになった。

幹線道路からはずれて少し奥に入ると、観光地の華やかさとはだいぶ趣を異にする古びた住宅地や田んぼが現れた。広がる農地やまばらに建つ家に、尚哉はなんとなく祖父母の家があった辺りを思い出す。生い茂る草木に挟まれるようにして流れる小さな川がある。遠山の車は、その川に架かる黒ずんだ石橋を渡っていく。

「あの山ですよ」

遠山が前方に見える山を指して、そう言った。あらかじめ話に聞いていた通りの、小さな山だ。山というよりは、森の延長線上にある低めの丘といった方がいいかもしれない。こんもりと茂る木々は、もう八割ほどが紅葉していた。

山のふもとで車から降りると、やはり気温は都内に比べて随分と低いように感じた。尚哉も高槻も、そろってコートの上からぐるぐるとマフラーを巻きつける。手袋も持ってくればよかったかなと、尚哉は思った。

車道と山との間には短い草地が横たわり、その先に、山の中へと入っていくゆるやかな上り坂が見えた。坂は、途中で工事用のフェンスで遮られている。この位置から見ても、フェンスが汚されているのはよくわかった。

「行きましょう」

遠山がコートの前を合わせながらそう言って、先導するように坂を上っていく。

フェンスの前まで来ると、高槻は実に面白そうな顔で、こびりついた泥を見つめた。

「成程。これがヌシ様の仕業ですか」

坂は、二枚の工事用フェンスでふさがれていた。南京錠のついた太い鎖が、フェンス同士を結びつけている。その鎖も、フェンスの面も、大量の泥で茶色くなっていた。誰かが洗い流さない限りは新たに泥をまくことはしないようで、ついた泥は完全に乾いてひび割れている。

しかしどう見ても、祟《たた》りというよりは嫌がらせという雰囲気だった。飛び散り具合を見るに、バケツに入れた泥をフェンスに向かってぶちまけた感じだろうか。下の方には手形のようなものまで残っている。まあ、そのヌシ様というのは、もしかしたら人の姿に化けることもあるのかもしれないが。

遠山が南京錠を開け、フェンスを動かして、人が通れる隙間を作った。そこからさらに山の奥へと入っていく。

今歩いているのは、たぶん地元の人が山歩きするために踏み固めた山道なのだろう。フェンスでふさがれて通る者が減った今となっては、道は半ば落ち葉に埋もれかけていた。坂道はやがて平坦《へいたん》な道へと変わり、そこから多少の上り下りを繰り返しながら、木々の間をどこまでも続いていくように見える。

辺りを見回しながら、紅葉シーズンの山歩きというのも悪くないなと尚哉は思った。どっちを向いても鮮やかな色彩が目に入る。燃え立つような赤。華やかなオレンジ。木《こ》洩《も》れ陽に輝く黄金色。ひらりひらりと目の前を散り落ちていくカエデの葉が美しい。

と、そのときだった。

こんっと、何か小石のような硬いものが尚哉の脳天を直撃した。

「痛っ」

思わず頭を押さえて足を止めると、驚いた顔で高槻が振り返った。

「深町くん？　どうしたの⁉」

「いやあの、今何か石みたいなものが上から降ってきて」

「石？　ちょっと見せて」

高槻が尚哉の手をどかして脳天を確認してくれる。別に傷にはなっていないらしい。

遠山が地面を指差して言った。

「たぶんドングリじゃないかな。この時季は、たくさん降ってくるから」

「え？」

地面を見ると、確かにドングリがたくさん落ちていた。今まで紅葉にばかり気を取られていて、足元はあまり見ていなかった。

「ああ、すごいですね。これは確かに、気をつけないと直撃するかも……」

そう言いながら傍らの木を見上げた高槻が、ふいに言葉を切った。

「先生？」

強張《こわば》った顔でじっと何かを見つめている高槻を怪訝《けげん》に思い、尚哉もその視線の先をたどる。そしてぎょっとした。

太い枝に大きな鴉《からす》が三羽も留まっていて、こちらを見下ろしていた。

「先生！」

尚哉は、凍りついたように身を固くしている高槻の腕をぐいと引っ張った。

高槻がはっとしたように身動きし、片手で顔を覆いながら下を向く。

「先生、大丈夫ですか？　気分は？」

「……大丈夫。ばさばさいわなければ、割と平気なんだよ。羽ばたかないでじっとしててくれれば、一応我慢できる」

顔を覆った手の下から、高槻が声を絞り出す。大丈夫だと言う声に、歪みはかろうじてない。倒れるほどではないということだろうが、それでもやはり辛そうだ。

遠山がびっくりした様子で高槻を見た。

「高槻先生？　どうしたんです、大丈夫ですか？」

「先生は鳥が苦手なんです。とりあえず、ここから離れましょう」

尚哉は早口にそう言って、高槻を抱えるようにして歩き出した。前方の枝を見上げてみる。とりあえず、鳥が留まっている様子はない。さっきの鴉が羽ばたいて追いかけてくるというようなこともなさそうだ。

しばらく進むと、高槻の顔色も元に戻った。高槻は遠山を見て小さく頭を下げ、

「ご心配をおかけしてすみません。僕は重度の鳥恐怖症なんです」

「このまま進んでも大丈夫ですか？　無理なら戻った方がいい」

「いえ、ここまで来て戻るのはさすがに悔しいので、なるべく倒れないように善処します。深町くん、鳥がいたらすぐに教えてくれる？　僕、目と耳をふさぐから」

ぐっとこぶしを握り締め、高槻が言う。それで防げるのだろうかと思いつつ、わかりましたと尚哉は答えた。

幸いなことに、そこから沼まではさほどもかからなかった。

水の匂いが近づいてくるな、と思ったら、少し先にきらきらとした輝きが見えた。

尚哉達が今歩いている道の終点に、その沼はあった。

周囲を草木に囲まれた、小さな沼だった。歪《いびつ》な楕円《だえん》形をしていて、淀《よど》んだ水は少し緑がかって見える。凪《な》いだ水面《みなも》は色とりどりの落ち葉に半ば覆われ、覆われていない部分には周囲の木々や空が見事に映り込んで、鏡のようだ。しんとした静寂の中、大きく沼の上に張り出した枝から、はらはらと絶え間なく葉が降り落ちるのが見える。美しく色づいたそれらの葉は、しかしまるでそこだけ時の流れが違うかのようにいつまでも宙を舞い続け、なかなか水面にたどり着かない。主が棲む沼だと言われればそうかもしれないと思ってしまう程度には、それは風情のある景色だった。

そして、その沼のほとりに、一人の老婆がこちらに背を向けて座り込んでいた。

小さな、背中の曲がった老婆だ。男性ものとおぼしき大きなジャンパーをコート代わりに着て、モンペのような形のズボンを穿《は》き、地面に胡坐《あぐら》をかいて座っている。

「——あれが、例のおばあちゃんです。名前は、安原弘子《やすはらひろこ》さん」

遠山が小声で言う。

高槻が彼女に歩み寄った。尚哉もその後ろからついていく。

老婆——安原弘子は、釣りをしているようだった。釣竿《つりざお》を握り、水面に釣り糸を垂らしている。傍らにはバケツを置いているが、中には水しか入っていなかった。

「こんにちは」

高槻が弘子に声をかけた。

弘子は顔も上げず、返事もしない。

高槻は弘子の隣にしゃがみ込み、尋ねた。

「何が釣れるんですか？」

「……フナ」

ぶっきらぼうな低い声が、そう返した。

高槻は嬉《うれ》しそうに笑って、

「フナですか、いいですね！　でも、ヌシ様がいる沼で釣りをしていいんですか？　ヌシ様に怒られませんかね」

「……釣った中で、一番大きな魚と、二番目に大きな魚は、沼に返す。それは、ヌシ様とその嫁の分だから」

弘子が言う。しわがれた声はひどく平坦な響きで、あまり感情を感じなかった。なんだかロボットが喋《しゃべ》っているみたいで、少し怖い。

が、高槻は、全くいつもの調子で弘子の顔を覗《のぞ》き込む。

「成程、それがこの地でヌシ様と人間が交わした約束なんですね。その約束さえ守っていれば、ヌシ様は自分の棲《す》み処《か》での釣りを許してくれる。素敵ですね！——ところで、ヌシ様にはお嫁さんがいるんですね？」

「いる」

こっくりと、弘子がうなずく。

高槻がさらに尋ねる。

「そのお嫁さんも、ヌシ様と同じ生き物なんですか？」

「違う」

今度は首を横に振って、弘子が言う。

「では、そのお嫁さんは何者なんです？」

「娘の聡子《さとこ》」

「……え？」

高槻が思わずそう問い返したときだった。

横の方から、大きな声がした。

「ああっ、すみませえん！　また安原のおばちゃんが迷惑かけてます？　すみません、本当すみませんっ、今連れて帰りますから！」

見ると、大柄な男がこっちに向かってどたどたと走ってきていた。

四十代くらいだろうか。少し白髪の交じった髪は角刈りで、太い眉毛《まゆげ》の下には妙につぶらな瞳《ひとみ》がある。ジャンパーの下にはシャツとTシャツを重ね着しているようで、クマのプーさんのごとく張り出した腹の位置には、「大森酒店《おおもり》」という文字が見えた。

遠山がまた小声で言った。

「この近くにある大森酒店の店主の大森悟郎《ごろう》さんです。安原さんとは昔馴染《なじ》みらしく、前に私が来たときにもフォローに現れました」

その間に大森が尚哉達のいるところまでたどり着き、

「すみません本当に！　おばちゃんには『ここには入っちゃ駄目だよ』って何度も言い聞かせてるんですけど、近頃ちょっとボケちゃったのか、聞いてくれなくてえ！」

応援団かと思うような大声で、大森が言う。別にこちらを威嚇する意図は全くなく、単に声が大きいだけらしい。体は熊のようにでかいが、瞳はまるで子熊で、ひたすら申し訳なさそうにぺこぺこと尚哉にまで頭を下げてくる。

高槻が声をかけた。

「ああ、そんなに謝らないでください。別に僕は建設会社の人ではありません」

「えっ、違うんですかあ!?　じゃあ、どちらさまですかあ!?」

「東京にある青和大学というところで准教授をしております、高槻と申します。僕の専門は民俗学でして、こちらの沼にヌシ様の伝説があると聞いて来ました！」

「大学の先生ですか、そうですか！　わざわざヌシ様のこと調べに来たんですかあ⁉」

「はい！　工事で埋め立てられてしまう前に、ぜひ聞き取り調査をさせてください！」

大森の声が大きいので、自然と高槻の声まで大きくなる。尚哉と遠山は思わず耳を押さえた。別に声が歪《ゆが》んでいるわけでは全くないのだが、単にうるさい。


弘子の家がこのすぐ近所だからそこに行こうと大森が言うので、沼の前から弘子の家へと場所を移してから話をすることになった。

おかげで、フェンスでふさいであるはずの山に弘子がいつもどうやって入り込んでいるのかについての謎が解けた。

こっちから行きましょうと大森が言うので後をついていったら、山のふもとにある小さな一軒家の庭に出たのだ。そこが弘子の家だった。

弘子の家は、この山と隣接しているのだ。庭にいたっては、山とほぼほぼ地続きだ。山との境界には一応柵《さく》が設けられているのだが、弘子はその柵の一部を勝手にはずしてしまっていた。おかげで庭から山へと入り放題だったわけだ。

弘子はこの家に一人で暮らしているのだという。大森は弘子を心配して、よく様子を見に来ているらしい。今日も配達のついでに、ちゃんと昼飯を食べたかどうか確認しに来たところ、弘子がいないことに気づいたそうだ。

「俺、おばちゃんの娘の聡子とは同い年で、幼馴染《おさななじみ》だったんですよ。小さい頃は、よーくおばちゃんに可愛がってもらってました」

弘子の家の居間で、小さな卓袱台《ちゃぶだい》を皆で囲むようにして座ると、大森はそう語った。家の中に入ったからか、さすがに声の音量は少し下げてくれている。

弘子は、家に戻って全員分の緑茶を入れた後は、むっつりと黙り込んだまま、部屋の隅に正座していた。高槻が話しかけても反応せず、ガラス戸越しに、庭に置いたバケツや釣竿をじっと見つめているようだった。

尚哉は、部屋の中をそっと見回した。

認知症が始まっていると大森は言っていたが、部屋の中はほとんど荒れていなかった。壁際に置かれた低い簞笥《たんす》の上に小型の仏壇が一つある。そこに置かれた写真には、弘子と同じくらいの年齢に見える老人が写っていた。

「あちらの方は、弘子さんのご主人でしょうか？」

高槻が仏壇を視線で示して尋ねると、大森はそうですとうなずいた。

「おじちゃん、去年ガンで亡くなったんですよ。昔は酒を飲んじゃあ暴れるような人でしたが、聡子の妹が産まれてからはすっかり大人しくなってね。なんだかんだいっても、おばちゃんとはいい夫婦だったから、おじちゃんが亡くなって、それでおばちゃんもガクッときてボケちゃったんじゃないかなー。近頃めっきり喋らなくなっちゃって」

大森が言うには、弘子があんな風にむっつりと黙り込むようになったのは、ごく最近のことらしい。

「おばちゃんねえ、もう本当にひとりぼっちなんです。聡子は子供の頃にいなくなっちまったし、聡子の妹は嫁に行ったんですけど、数年前に亡くなって。で、おじちゃんも亡くなって。一人きりで誰とも喋らずに家にいたら、そりゃあ頭もボケますよ。だから俺、なるべくおばちゃんの面倒見ようと思って。小さい頃可愛がってもらった恩を返さないといけないですからね！」

つぶらな瞳をきらきらさせながら、大森が言う。

高槻はにっこりと笑ってうなずき、

「それは素晴らしいことですね。——ところで大森さん、ヌシ様の話について聞く前に、聡子さんのことについてお伺いしたいんですが」

「はいはい、何でしょう？」

「聡子さんは、ヌシ様のお嫁さんになったんですか？」

高槻が尋ねる。

先程、沼のほとりで、弘子は確かに言ったのだ。ヌシ様の嫁は娘の聡子だと。

しかし大森は、ああそのことかという顔で苦笑して、

「……聡子はねえ、ずうっと前に、行方不明になっちまったんですよ。何があったのかは、いまだにわかりません」

そう言って、話し始めた。

──小さい頃。

あの山は、この近所の子供達にとっては格好の遊び場だったという。木登りもしたし、虫捕りもした。山の中に秘密基地を作ったこともある。各自拾えるだけのドングリを拾って帰って、どれが一番いいドングリかを競ったこともある。

だが、子供達にとって最も魅力的な遊びだったのは、やっぱり釣りだった。沼に自作の釣竿《つりざお》を持って行って、フナを釣る。いつも釣れるわけではないが、時々面白いほど釣れることがあって、皆そのまぐれ当たりを狙って釣り糸を垂れた。

大人達からは、あの沼にはヌシ様がいるから遊んではいけないと言われていた。でも、そんな戒めを子供達が聞けるわけがなかった。

「ヌシ様の伝説は、この辺にずっと住んでる奴なら皆知ってます。沼で釣りをしていたら、緑の衣を着て烏帽子《えぼし》をかぶった男が現れて、魚を返せと言うんだそうです。このとき、一番大きな魚を返せば許されるけど、小さい魚を返したり、何も返さないで無視したりすると、後で祟《たた》りに遭う。そういう話です。……子供達からしてみれば、じゃあ一番大きな魚だけ返せば沼で釣りしてもいいだろうって、そういう理屈になるわけですよ。だから皆、平気で釣りしてましたね」

「では、本来の伝説では、一番大きな魚だけ返せばいいという話になっているんですね？　二番目に大きな魚についての言及はないと？」

高槻が尋ねると、はいと大森はうなずいた。

「少なくとも俺は知らないですね。たぶん、おばちゃんが自分で作っちゃった話じゃないかなあ？　おばちゃんは、聡子があの沼にいるって信じてるから」

――聡子がいなくなったのは、九歳のときのことだという。

近所の子供達五人で、沼で釣りをしたのがきっかけだった。

その日は、まぐれ当たりの日だった。五人ともがだ。

釣り糸を垂らす度にぽんぽんと魚が釣れるのが楽しくて、全員夢中で釣った。釣竿は人数分あったけれど、魚を入れるバケツは一つしかなかった。一つ年上の信二《しんじ》という男の子のバケツだ。やがてバケツの中にはフナがあふれんばかりになった。見たことのない光景に全員興奮して、これはぜひ大人達にも自慢してやろうという話になった。

山の一番近くにある家は聡子の家だが、うちは駄目だと聡子は首を横に振った。

「当時、おばちゃんは聡子の妹を妊娠していて、出産のために里帰りしてたんですよ。で、おじちゃんだけ家にいたんですが、おばちゃんがいないのをいいことに、昼間っから飲んだくれててね。おじちゃん、その頃確か仕事クビになって家にいたんですよ。だから、次に山に近い俺の家に行くことにしたんです」

大森の母親は、バケツいっぱいのフナを見ると仰天した。

そして、すごいねえと褒めてくれたのだが――ふと思い出したという顔で、「ところでちゃんと一番大きな魚は沼に返したんだろうね？」と尋ねてきた。

それで皆、あっと思わず声を上げて顔を見合わせた。

すっかり忘れていたのだ。あまりにもたくさん魚が釣れることに舞い上がって、ヌシ様のことなんて頭からすっかり抜け落ちていた。

「烏帽子かぶった男の人なんて、別に出てきませんでしたしねえ。でも、思い出しちゃったら、やばいとしか思わないわけですよ。もう大慌てで沼に取って返して」

沼のほとりまで戻り、バケツの中から一番大きな魚を選び出そうとしたときだった。子供達は、バケツの中の魚がどれもひどく弱っていることに気づいた。

たいして大きくもないバケツに水をちょっとしか入れず、そこに大量の魚を放り込んだせいだった。こんな魚を返して、はたしてヌシ様は勘弁してくれるだろうか。

だが、他にどうしようもない。魚を残らず沼に返して、皆でヌシ様に謝った。

「なのに、どうもねえ……勘弁してもらえなかったみたいで」

その夜のことだった。

子供達のうちの一人が、高熱を出した。

バケツの持ち主だった信二だ。医者に連れて行っても一向に熱が下がらないらしく、子供達は当然ながら祟りだと思った。死にかけの魚を返されて、ヌシ様が怒ったのだ。

ヌシ様の怒りを鎮めなければならない。

子供達は必死に考え、捧《ささ》げものをしようという話になった。各自、自分が一番大切にしている宝物を沼に捧げて、ヌシ様に許してもらうのだ。

でも、どうか許してくださいと泣きながら願って、大好きなオモチャや人形を沼に沈めても、信二の熱は下がらなかった。ヌシ様は、皆の宝物くらいでは納得しなかった。

困り果てた子供達に向かって、聡子が言った。

――もしかしたら、いけにえを捧げないと駄目なのかも。

「当時聡子が読んでいた昔話の本に、そんな話があったみたいなんですよ。沼の主にいけにえとして若い娘を捧げるっていうね。そしたら祟りが収まって、娘の両親の夢枕に『自分は主の花嫁になった』ってその娘が言いに現れるっていう話。聡子が、もうこれしかないって言い出して。俺らも子供でしたから、そうかもって思っちゃって」

かくして、いけにえの儀式が執り行われることになった。

花嫁のベールの代わりにレースのカーテンをかぶった聡子を、皆で沼まで連れて行った。両手を祈りの形に組み合わせた聡子は、「お嫁に行くから、信二くんを許してください」と沼に向かってお願いした。他の子供達も、許してくださいと懇願した。

「聡子が読んでた本によると、沼のほとりで一晩待つと主が現れて、水底にある御殿に連れて行ってくれるってことだったらしいんです。だから皆で懐中電灯やお菓子やジュースを持ち寄って、聡子に渡しました。朝になったら迎えに来るって約束してね」

それは、聡子の母親である弘子が当時お産で不在だったからこそ、できてしまったことだった。もし弘子が家にいたなら、一晩山で過ごすなど、きっと許さなかっただろう。

また、聡子の父親が酔いつぶれていたことも、要因の一つだった。聡子は飲んだくれた父親がいる家に帰るのを嫌がっていた。酔っ払いの相手をするくらいなら山の中で一晩過ごした方がまし、と聡子はきっぱり言ったという。

翌朝早く、大森達は沼まで様子を見に行った。

その日は朝から雨だった。皆、聡子は沼のほとりで自分達を待っていると思っていた。いけにえの儀式などと言っても、所詮《しょせん》はごっこ遊びの範疇《はんちゅう》だったのだ。きっと聡子は、大きな木の下で雨を避けながら、眠たげな顔で「誰も来なかった」と報告するに違いない。誰もがそう信じていた。

だが、走ってたどり着いた沼のほとりに、聡子の姿はなかった。

前の日に聡子に渡した懐中電灯やお菓子やジュースは、沼のほとりに全部残っていた。お菓子は少し食べた跡があり、ジュースの缶はプルトップが開けられていた。

でも、どんなに呼んでも聡子はどこにもいなかった。

ただレースのカーテンだけが、沼の中に浮いていた。

「その後はもう――大騒ぎでしたよ」

聡子の家に走って行って、皆でわんわん泣きながら聡子がいなくなったと伝えた。聡子の父親は酒の抜けた顔を真っ青にして、その場にへたり込んでしまった。使い物にならなくなった聡子の父親を放置して、大森達は他の大人達にも聡子のことを伝えた。

近所の大人達が総出で聡子を捜した。警察にも知らせた。もしかしたらという話になり、念のため大人達が沼に入って、底をさらったりもした。

だが、聡子は見つからなかった。

知らせは弘子のもとにもいった。身重の身で弘子は飛んで帰ってきて、聡子の捜索に加わった。そのとき無理をしたせいか、弘子はその後すぐに産気づき、予定日よりも随分早く聡子の妹を産んだ。

「そんな中——信二の熱が、下がったんです。今思えば、単に回復したってだけなんでしょうけど……やっぱり聡子はヌシ様の嫁になったんだって、そのときは思いました」

聡子はヌシ様のもとに嫁いだのだと、その身を犠牲にして信二を救ったのだと、子供達が弘子にそれを伝えられたのは、弘子が出産を終えて戻ってきてからのことだった。

きっと罵《ののし》られると思った。なんてことをと、激しくぶたれると思っていた。

だが、弘子は誰のことも怒らなかった。

ただ順番に子供達を抱きしめ、「聡子と仲良くしてくれてありがとう」と言った。

そして、「もうあの沼では遊ばないで」と子供達に言い含めた。

以来、弘子はあの沼の守り人と化した。

幼い聡子の妹を連れて沼のほとりに立つ弘子の姿が、よく目撃されるようになった。

大森達はもうあの沼で釣りをすることは二度となかったが、もっと下の世代の子供達はそんな事情は知らない。釣りをしようと沼に近寄ることもあった。だが、弘子がそれを追い払った。ここはヌシ様の沼だ、ヌシ様と花嫁に祟《たた》られたくなかったら近づくな。

そう言って、沼を守り続けた。

聡子は今でも見つからないままだ。

警察の見解は、聡子があの山で一人で過ごしている間に変質者がやってきて、聡子をさらっていったのではないかということだった。

大森も、大人になった今では、それが真相だと思っているという。

「でもね、おばちゃんは――聡子はヌシ様の嫁になったって思いたいんでしょうね。どっかの変態が聡子を、なんて考えるのは、親としては耐えられないでしょうから」

声を落として、大森はそう言った。

尚哉は少し胸が苦しくなるのを感じて、目を伏せた。

これにとてもよく似た話を尚哉は知っている。

高槻の母親だ。

彼女は、十二歳のときの高槻の失踪《しっそう》を、天狗《てんぐ》による神隠しだと思い込んだ。

どこの親だって、それは嫌だろう。自分の子供が凶悪な犯罪に巻き込まれたなんて考えるのは。どこぞの変質者にさらわれた自分の子供が、目の色も頭の中身も変わるような薬物を打たれて、最終的には背中の皮をべりべり剝《は》がれて道端に捨てられた。そう考えるのが現実的であったとしても、そんな思考を持つこと自体が汚らわしくて仕方ないだろう。だから彼女は、天狗というファンタジーの中に逃げ込み、戻らなかった。

弘子もまた、そうやってファンタジーの中に逃げ込み、今なお戻ってきていないのだ。自分の娘は沼の主の花嫁になった。だからこの世から消えてしまった。断じて変質者にさらわれたからではない。そう信じる以外、己を保つ術《すべ》がなかったのだろう。

尚哉は、傍らに座る高槻にちらと目を向けた。

こんな話を聞かされて大丈夫だろうかと、高槻のことが少し心配になる。自分の過去を思い出して、苦しくなってはいないだろうか。

だが、高槻は、眉《まゆ》をひそめるようにしながら、じっと何かを考え込んでいるようだった。指先で顎《あご》をなでるのは、高槻が何か考え事をするときの癖だ。

「……先生？」

尚哉がそっと声をかけると、高槻はこちらに目を向け、気にするなとでもいうように少し笑った。

そして高槻は、大森に向かってこう尋ねた。

「大森さん。あの沼を埋め立ててしまうことについては、どう思いますか？」

大森は、ちょっと困ったような顔をした。

つぶらな瞳《ひとみ》をさ迷わせながら、ぶ厚い手で頭を掻《か》き、遠山の方を見る。遠山が工事関係者であることは、大森も知っているのだろう。

「あのー……そりゃまあ、正直に言っちゃうと、寂しいですよ？　小さい頃から遊んできた場所ですし。聡子が今もあの沼にいるなんて、そんなことはもう思っちゃいませんけど、でもねえ……多少、複雑な気分にはなります」

「大森さん。お気持ちはわかります」

遠山が申し訳なさそうに言う。

するとと大森は、いえいえと手を振って、

「まあでも、買い手がついちゃってる以上は、仕方ないです。どっちかっていうと、もう決まったことなのに、おばちゃんが邪魔ばっかしてるのが心苦しいっていうか……なんか申し訳ないです。おばちゃんがあんまり騒ぐもんだから、他の人達までちょっと工事に対して嫌な顔し始めてるじゃないですか。ああいうのもね、本当申し訳なくて」

大森が頭を下げる。

遠山が慌てた様子で、大森に言った。

「そんな、顔を上げてください、大森さん。あなた方の思い出の土地をなくそうとしているのは、我々なんですから」

「いや、もういっそ、あの沼がなくなった方がすっきりできるのかもしれません。信二……ああ、例の熱出した奴ですけどね、あいつ今、東京で暮らしてるんですよ。この前、沼がなくなることを伝えたら、『それもいいかもしれないな』って。あいつ、聡子がいなくなったときに、自分のせいだって結構気にしてたんですよ。その気持ちは今でもあいつの中にあるらしくて、あの沼がなくなったら気持ちにケリがつくかもって、そう思ったんでしょうね」

そう言って、大森が笑う。遠山は少しぽかんとした顔で大森を見つめる。

どうやら、地元住民の中にも、工事に対して悪い感情を持っていない人はちゃんといたようだ。大森に協力を仰げば、他の住民の気持ちも上手《うま》く変えられるかもしれない。

ならば、あとは――弘子だけだ。

「沼に手をつけたら駄目だ」

そのとき、突然そんな声がした。

弘子だった。

相変わらず庭の方を向いて座ったまま、曲がった背中を前後にゆらゆらと揺らしながら、しわがれた声で言う。

「沼に手をつけたら駄目だ。悪いことが起こる。掘り返しちゃいけないもんってのが、この世にはあるんだ」

「おばちゃん、だから今更反対したって、どうにもならないんだってば。工事だもん、そりゃ掘り返すよ、仕方ないよ」

「駄目だ。駄目だ。掘り返しちゃいけないんだ」

さらに激しく上体を揺らして、弘子はそう繰り返す。水飲み鳥のおもちゃかと思うような勢いでぐらぐらと前後に動く度、曲がった背中はさらに丸まっていく。まるで何かに取り憑《つ》かれでもしたかのようなその動作に、大森がぎょっと目を見開いて、

「お、おばちゃん!?　どうしたのおばちゃん、落ち着いて!?」

慌てて弘子に駆け寄り、弘子の両肩を後ろからつかむようにして押さえる。弘子は動きを止め、そのまま魂が抜けたような視線を畳に落として、くたっと体の力を抜いた。

高槻が口を開いた。

「弘子さん。掘り返してはいけないものとは何なんです?」

「……それは秘密だから、墓場まで持って行かないといけない」

うつろな口調で弘子が言う。

「沼に手を出したら駄目だ。だって聡子は今でもあそこにいるんだ。聡子はヌシ様の花嫁になった。あそこは聡子の沼だ」

尚哉ははっとした。

聡子はあの沼にいる、と言った弘子の声が全く歪《ゆが》まなかったことに気づいたのだ。

ならば本当に、聡子はあの沼にいるのではないだろうか。

ヌシ様の花嫁となって、今も水底の御殿で共に暮らしている。

「……深町くん。それは違うと思う」

遠山が口を開いた。

尚哉の表情の変化で、何を考えているかなんとなくわかったのだろう。

遠山は一度弘子に視線を投げると、また尚哉に目を戻し、

「残念ながら――彼女は」

そう言って、己のこめかみを小さく指で叩《たた》いてみせる。

「あ――」

そうか、と尚哉は思う。

弘子は認知症を患っているという話だった。それなら、尚哉や遠山が持っている嘘を聞き分ける力は役に立たない。認知症患者の頭の中では、夢も現実も区別がつかなくなっているからだ。本人に嘘を言っているという自覚がなければ、たとえ事実と違うことを言っていても、声は歪んで聞こえない。

「高槻先生。これ以上彼女と会話するのは難しそうです。大森さんと話せただけでも、大きな収穫ですよ。そろそろ別の方のところへ行きましょう」

遠山がそう言って、立ち上がりかけたときだった。

突然、また弘子が興奮し始めた。

「聡子。ううう、聡子、聡子！」

唸《うな》りながら娘の名を呼び、大森の手を振り払って立ち上がる。慌てた大森が押さえようとしたが、弘子はその手をすり抜けて庭に面したガラス戸を開け放った。

「聡子、私があのとき聡子を一緒に連れて行ってさえいれば！　ああ聡子、聡子の傍にいてあげないと！」

縁側の下に置かれた靴に足を突っ込み、弘子はそのまま走り出す。その先には、柵《さく》が取り払われた山への入口がある。

「あっ、まずい！　おばちゃあん！」

山へと入っていく弘子を見て、大森が頭を抱えた。仕方ないという顔で自分も縁側から外に出て、弘子の後を追っていく。

と、それを見た高槻が立ち上がり、

「僕達も追いかけましょう」

「は？　高槻先生？」

遠山がなぜという顔をする。

高槻はかまわず縁側に出た。先程山からここに来たときに、縁側から家に入ったので、全員の靴がそこにある。高槻は靴を履くと、庭に放置されたままの釣り道具にちらと視線を投げ、大森を追って山に入っていってしまう。

仕方なく、尚哉は遠山に言った。

「遠山さん、俺も追いかけます。なんだったら遠山さんはここで待っててください」

「……いや、ここで待つのもなんだし、私も行こう」

遠山が諦《あきら》めたように言う。

遠山と一緒に、尚哉は再び山へと足を踏み入れた。

地面は山の奥へ向かってややきつめの上り坂になっている。最初に山に入ったときのようなはっきりとした山道はここには存在せず、柔らかな土の上に落ち葉がぶ厚く積もった地面は、少し歩きづらい。

弘子と大森の姿はもう見えなかったが、少し先に高槻の後ろ姿が見えた。沼までのルートは、先程一度歩いたから覚えているのだろう。迷いない足取りで進んでいくその背中に向かって、尚哉は声を投げる。

「先生！　待ってください！」

高槻が足を止め、振り返った。尚哉はそちらに駆け寄ろうとする。降り積もった落ち葉を蹴散《けち》らすようにして、傾斜した地面を上っていく。

そのときだった。

すぐ足元で、カア、という鳴き声が上がった。

びくりとして足を止めた尚哉の、本当にすぐ傍らの地面から、突如として大きな黒い影が湧き上がる。鴉《からす》だった。それも二羽だ。そんなものがそこにいたなんて、全然見えていなかった。真っ黒な翼をばさりばさりと重たげに羽ばたかせながら、鴉達はよりにもよって山の奥へと——高槻のいる方へと、飛んでいく。

「先生っ！」

鳥がいたらすぐ知らせてくれ、と高槻は言っていたが、間に合うわけもなかった。

その場に棒立ちになった高槻の頭をかすめるようにして、鴉が飛び去っていく。その顔が紙より白くなっているのがはっきりとわかって、尚哉は落ち葉に足を取られながら必死に高槻に駆け寄った。

ぐらりと高槻の体がバランスを崩す。尚哉は両腕をのばし、半ばぶつかるようにして、倒れかかるその体を受け止める。

そのまま高槻ごと地面に膝《ひざ》をついた尚哉に、遠山が走り寄ってきた。

「深町くん！　高槻先生は——」

「……駄目です。意識がないです」

高槻を抱えるようにしながら、尚哉は言う。蒼白《そうはく》な顔でぐったりと目を閉じている高槻を、遠山が心配そうに見下ろす。

「医者に連れて行った方がいいのか？」

「いえ、しばらくすれば、いつも自然に目を覚ますんですけど……ただ、いつ目を覚ますのかはわからなくて」

すぐに起きるときもあれば、一晩かかるときもあるのだ。

遠山はきつく眉根《まゆね》を寄せるようにして、しばし考え込んでいた。ちらと腕の時計に視線を落とし、やがて諦めたようにため息を吐く。

「……深町くんは、ちょっとここで高槻先生と一緒に待っていてくれないか。大森さんに事情を話してくる」

「遠山さん」

「私が戻ってくるまでに高槻先生が起きればよしだが、そうでなかったときは——私も運ぶのを手伝おう。あまり力仕事は得意じゃないんだがね」

そう言って、遠山は山の奥へと一人で歩いていった。

高槻は、遠山が戻ってきても、やはり目を覚まさなかった。

遠山と二人がかりでなんとか車まで運び込み、後部座席に寝かせて、しばらく様子を見る。遠山は運転席から高槻を振り返り、小さく首を横に振って言った。

「駄目そうだな。……仕方ない」

スマホを取り出し、何か操作し始める。

何だろうと思って見ていたら、どうやら近くのホテルを検索していたらしい。ホテルに電話をかけ、部屋の手配を始める遠山を、助手席に座った尚哉は少しおろおろしながら眺める。

通話を終えてスマホをしまった遠山に、尚哉は頭を下げた。

「すみません、泊まりのはずじゃなかったのに。……ご予定は、大丈夫ですか？」

「ああ。明日《あした》帰れれば、なんとかね。仕方ないさ、あんな青い顔をした人をいつまでも車の中に寝かせておくわけにもいかない。宿のベッドに寝かせておいた方が、こちらが安心できるというものだ」

遠山が言う。

「えっと、それじゃ、今日この後の予定は……」

「もう少し高槻先生に近所の人と話してもらおうかと思っていたんだがね。まあ仕方ないよ。それに、大森さんのように、工事に悪い感情を持っていない人がいることもわかった。ヌシ様の伝説に触れながら育ってきた人で、そういう気持ちの人がいるというのは、大きなプラスだよ。彼を通じて、地元の人の気持ちを変えていくこともできそうだ。……まあ、そういうわけで、後日あらためて、私が一人でここを訪れればいいだけの話だ。もう高槻先生にご足労いただかなくても大丈夫だと思う」

「……すみません、本当に」

ひどく申し訳ない気持ちで、尚哉はもう一度頭を下げた。正直、あまり遠山の役に立てた気がしなかった。

遠山が手配したのは、那須塩原《しおばら》にあるビジネスホテルだった。二人部屋を一つと一人部屋を一つとったというので、二人部屋の方に高槻を運び込んだ。コートとジャケットを脱がせてネクタイをはずし、ベッドに寝かせて布団をかける。それだけやっても、高槻はまだ起きる気配がなかった。これは長くかかるパターンかもしれない。

「本当に、医者に見せなくていいんだね？……何か薬とかは、持っていないのか？」

「そういうんじゃないんです、これは。ええと、負荷がかかりすぎて電源が落ちたようなものだから、放っておけばそのうち復旧するって、保護者の人が前に言ってて」

「保護者？」

遠山が怪訝《けげん》そうな顔をする。幼馴染《おさななじみ》の刑事です、と言い直したら、ますます怪訝な顔をされた。

それから遠山は、部屋の机の上に置かれた館内案内を手に取ると、

「特に看病できるものでもないなら、夕食でも食べに行こうか。ここで二人して高槻先生の寝顔を見下ろしていても、どうにもならないだろう」

「あ……そう、ですね」

高槻と遠山を見比べ、尚哉はやや歯切れの悪い口調で言う。

この状態の高槻に対して、何もしてやれることがないのは事実だ。放っておいても別に大丈夫だろうとは思う。

ただ——一つだけ、気がかりなことがないわけでもない。

『もう一人の高槻』だ。

前に山梨で、同じように気絶した高槻の体を『もう一人』が乗っ取ったことがある。高槻の叔父《おじ》の渉《わたる》も、同じような状況を経験していると言っていた。高槻の意識がない分、出てきやすいのかもしれない。

「——ああ、高槻先生についていた方がいいなら、それでもかまわないよ。食事は、私が何か適当に買ってきてもいい。確か一階にコンビニがあっただろう」

「あ、えっと」

遠山に言われて、どうしよう、と尚哉は少し考える。それだと、自動的に遠山もコンビニ飯で夕飯を済ませることになってしまう気がする。一人で外で食べてきてくれと言っても、たぶん遠山は行かないだろう。遠山に館内案内を見せてもらうと、レストランが幾つかあった。ホテル内のレストランなら、すぐに戻ってこられる気がする。

眠る高槻を部屋に残し、遠山と二人でさっさと食事を済ませてくることにした。

レストランの選択肢は、イタリアンか中華か和食の三つだった。少し時間が早いこともあり、店はどれも空《す》いているようだった。遠山がどの店でもかまわないと言ったので、一番最初に目についたからという理由でイタリアンを選んだ。

注文した料理が来るのを待つ間に、尚哉はもう一度、遠山に頭を下げた。

「今日は本当にすみませんでした。力仕事までさせてしまって」

「そうだねえ、少々腰が痛むよ。あの先生、無駄に背が高いし」

軽口めいた口調で遠山が返してくれたのがありがたい。実際、意識のない高槻を運ぶのはいつも大変なのだ。佐々倉がいれば一人でかついでくれるから楽なのだが、尚哉に同じ芸当はできない。

「しかし……気絶するほどの鳥恐怖症、ね。深町くん。訊《き》いてもいいだろうか」

「何ですか？」

「前から思っていたんだがね。あの先生も――我々と同じく、『訳あり』なんだね？」

遠山が言う。

尚哉は思わず口をつぐむ。

遠山には、高槻の事情については今まで話したことがなかった。尚哉の口から言っていいことなのかどうか、わからなかったからだ。

「君がそうまであの先生を気にかける時点で、薄々同類な気はしていたんだ。何より、私はあの先生の瞳《ひとみ》が青く変わるのを見たことがある。あの瞳は、なんというか……だいぶ、常人離れしていたように思う」

四月の事件のときだ。遠山は、すぐ間近で高槻の夜空の瞳を見ている。

「同類とはいえ、高槻先生は、私や深町くんとはだいぶ違うものという感じだ。……彼は、一体何者なんだい？」

「……俺の口からは、言えません。というか、先生自身、それはわかってないです。だからああやって、怪異にまつわる調査をしてるんですよ。探している答えがいつか見つかるかもしれないと思って」

「そうか」

遠山が目を伏せ、うなずいた。深く追究しようとしてこないのは、遠山自身、他者から己のことを追究されるのを嫌っているからだろう。

そのとき店員が、注文した料理を運んできた。尚哉の前にスープパスタを、遠山の前にカルボナーラを置く。

店員が十分に離れるのを待って、尚哉はまた口を開いた。

「遠山さんは、俺や高槻先生に会う以前、そういう『訳あり』の人に会ったことはありますか？」

「いや、ないよ。だから、深町くんに出会ったときには本当に驚いた。まさか自分と同じ人間がいるなんてね」

長いパスタをくるくるとフォークに巻きつけながら、遠山が言う。

スプーンを手に取りながら、尚哉はなんとなく遠山の顔を見つめる。

ああそうか、と思った。

この人は、自分と違ってずっと長いこと、本当に一人だったのだ。

学生のうちに高槻や遠山と出会えた自分は幸いだ。掛け値なしにそう思う。

「——そういえば」

「あ、はい、何ですか？」

「この前の女の子。あれ、結局どうしたんだい？」

遠山に尋ねられ、尚哉は口に入れたスープを思わず噴きそうになった。

「……と、遠山さんでも、そういう質問ってしてくるんですね……？」

「だって気になるじゃないか。告白されたんだろう？」

珍しく人の悪い笑みを浮かべて、遠山が言う。高槻といい遠山といい、どうしてそんな興味津々な顔で人の恋愛事情を知りたがるのか。

尚哉は口元をナプキンで拭《ぬぐ》い、答えた。

「断りましたよ、勿論《もちろん》。……あの後はもう、会ってないです」

「そうか。まあ、それがいいよ」

苦笑して、遠山が言う。

冗談めかして言ってくれてはいるが、尚哉と同じ力を持っているからこその言葉なんだろうなと思った。

……高槻は、付き合ってみればいいのにと言った。

でもその怖さを、尚哉も遠山も知っているのだ。

遠山を見ていると、いつも思う。この人は自分と同じ形をしているんだなと。同じような目に遭って、同じようにものを見るようになり、同じような生き方を選択している。だから、一緒にいるとほっとする。しかも遠山は、社会に出て立派に活躍している大人だ。こういう風になりたいと、目標にすることのできる人生の先輩だ。

だが——自分と同じ形をしている分、見ていると少しだけ辛《つら》くなるときもある。遠山の瞳の奥には、いつも諦《あきら》めが漂っているような気がするから。

遠山は、尚哉より二十歳以上年上だ。それだけ長く、人生を経験している。この力を持って生きる辛さを知っているのだ。

自分の周りに線を引いて、その中に閉じこもって。傷つかないように、そして誰かを傷つけることもないようにして生きる。それがこの能力を持つ者に一番ふさわしい生き方だ。だがそれは、線の外に存在するありとあらゆる幸せを諦めることでもある。

遠山は諦め続けてきたのだ。もうずっと長いこと。一人きりで。

時折尚哉は考えることがある。

もし、高槻に出会うより早く、遠山に出会っていたならどうなっていただろう。

たぶんその場合、自分と遠山は、今の自分と高槻よりももっと密接な関係を築いていた気がする。きっと実の家族よりも家族らしく、離れがたく相手の傍にいただろう。

でも、それで遠山から教わることは、自己防衛の方法ばかりのはずだ。より上手《うま》い線の引き方。より上手い対人関係の切り捨て方。

高槻は反対に、いつも尚哉に対して、他者と関わることを勧める。楽しめと言う。それは高槻が尚哉とは違うからなのだろうけれど——でも。

「そういう遠山さんこそ、今までどうだったんですか?」

やり返すつもりで、尚哉は遠山にそう尋ねた。

遠山が眼鏡越しにこちらを見る。

「どう、というのは?」

「学生時代とか、社会人になってからも。遠山さんだって、結構モテたんじゃないですか? 見た目だっていいし」

「無理に褒めなくてもいいよ別に。……まあ、それなりにはね。あったけれど」

「ほら。あったんじゃないですか!」

「付き合ってみたこともあるよ。……でもやっぱり、誰かと暮らすということに私は向かなくてね。耳のことを誰かに話すこともできなかったし」

遠山はそう言って、小さく肩をすくめてみせた。

軽い口調で話してくれているが、たぶん本当はそんなものではなかったはずだ。

「まあ、私くらいの年齢になると、もう結婚とかはどうでもよくなるよ。猫飼っておけば十分だな、としみじみ思う」

「……えっ? 遠山さん、猫飼ってるんですか!?」

意外すぎて、尚哉は思わずテーブルに身を乗り出しそうになった。

遠山はこっくりとうなずき、

「飼ってる。雑種のメスの姉妹を二匹」

「二匹も!?」

「言っておくが、飼おうと思って飼ったわけじゃない。自宅マンションの前で小学生達が段ボール箱を持って途方に暮れていたんだ。捨て猫を拾ったが誰も飼えない、とね」

「え、じゃあ、それで引き受けちゃったんですか？」

「我ながらお人好しだとは思ったが、どの子も何の歪《ゆが》みもない声で、猫達の将来を案じていたものだから、ついね。で、いざ飼ってみたら、これが思いのほか可愛かった」

遠山がそう言って、もともと細い目を糸のように細くして笑う。今まで見た中で一番優しい笑顔に見えた。ああこれは本当に猫が好きなんだなと尚哉は思う。

「あれ、じゃあ今日帰らなくて大丈夫なんですか？　猫達、放っておいて平気ですか」

「一日くらいは大丈夫だよ。餌も水も多めに置いてあるし、二匹で遊んでいるからそんなに寂しがりもしない。長期の出張のときは、ペットホテルに預けたりもする。——だが、どっちかというと、私が大丈夫ではないね。早く帰って猫をなでたい」

遠山の言葉に、尚哉は思わず声を上げて笑ってしまった。

たとえ猫でも遠山が一人じゃなくてよかったと思ったのだ。何もかも諦めて生きているように思えたこの人が、それでもちゃんと幸せな時間を持てているなら、何よりだ。

食事を終えて尚哉が一人で部屋に戻ると、高槻はまだ眠っていた。

動いた形跡もなく、尚哉達が部屋を出たときのまま、ずっと変わらない状態のようだ。

尚哉はほっとすると同時に、どうしようかな、と思った。

遠山は隣の部屋にいる。仕事を持ってきているので、片付けてしまいたいらしい。特にすることのない尚哉は手持無沙汰《てもちぶさた》だ。本でも読もうかと思ったが、鞄《かばん》の中に入れてくるのを忘れたようだ。

眠る高槻は、いつ見てもまるでよく出来た人形のようだ。表情がない分、顔の造形の整い具合が際立つせいでもあるし、ほとんど寝息が聞こえないせいもあると思う。前に渉が言っていた。鳥を見て意識を失った高槻はほとんど寝息を立てないが、そのうち寝息が聞こえるようになってくる。そうなったら、単に眠っているのと変わらないから、もう安心だと。その状態なら『もう一人』も出てこないと。

といっても、今の高槻は、イギリスにいた頃とは状況が違う。渉と暮らしていた頃は、意識のないときにのみ『もう一人』と入れ替わることがあったのだろう。しかし、今はもう、高槻自身の意識があるときでも『もう一人』が勝手に出てくることがある。

それでも、渉が言っていたことを一つの目安にすることは今でも可能だろう。

寝息が聞こえるまではとりあえず見張っておくことにして、尚哉はもう一つのベッドに腰を下ろした。電子書籍はあまり好みではないのだが、暇つぶしに何か小説でもスマホにダウンロードしようかなと思う。

それからふっとまた高槻に視線を戻して——尚哉は心臓が止まるかと思った。

高槻が、身を起こしていた。

いつの間にと思う。何の音も気配もしなかった気がする。

そしてその時点で、これは高槻ではない。『もう一人』の方だ。

それでも尚哉は念のため呼びかける。

「……先生？」

高槻はベッドに上体を起こし、がっくりと首を前に倒すようにして深くうつむいていた。尚哉の呼びかけが耳に届いたか、ゆっくりとその首が持ち上がる。

こちらを向いたその瞳《ひとみ》は——案の定、夜空の色に染まっていた。

遠山が別の部屋にいてくれてよかったと、尚哉は心の底からそう思った。

『もう一人の高槻』が、ゆっくりと首を巡らせるようにして、部屋の中を見回す。一定の速度を保ったその動きはひどく非人間的で、まるで機械人形のようだ。やがて『もう一人の高槻』は体の向きを変え、ベッドから足を下ろした。

ベッドの端に腰掛けるようにして、尚哉をじいっと見つめてくる。

この『もう一人』と会うのは、これで何度目だろう。こうして向かい合っていると、あらためて思い知る。これが高槻とはまるで違う存在であること。高槻の瞳が夜空の色を帯びるのなんてもう何度も見ているのに、これほどまでに恐ろしいと感じるのは、そこに何の温度も感じられないからだ。

でも、最近気づいたことがある。

この瞳は、たぶん尚哉に対して何かしらの関心を持っている。じいっとこちらを覗《のぞ》き込んできた。

一番最初、山梨の鬼頭《きとう》家で会ったときもそうだった。においを嗅《か》がれて礼を言われた。浅草のときもそうだった。

浅草で話しかけられた以上、きっとこの『もう一人』とも会話は可能だ。

この『もう一人』が恐ろしいのは、何者なのか全くわからないせいもあると思うのだ。会話をすることで少しでも相手を知ることができたら、何か変わるかもしれない。

でも、何を話せばいいのだろう。多少言葉を交わしたところで、懐柔できるなんて夢にも思っていない。お前は何者かと尋ねたところで、返答はない気がする。どうしよう。

いや、考えろ。単純な質問の方がいい。すぐに答えられるようなことを訊け。そう思いながら夜空の瞳を見つめ返した瞬間、ぽろりと胸の中に転がり落ちた言葉があった。

ああそうだ、自分はずっと、この『もう一人』に訊きたいことがあったのだ。

尚哉は膝《ひざ》の上で両手を握りしめた。震える息を吐き出すようにして、口を開く。

「……訊《き》きたいことが、あります」

『もう一人の高槻』が、かすかに左に首をかしげる。長い睫毛《まつげ》を一度だけ上下させて、ゆっくりまばたきする。昏《くら》く深い藍《あい》の瞳は、いつまでも尚哉を見つめ続けている。

口の中が干上がりそうな緊張を覚えながら、尚哉は尋ねる。

「俺はまだ——黄泉《よみ》のにおいがしますか？」

『もう一人の高槻』が立ち上がった。

ベッドに座ったままの尚哉に近づき、世にも美しい人形のような顔で尚哉を見下ろす。

「する」

返答は短かった。だが、会話は成り立った。

やった、という思いと、ああやっぱり、という気持ちが同時に押し寄せる。そんな気はしていたのだ。黄泉のにおいは、高槻自身の嗅覚《きゅうかく》ではわからないのではないかと。

あの人その辺の感覚は鈍そうだもんなと、若干失礼なことを考えながら、尚哉は次の会話を始めようとする。

だが、そのときだった。

突然、『もう一人』が手をのばし、尚哉の顎《あご》を無造作につかんだ。

「っ！」

無理矢理上を向かされる。容赦なくかけられた力に、首と顎に痛みが走る。爪が頰に食い込むのがわかる。尚哉が顔を歪めても、『もう一人』はまるでかまわずに尚哉の瞳を間近から覗き込む。

ひゅっと、尚哉の喉《のど》の奥で小さく息が鳴った。

「お前は、面白い」

囁《ささや》くような声で、『もう一人』が言う。

その瞳の中で、無数の星の瞬きを抱えた藍色の夜が輝きを増す。

「混ざっているな。――もっとよく、見せろ」

「……！」

反射的に、尚哉は両目を瞑《つぶ》った。

駄目だ、と本能が全力の警鐘を鳴らしたのだ。駄目だ。あの瞳を見つめ続けたら駄目だ。あの中には本物の夜がある。覗き込めば魂ごと吸い込まれる。喰《く》われてしまう。だが、目を閉じてもまだ、『もう一人の高槻』が尚哉を見つめ続けているのがはっきりとわかる。視線を皮膚で感じる。吐息が頬に触れる。

「黄泉のものを食べたな。幼少の頃に」

ぐいと、今度は右に顎を捻《ひね》られる。頬に触れていた吐息が、耳の近くに移動する。たぶん今、『もう一人』は尚哉の耳を見ている。

「ああ。だからお前は、半分向こうのものなのか」

静かに分析するようなその話し方だけは、少しだけ高槻に似ていると――そう思った瞬間、胸の中に激しい熱のようなものが込み上げた。

これは高槻の体で。

高槻以外の誰かが、好きに動かしていいものではないのに。

この誰だかわからない『もう一人』は、一体何をしているのか。

尚哉は目を開けた。無理矢理右に顔を向けられたまま、目だけ動かして『もう一人』を睨《にら》み上げる。

「……放して、ください」

　顎をつかむ手をつかみ返し、絞り出すような声でそう言ったら、『もう一人』は少し目を瞠《みは》った。

　唇の端が、ほんのわずかだけ持ち上がる。

「別に取って喰いやしない。そんなことをしたら、彰良が怒るからな」

『もう一人』がやっと尚哉から手を放した。

　尚哉は痛む顎を手で押さえ、『もう一人』を睨む。

『もう一人』は薄い笑みを唇の端に漂わせたまま、尚哉を見下ろしていた。

　こいつまだ引っ込む気配がないなと思って、尚哉はまた口を開く。

「……もう一つ、訊きます」

『もう一人』はまたかすかに首をかしげるようにする。

「あの沼に、ヌシ様はいるんですか？」

　尚哉の問いに、『もう一人』はもう一度まばたきをしてみせる。

　重ねて、尚哉は尋ねる。

「昼間行った、あの山の中の沼のことです。あそこには、何かいましたか？」

　――あの浅草の人喰い鏡の一件以来、ずっと考えていたことがある。

　あのとき、この『もう一人』は、明らかに高槻を守るために出てきた。その後の会話でも、高槻に対する強い執着を感じた。

それなら、この『もう一人』を利用することもできるのではないだろうか。

たとえばあの沼が異界に通じていたり、化け物のようなヌシがいるのであれば。

『もう一人』は、浅草のときと同じようにそれに気づくはずだ。もし何かが襲ってくるようなことがあれば、『もう一人』は必ずまた高槻を守るだろう。

たぶんこの先の自分達には、そういうものが必要だ。

少しずつ、自分達は本物を引き当て始めている。

この『もう一人』が高槻を守るための防衛装置になるのなら、せいぜい利用させてもらうしかない。

「あそこには何もいない。なぜ、わざわざ尋ねる」

『もう一人』が言った。

「お前にも、それはわかっただろうに」

その言葉に、尚哉は一瞬目を見開いた。

それから、ゆるゆると息を吐き出しつつ、ああそうか、と思う。

あの沼に行ったときに嗅いだにおいを思い出す。少し淀《よど》んだ水のにおい。土のにおい。草のにおい。山のにおい。浅草で感じたような、胸を押しつぶされそうな恐ろしさは何も感じなかった。

それが『もう一人』の言う『わかっただろう』の意味ならば、やっぱり今の自分には異界の気配がわかるのだ。

嘘がわかる耳の他に異界探知能力まで兼ね備えたのか自分は、と自嘲《じちょう》気味に思う。

だからどうした、とその自嘲を腹の中でねじ伏せる。

使えるものは何でも使う主義だと前に言ったのは、高槻だ。そうだ、使えばいいのだ。

自分には、佐々倉や高槻のような腕力も体力もない。耳の力だけでは、危険な局面に立ったときに何の役にも立たない。でも、この力はきっと役に立つ。高槻を守れる。

そのためにまた一つ普通の人間から遠くなろうと、今更それが何だというのだ。

と、『もう一人』がまたかすかに唇の端を持ち上げた。

「お前はやっぱり、面白い」

その頭が、突然ふっと揺れた。

瞳《ひとみ》から、夜空の色が急速に抜けていく。焦げ茶色の瞳がぱちぱちとまばたきして、辺りを見回した。

「……え？　どこ、ここ……」

不安げな声で呟《つぶや》いたのは、『もう一人』ではなく、高槻自身だ。

「先生」

ベッドから立ち上がった尚哉が呼びかけると、高槻は強張った顔をこちらに向けた。

「深町くん。今、僕は――『もう一人』の方になっていたね？」

「はい。あの沼にもう一度行こうとして、鴉を見て気絶したのを覚えてますか？」

「……ああ、なんとなく……こっちに向かって深町くんが走ってくるのを見てたら、急にばさばさっと黒い鳥が飛んできたような記憶が」

「そう、それです。先生、それで倒れて、仕方ないから遠山さんと二人でこのホテルに運び込んだんです」

「それはまた迷惑を――……」

言いかけた高槻が、ふっと口をつぐんだ。

尚哉の顔をじっと見つめて、硬い声で言う。

「――深町くん。その顔、どうしたの」

「え？」

「赤くなってる。……それ、指の痕？」

言われて、尚哉は慌てて壁の鏡に目をやった。『もう一人』につかまれた辺りが、うっすらと赤くなっている。よく見ると、頬に爪が食い込んだ痕まで残っていた。

高槻が言う。

「それ、僕がやったんだよね」

「先生じゃないです」

「『もう一人』がやったのなら同じだよ」

高槻の声が震える。その顔が一瞬泣き出しそうに歪んだのを見て、尚哉は高槻の腕に手を添えた。ベッドに座らせる。

「先生、落ち着いてください。俺なら大丈夫ですから」

高槻は手で顔を覆うようにして下を向き、ぎりっと歯を食いしばった。何かを懸命に押し殺そうとするかのように、何度か肩を上下させて呼吸を繰り返す。

それから高槻は、己の顔を覆った手をゆっくりと取り払い、ひどく暗い目をして宙を見据えた。

「……もしも『もう一人の僕』が深町くんに危害を加えることがあれば、僕は自分で自分を殺す」

「先生、何言って……！」

「口に出して言うのが肝心なんだよ。——もう一度言う。深町くんに何かしたら、僕は死ぬ」

壁の鏡に目を向け、そこに映る自分を見据えて、高槻はきっぱりとそう言った。

ああ、と尚哉は思う。

この言葉は、『もう一人』に向けて言っているのだ。

「先生」

呼びかけると、高槻は青ざめた顔を尚哉の方に向けた。その瞳の中ににじむ絶望と焦燥に、尚哉は胸が絞られるような痛みを覚える。

その痛みを呑み込んで、尚哉は口を開く。

「先生。聞いてください。俺、これから話すので」

「え……？」

「約束したじゃないですか。先生が『もう一人』になっている間のことは、俺が覚えておくって。あいつが何を話したのか、情報共有しておきましょう」

尚哉がそう言ってにっと笑うと、高槻はなんだか迷子の子供みたいな顔をして、

「……ごめんね、深町くん。本当に、ごめんなさい」

「もういいですって、大丈夫だって言ってるじゃないですか」

だからそんな泣きそうな目をしないでほしい。

尚哉は高槻の横に腰を下ろし、『もう一人』との会話の内容を話して聞かせた。

高槻はすぐに落ち着いたが、尚哉が『もう一人』を利用しようとしたことに気づくと、顔をしかめた。

「君、どうしてそういう危ないことをするの。何かわからないものと迂闊《うかつ》に交渉しようとするのは危険だよ。会話もね。やめた方がいい」

「そんなこと言われても」

『もう一人』は思っていたより喋るみたいなのだ。どうせなら、引き出せるだけ情報を引き出した方がいいと思うし、利用できるだけ利用した方がいい。

高槻がぐしゃぐしゃと自分の前髪をかき回して言った。

「大体、君の能力が僕の中のものに通用するかもわからないんだよ？　『もう一人』が人の範疇でとらえていいものなのかすらわからないんだからね。あいつが話すことの全てが本当だとは思わない方がいいかもしれない」

「そんな前提条件を覆すようなことを言われても困りますよ。こっちは持ってる手札で勝負するしかないんですから」

そう、尚哉が持っている手札は、この耳と、そして——この体だ。

混ざっている、と『もう一人』は言った。だから面白いと。

黄泉の国の食べ物を食べたこの体は、たぶん死者と半分混ざっている。あれはそういう意味だったのだと思う。

でも、それでさえ、だから何だと今の尚哉には思える。

それで『もう一人』の気が引けるなら、別にいい。きっとその方が利用しやすい。

そのくらいのしたたかさを、自分は身につけるべきなのだと思う。

「君って子は、まったく……」

高槻が呆れたように首を振る。

その顔を横目で見ながら、尚哉は言う。

「それより先生、お腹すきませんか？　俺、さっき遠山さんとごはん食べてきちゃったんですけど、食べに行くなら付き合います。レストランが面倒ならコンビニもあるし」

「ああ、うん、そうだね。ごはん食べに行こうかな」

高槻がうなずいて、サイドテーブルにおいてあったネクタイを取り上げた。

身支度を整えながら、ふと思い出したように言う。

「そういえば、結局あの沼のことはどうなったの？　僕、途中で気絶しちゃったわけだけど……弘子さんは？」

「あ、えっと、弘子さんは大森さんが保護したそうです。遠山さんが言うには、これ以上先生に何かしてもらうつもりはないとのことです。大森さんみたいに、ヌシ様の伝説を知ってる人で、工事に理解のある人を中心にして、地元の人との関係を良くしていくって。だから明日は、朝ごはん食べたらそのまま東京に帰りますよ」

「え、じゃあ、ヌシ様は？　弘子さんは？　あのまま、工事を始めておしまい？」

「……だと思いますけど。『もう一人』も、あそこには主はいないって言ってたし」

尚哉が言うと、高槻は眉を寄せた。

その顔を見ながら、尚哉は尋ねる。

「やっぱり弘子さんのこと、気になりますか？」

「あ……うん。それはやっぱり、ね」

高槻が小さく苦笑する。

やはり高槻は、弘子に自分の母を重ね合わせているのだろう。消えた我が子への愛ゆえに、清花は天狗という幻想に取り憑かれ、弘子はヌシ様の伝説にしがみついた。

でも、弘子の幻想は、あの沼を潰してしまえば拠り所をなくすだろう。

幻想が消えたら——弘子は、どうなってしまうのだろう。ただでさえ認知症の症状が出ているのだ。もっと状態が悪くなってしまうかもしれない。

しかしそれは、もはや遠山や高槻が関知する事柄でもない気がする。

「──あのね、深町くん」

立ち上がり、鏡に向かって髪を整えながら、高槻が口を開いた。

「『もう一人の僕』はあの沼にヌシ様はいないと言ったそうだけど、僕はやっぱり、ヌシ様はいると思うんだ。聡子さんもね」

「え？　でも」

「少なくとも、弘子さんはそう信じてる。たった一人でも信じている人がいるのであれば、あの沼にはヌシ様がいるんだよ。伝説というのはそういうものだ」

きっぱりとした口調でそう言って、高槻は尚哉に向き直った。

服も髪も整え終わった高槻は、もういつもの紳士然とした雰囲気を取り戻している。

「あの沼を埋め立てるということは、伝説を一つ潰してしまうことと同じだよ。それならせめてその前に、そこで語られた伝説を採取し、その土地に宿る先住の民の想いを知っておく必要がある。伝説には敬意をもって接しないとね。でなければ本当に──あの土地に、呪いがかかってしまうかもしれない。それだけは避けないといけないよ」

「呪い……？」

高槻は一体何を言っているのだろう。

まるで今すぐ教壇に立って講義を始めそうな様子で、高槻はにこりと笑ってみせた。

「だから遠山さんに、明日帰る前に、もう一度あの沼に連れて行ってほしいってお願いしてみないとね。遠山さんは隣の部屋？」

「あ、はい。今、たぶん仕事してます」

「そう。それじゃ、ごはん食べたら、部屋に行ってみよう。迷惑かけたことについても、謝らないといけないし。……あ」

そう言って扉の方に向かいかけた高槻が、足を止めて尚哉を振り返った。

少しこちらの顔色を窺うような顔をしながら、おずおずと口を開く。

「あのさ、深町くん。……遠山さんに言って、部屋を替えてもらう？」

「え？」

「僕が一人部屋に移って、君と遠山さんが同じ部屋で寝た方がいいんじゃないかなって」

「……先生」

尚哉が静かに睨むと、高槻は困ったような笑みを浮かべながら目を伏せた。

「だって。……僕は、寝ている間に君の首を絞めるかもしれないよ？」

「──怒りますよ、本気で」

「ごめん。でも」

「今更です」

「君、いつもそれ言うね」

「今更だからですよ！　ほら、さっさとごはん食べに行きましょう！」

尚哉がそう言って追い立てるように高槻の背中を叩くと、高槻はじんわりと顔に笑みをにじませながら「はあい」と小さく子供のような返事をした。

高槻に沼に連れて行ってほしいと頼まれた遠山は、当然のように渋い顔をしたが、それでも翌日、高槻と尚哉を連れて、昨日の山まで車を走らせてくれた。どうせだから高槻に付き合ってやろうと思ってくれたのかもしれないし、あるいは昨日行きの車の中で高槻が話して聞かせた、一族郎党どころか飼い猫まで死んだという主の祟《たた》りの話を思い出したのかもしれない。

昨日と同じく、弘子は沼のほとりで釣り糸を垂れていた。

高槻は、弘子に歩み寄ると、昨日と同じように尋ねた。

「何が釣れるんですか？」

「……フナ」

ぶっきらぼうに弘子が答える。昨日と同じやりとり。

高槻は弘子の隣にしゃがみ込むと、水面《みなも》に視線を向ける。

「そうですか。ところで聡子さんは釣れないんですか？」

途端、弘子がはじかれたように顔を上げ、目を剝《む》いて高槻を睨《にら》んだ。

「せ、先生、不謹慎ですよ！」

さすがに尚哉は止めに入ろうとした。

が、高槻は気にする様子もなく、なおも弘子に尋ねる。

「聡子さんは、本当に今もこの沼にいるんですか？」

「いる。だからこうして会いに来てる」

「まるで民話のようですね。夢のある話です」

高槻は言う。

「水に棲《す》む主が人間の娘を嫁取りする異類婚姻譚《たん》は、各地に伝わっています。男性側が異類、つまり人ではない何かの場合、婚姻は嫁入りの段階で失敗することが多いんですよ。嫌々嫁に行く娘が、知恵を絞って、夫となるはずの相手を殺してしまうからです。しかし、中には円満に嫁入りする話もあります。主に見初められた娘が、自ら水の中に身を投じ、主と同じ姿になって夫婦となる。そんな話です。——でも、僕はこの手の話を読んだり耳にしたりする度、『自ら身を投じて』という部分でいつも考えてしまうんですよ。ああこれは要するに、身投げして死んだ娘の話なんじゃないかなって。何らかの理由で沼や淵《ふち》に身を投げた娘を、そこに棲む主の花嫁になったということにした。それはある種の供養であり、残された者にとっての慰めだったのではないかと思います」

ただ自殺したとするよりも、主の花嫁になったと語る方が辛《つら》くない。

今も水底にある主の棲み処《か》で生き続けているのだと考える方が、心は慰められる。

最初はそうした目的で語られた物語は、やがて土地に根付いて伝説と化す。後の世でこの話を語る人々は、「自ら命を絶った娘」の話など知らない。「主に嫁いだ娘」の話だけが語られ続ける。

「だけど、こうも思うんです。そうやって伝説にしてしまったことで、本来の娘の悲劇は忘れ去られてしまった。真実は物語で上書きされ、なかったことにされた。それは、娘の立場からしたら——嘘ばっかり、と吐き捨てたくなることではないのかなと」

そう話しながら、高槻は何かを目で追うように頭を動かした。

魚影のようなものが水面の下で動いたように見えて、尚哉も思わず目で追う。ちゃぷ、と小さな水音がどこかから聞こえる。この沼には今でも魚がいるようだ。

だが、弘子が垂らす釣り糸には、何の反応もない。

ぴくりとも動かないウキを、弘子はただじっと見つめている。

「全然釣れませんね。すぐそこに魚がいるのに。……まあ、その釣竿《つりざお》で魚が釣れたらびっくりですが」

弘子が持つ釣竿に目を向け、高槻が言った。

「それ、釣り針がついてないですよね。昨日、庭から山に入るときに見ました」

え、と尚哉は思う。

弘子がゆっくりと顔を上げ、また高槻を見た。

高槻もまた、弘子を見つめる。

「針がついていないのは、聡子さんがそれで傷ついて怪我をしないようにするためですか？　あなたが釣り糸を垂れるのは、その糸をつかんで聡子さんが沼から姿を現すのを期待しているからですか？　水底の御殿でヌシ様と暮らす聡子さんが、あなたを迎えに来てくれるとでも？——そんなことはありえないとよく知っているでしょうに、それでも今更そんなファンタジーにあなたはすがるんですか？」

高槻の声は柔らかく穏やかだ。唇には綺麗《きれい》な笑みが浮かんでいる。

だが、言っている内容は糾弾以外の何物でもない。

弘子の肩に力がこもる。固く強張《こわば》り、かすかに震える。

かまわず、高槻は続ける。

「あなたは昨日、『この世には掘り返してはいけないものがある』と言いましたね。掘り返す、というのは奇妙な表現です。この沼は埋め立てるんですよ。掘るのとは少し違います。埋め立てる前には水を抜くでしょうね。沼に棲んでいる魚達はどうなるんでしょうか。そのまま処分されてしまうのかもしれないし、珍しい生き物がいればどこかに引き取ってもらうのかもしれない」

ちゃぷ、とまたどこかで水音がする。

でも、もう誰も水面になど視線を向けていない。

弘子は高槻を、高槻は弘子を、尚哉と遠山は二人を見つめている。

「水を抜けば、ヌシ様と呼ばれるものが何だったのかが、きっとわかることでしょう。ヌシ様の花嫁についても。——だけど、できれば何も知らない工事の人が直接目にするより、それとわかっている人にゆだねた方がいいのではないかと、僕は思います」

「……何が言いたいの、あなた」

弘子が言った。

それまでとは口調が変わっていた。

高槻があらためてにこりと笑う。

「これ以上の呪いをこの土地にかけないようにするためにも、もう聡子さんをこの沼から解放してあげましょう。そして、ちゃんと供養してあげるべきです」

遠山がぎょっとした顔で言った。

「ちょっと待ってください、高槻先生。聡子さんはこの沼にはいないはずでしょう。彼女がいなくなったとき、念のため沼の底をさらって調べたはずです」

聡子の所在が最後に確認されたのは、この沼のほとりだった。いなくなった後、彼女がかぶっていたカーテンが沼に浮いていたという証言もあった。

当然大人達は、聡子が何らかの事情で沼に入り、事故に遭った可能性を考えた。付近の住民が総出で沼の底をさらって調べたという話だった。

だが、聡子は見つからなかった。

「ええ、そうですね。でも、一度調べた場所は、普通、二度は調べないですよね。ここは見落としが発生するほど大きな沼でもないですし」

さらりとした口調で高槻が言う。

遠山が目を見開いた。沼に視線を向ける。

尚哉も同じように、沼を見た。

赤や黄に紅葉した落ち葉に彩られた水面は、周囲の木立と空とを鏡のように映すばかりで、水底の様子など少しもわからない。

でも、まさか――この沼の底には、本当に。

「この人が掘り返してはいけないと言ったのは、たぶん真実のことですよ。本当は何があったのか、それをあえて追及してはいけない。過去の出来事を蒸し返してはいけない。だってそれは、記憶の奥底に封印して誰にも話さずにいたことなんだから」

高槻はそう言って、弘子の方に少し身を乗り出した。

弘子は高槻から逃れようとするかのように、わずかに後ろに身を引く。

けれど高槻は、そのまま さらに弘子の方に顔を寄せ、囁《ささや》くように言う。

「殺したとは言いません」

弘子がはっと息を呑《の》む。それは高槻が言った言葉のせいなのか、それとも高槻の瞳《ひとみ》の中にちらつく藍《あい》の光に気づいたからなのか。

夜空をその奥底に隠した瞳で弘子を見つめ、高槻は問いかけた。

「ですが――聡子さんの死に関わったのは、あなたのご主人ですね？」

「違う！」

弘子が叫んだ。

その声が大きく歪《ゆが》み、尚哉も遠山も思わず耳を押さえる。

高槻は尚哉と遠山の方にちらと視線を向け、それからまた弘子に視線を戻す。

その瞳はもういつもの焦げ茶色に戻ってはいたが、弘子はまだ怯《おび》えたように高槻を見ながら、違うと繰り返す。

「違う。違います。一体何の根拠があってそんなことを。違うわ、そんなの」

「あなたは、大森さん達が、聡子さんはヌシ様の花嫁になったのだと伝えにきたとき、彼らを叱らなかった。『聡子と仲良くしてくれてありがとう』――あなたが彼らに向かって言った言葉は、聡子さんがもうこの世にいないことを知っていたからこその言葉ではありませんか？　彼女が死んでいると確信できるようなものなど、その時点では何一つなかったはずなのに。母親なら、子供の無事をこそ信じるでしょうに」

「あ……あなたに、一体何がわかるっていうの」

「わかりますよ？　ある程度は。……まあ、僕は逆の立場だったんですけどね」

弘子の言葉に、高槻は小さく肩をすくめて、くすりと笑う。

何のことかわからないという顔で睨《にら》む弘子に、高槻は言った。

「失礼。あなたと、聡子さんと、この沼に話を戻しましょう。――聡子さんがいなくなった日、あなたは出産のために里帰りしていた。家にはご主人と聡子さんだけがいた。あなたが聡子さんを一緒に連れて行かなかったのは、小学校があったからでしょうか。聡子さんは、お酒を飲んで酔っ払っている父親の世話をしたくないからといって、沼のほとりで一夜を明かすことを選んだそうですね」

大森から聞いた話だ。

酔っ払いの相手をするくらいなら、山の中で一晩過ごした方がまし――聡子はそう言っていたという。

「これは僕の想像です。聡子さんがヌシ様に嫁入りすると言った日の夜、あなたのご主人は、聡子さんが家に戻らないことに気づき、山に捜しに出たのではありませんか？」

そのとき、聡子の父親は、まだ半ば酔った状態だったのではないだろうか。正常な判断ができる頭だったなら、まず聡子の友達の家に電話をかけて、聡子を知らないかと尋ねていたはずだ。そうしていれば、聡子がいなくなったことはもっと早くに地元住民に知れ渡り、あるいはその後の悲劇は起きなかったかもしれない。

だが、聡子の父親はそうせず——おそらくは懐中電灯一本手にぶら提げて、一人で山へと入っていった。

「沼のほとりで聡子さんを見つけた彼は、家に連れ戻そうとした。でも、聡子さんは抵抗したんでしょうね。ヌシ様の花嫁としての役割をまっとうしたかったのか、単に酔った父親が嫌だったのか、それはわかりませんが」

沼のほとりで、二人は争ったことだろう。

ヌシ様の花嫁と言われても、彼にはおよそ理解できない話だ。いいから早く家に帰れと、聡子の腕をつかんで引っ張ったかもしれない。

だが、聡子はその手を振り払って逃げた。

逃げる聡子の頭から、ベール代わりのカーテンが滑り落ちる。風にさらわれたそれは、沼の方へと飛び去って行く。それを拾いに行く余裕は聡子にはない。後ろから父親が追ってくる。他の子供達がくれた懐中電灯は、沼のほとりに忘れてきてしまった。真っ暗な山の中を、聡子は闇雲に走っていく。

そして――何かが起きたのだ。

聡子の命を奪うような、何かが。

「暗闇で足を滑らせた聡子さんが、何らかの事故に遭ったのかもしれません。あるいは、聡子さんが逃げたことで逆上したご主人が、首を絞めた可能性もないとは言えません」

「……――あれは事故です」

弘子が、そう言った。

観念した声だった。

「逃げる途中で、聡子が転んだんだそうです。そのまま斜面を転がり落ちて――その先に、大きな岩があった」

聡子の父親は、落ちた聡子を慌てて助けに行った。

動かない聡子を見て、最初は気絶しているのだと思ったのだという。

だが、抱え起こして頭に触ったとき、指が異様な感触を探り当てた。

後頭部が、陥没していた。

「主人は、聡子を抱えて急いで家に帰ったそうです。でも、家に着いたときにはもう、聡子は冷たくなっていた。救急車を呼ぶまでもなく、死んでいることがわかってしまったそうです」

「それでもご主人は、そのことをきちんと警察に言うべきでした」

訥々《とつとつ》と話す弘子に、高槻はそう言った。

「でも、ご主人はそうしなかった。——聡子さんの遺体を、家に隠したんですね？」

「……主人も、パニックになっていたんですよ。そのときは」

聡子の父親は、聡子の遺体を、二階の子供部屋に寝かせたのだという。

布団をかけて、まるで眠っているかのような形で。

朝が来れば全てが元通りになって、聡子が目を覚ます。そう思っていたのかもしれない。そんなこと、あるわけがないのに。

そして、朝がやってきた。

朝になっても聡子は死んだままで——インターホンが連打されたかと思ったら、近所の子供達が血相を変えて「聡子がいなくなった！」と知らせに現れた。

「言えなかったんだそうです。聡子はうちにいる、二階で死んでる、なんて……主人には、とても言えなかった」

真っ青な顔でへたり込んだ聡子の父親を放置して、子供達はどこかへ駆けていった。程なくして、今度は近所の大人達がやってきた。「聞いたよ、聡子ちゃんがいなくなったって」「しっかりしなよ、皆で捜そう」「大丈夫、必ず見つかるよ」——そうやって彼らが励まし慰めてくれればくれるほど、ますます本当のことを言えなくなった。

「主人は、そんなに心の強い人ではありませんでした。会社をクビになって、次の仕事がなかなか決まらなくて、お酒に逃げていたような人です。……だから、他の人達と一緒に聡子を捜しに出たんですよ。聡子の遺体を隠した自分の家から、逃げるために。逃げてばっかりだったんです、あの人」

「では――あなたは、なぜ通報しなかったんです？」

釣竿《つりざお》を握りしめて声を震わせる弘子に、しかし高槻は容赦なく尋ねる。

「あなたが通報していれば、こんなことにはならなかったのに」

「……なぜって、私は、母親でしたから」

弘子はそう言って、深くうつむいた。胸に顎《あご》がつきそうなほどに。

その目は、己の腹を見つめている。

「連絡を受けて実家から慌てて戻った私を、主人は聡子の部屋に引っ張り込みました。そこに寝かされている聡子を見たときは、気絶しそうになりましたよ。主人は、仕方なかったんだとか事故だったんだとか言い出せなくてとか、ひたすら言い訳がましいことをぐちゃぐちゃと言ってました。私は主人を押しのけて、電話のある部屋に行こうとしました。警察に知らせなければいけない、そう思って。でも」

高槻に向かってそう話しながら、弘子は薄っぺらな己の腹に手を当てた。

かつてそこに存在した膨らみを思い出そうとするかのように、二度三度となでる。

「でも、そのとき――お腹の中で、子供が動いたんです」

当時、弘子のお腹の中には、聡子の妹がいた。もうすぐ生まれてくる子だった。

ああ、この子の未来を守らないといけない。

弘子はそのとき、そう思ったのだ。

通報すれば、聡子の父親は取り調べを受けるだろう。もしかしたら、聡子を殺したのではないかと疑われるかもしれない。彼が酒飲みだったこと、酒を飲むと暴れる人だったことは、近所の人々も知っている。しかも彼は、遺体をわざと隠したのだ。どんなやましい理由があってしたことかと、疑われるに決まっている。たとえ警察が事故だと判断しても、きっと近所の人々は、今後彼のことを『娘殺しの父親』として見る。

生まれてくる子供の父親を、そんなものにするわけにはいかなかった。

「どうしてか、そのときの私は、ひどく冷静でした。『聡子のことは、このまま隠し通す』、そう主人に言いました。主人は馬鹿みたいに狼狽《うろた》えましたけど、私が『生まれてくる子供のため』と言ったら、うなずきました」

沼の底を近所の大人達が総出でさらった後、真夜中に家の庭から山に入って、聡子の遺体に重石《おもし》をつけて沼に沈めた。

残酷なことをしている自覚はあった。許されることではないとわかっていた。

それでも、他にどうしようもなかった。

そのときに無理をした影響だろう、翌朝すぐに弘子は破水し、予定よりも早く聡子の妹を出産した。

赤子を抱えて家に戻ってきた弘子に、近所の子供達が話をしに来た。

聡子はヌシ様のもとに嫁いだのだと、優しい夢物語を語って聞かせてくれた。

不慮の事故で命を落とし、実の親に遺体を沼に沈められた可哀想な娘は、この子達の中では、ヌシ様と共に水底の御殿で今も暮らしていることになっているのだ。

その物語の通りだったなら、どんなに良かったことか。

「主人はそれからすぐに仕事を見つけ、人が変わったように一生懸命働くようになりました。たぶん、聡子に対する罪滅ぼしだったのでしょう。聡子の妹は、何も知りません。自分の姉は子供の頃に行方不明になった、それだけしか知らないまま、大人になり、結婚して、子供はできなかったけれど幸せに暮らして、数年前に亡くなりました。主人は去年死んで――私と主人がこの沼に埋めた秘密は、私だけのものになった。私一人が墓場まで持っていけばいい。今更……今更、他人に掘り返してほしくない……」

片手で顔を覆って、弘子はうめくようにそう言った。

それを見ながら、尚哉は、ああ、と思う。

ああこの人は、本当は少しもボケてなんていないんだろうなと。

いっそボケてしまえていたら、幸せだったのかもしれない。

この人は、澄み切った頭のまま、己の罪を今も見つめ続けているのだ。何一つ忘れることすらできずに、起きたこと、行ったことの全てをこの人は覚えている。

何もなければ、秘密は本当に墓場まで持っていかれただろう。

でも、この山が売り払われた。沼が埋め立てられることが決まった。

沼の水が抜かれれば、真実が明るみに出る。

その秘密を守り抜くには、彼女はあまりに非力だった。ボケた老人を装い、ヌシ様の祟《たた》りだと言ってフェンスを泥まみれにしても、それで工事が止まるわけもない。もはや時間の問題だとわかっていた。

だから——彼女は、ここで毎日、釣り糸を垂れるしかなかったのかもしれない。

いまだ釣竿を握りしめたままの弘子を見つめながら、尚哉はそう思う。

娘の遺体を沈めたこの沼で、釣り針のついていない釣り糸を。

聡子はヌシ様の花嫁になったという、子供達が語った夢物語。正しいのは、聡子が沼の底にいるというただ一点のみだけれど——それでも、たった一人で秘密を抱え続ける弘子にとって、その夢物語は逃げ場所になったのだろう。

弘子はその夢物語を信じることにしたのだ。

尚哉や遠山にも聞き分けられないほど頑なに信じて、それを己の中の真実とした。

聡子は今もこの沼の底にいる。ヌシ様の花嫁となって。

こうして釣り糸を垂れていれば、いつか沼の底から小さな白い手がのびてくるかもしれない。その手は釣り糸を握りしめ、ぐっと釣竿ごと弘子を沼の中へと引き込むだろう。

そうして、連れて行ってくれるのだ。水底の御殿へと。

早く早く。どうか早く迎えに来てほしい。

そう祈りながら、願いながら、弘子は毎日釣り糸を水に沈めていたのだと思う。

どれだけ願ったところで、迎えなど来るわけもないのに。

「ねえ、弘子さん。あなたがそうやって聡子さんを伝説にしている限り、聡子さんはあなたのもとへは戻ってこないんですよ」

高槻が言った。

弘子がびくりと肩を震わせる。

「僕は、あなたとよく似た母親を知っています。愛していた我が子が神隠しに遭って、夢の世界に逃げてしまった人です」

遠山が、ちらと尚哉の方に視線を寄越す。高槻は今何の話をしているのかとでもいうように。尚哉はその視線に答えられぬまま、高槻の声に耳を傾ける。

「彼女の子供は戻ってきました。でも、戻ってきたとき――前とは決定的に変わってしまった部分が幾つかあった。彼女はそれを受け入れられなかった。だから、目の前にいる我が子の存在を否定したんです。自分の子供じゃないとね。挙句の果てには、その子のことが見えなくなった。本当に見えなくなってしまったんですよ。その子が階段に立っているのに気づかずにぶつかって、一緒に落ちて怪我をしたくらいですから」

淡々とした声で、高槻はそう語る。

「でも僕は、常々彼女に尋ねたかった。自分の子供を取り戻したくないんですかと。あなたがそうやって目を背けている限り、あなたの子供は永遠に戻ってはこないのにと」

くすり、と高槻が笑った。

わずかに歪んだ唇の端に漂う自嘲を、弘子はぼんやりと見つめている。おそらく弘子も気づいている。高槻が語る話が高槻自身のものであると。

遠山もまたそれに気づいたのだろう。瞠られた目の中で、幾つもの感情が揺れる。

「目の前の現実を否定してでも幻想の中に逃げ込んだ。その点において、あなたと彼女は同じです。——ねえ、弘子さん。答えてくれませんか」

以前、奥多摩《おくたま》でやはり似たような事件に接したことがある。悲惨なバス事故でただ一人生き残った娘を、流行り神に祀り上げた母親。あれもまた、目の前の現実から目を背けた結果だった。

あのとき高槻は、見たこともないほど激しい口調で彼女を責め立てた。

でも、今日の高槻は——ひたすら静かな口調で語りかけている。たぶん憐れんでいる。

でも、誰をだろう。弘子をだろうか。それとも聡子だろうか。それとも。

「取り戻したくはないんですか？　自分の子供を」

高槻がそう言って、釣竿を握る弘子の手に、己の手を添えた。

「もう、やめましょうよ。聡子さんを伝説の中の登場人物にしてしまうのは」

弘子がむずかるように首を横に振る。

けれど高槻は弘子の手をそっと握って、ゆっくりと釣竿を上げさせる。

引き上げられた釣り糸の先には、高槻の言った通り、針がついていなかった。水面の上でゆらゆらと頼りなく揺れる釣り糸を、水の中からのびてきた手がぐっと握り込んで水底に引き戻すこともない。ちゃぷ、と先程から水音を立てているのは、聡子でもヌシ様でもないのだ。夢物語は現実には追いつけない。

釣竿を地面に下ろさせ、高槻は弘子に向かって言った。

「聡子さんを解放してあげましょう、この沼から」

弘子は、引き結んだ唇を横にのばすようにしながら、高槻を見上げた。

震えるその唇の端がぐいと下がる。皺《しわ》に埋もれた両の瞳《ひとみ》が、線のように細くなる。

高槻は、握ったままだった弘子の手を、優しくぽんぽんと叩《たた》いた。

「そう、だからもういいんです。——もう、あなたは泣いてもいいんですよ」

それが、合図となった。

押し殺した泣き声が、弘子の口から漏れる。大粒の涙がぼろぼろと零《こぼ》れ落ちる。沼のほとりにへたり込み、弘子は両肩を震わせて子供のように泣き出した。

それを見ながら、尚哉はようやく気づいた。

自分の娘を伝説の一部にしてしまったがために——この人は、今まで娘の死を悼んで泣くこともできなかったのだ。

風が吹く。はらはらと、沼を囲んだ木立から赤や黄色に染まった葉が絶え間なく沼に降り落ちる。水面《みなも》は色とりどりの紅葉に彩られ、まるで豪奢《ごうしゃ》な花嫁衣裳《いしょう》を広げたかのようだ。ちゃぷ、とまた水音が聞こえる。水面ぎりぎりを何かの影が横切っていく。沼はまだ物語のような佇《たたず》まいを見せてそこにある。

それでも、もうここに、ヌシ様の花嫁になった娘はいないのだ。

後日、再び高槻の研究室を訪れた遠山は、沼の底から、子供の骨と思《おぼ》しきものが見つかったことを教えてくれた。

「見つかった骨は念のため鑑定に回されましたが、安原さんのご主人は亡くなっているし、遺体を遺棄したことについてもとうの昔に時効ですから、具体的に何がどうなるというわけでもないと思いますよ。いずれお骨は、安原さんのもとに戻されるでしょう」

沼の水は、警察の立会いのもとで抜かれたそうだ。遠山も見に行ったという。

弘子も、大森と一緒に見に来ていた。骨が見つかったとき、泣き崩れた弘子のことを、同じく泣きながら大森が支えていた。

高槻の研究室で、大仏マグカップに入ったコーヒーを飲む遠山の顔は苦かった。といっても、それは勿論《もちろん》コーヒーがブラックだからなどという理由ではない。遠山も、尚哉と同じくコーヒーには砂糖もミルクも入れない。

「まったく……高槻先生に相談して、良かったんだか悪かったんだか。結局、工事は一《いっ》旦《たん》見合わせになりましたよ」

「それはまあ、そうでしょうねえ。でも、そこに骨があるとあらかじめわかって水を抜くのと、何も知らずに水を抜いて人骨を見つけるのとでは、心構えが違うでしょう？」

ぼやく遠山に、高槻はマシュマロココアを飲みながら、にこやかに笑いかける。

「何の心構えもなく工事に入って子供の骨を見つけてしまったら、とても不吉な気分になるでしょう。事実が明らかになってからの発見で良かったじゃありませんか」

「それはそうかもしれませんが。……まあ、誰の骨で、どういう経緯のものだかわかっている分、おかしな怪談も生まれずに済むでしょうしね」

遠山が言う。

が、高槻はにこにこと笑ったまま、それを否定する。

「それはどうでしょうね。怪談はどこでも生まれますよ。あそこに現在住んでいる人々の全てが生前の聡子さんと親しかったわけでもないでしょう。『いなくなった女の子は、実はとっくに死んでいて、沼の底に三十年以上沈められていた』なんて格好の怪談ネタですよ。誰がどんな形で語り始めたところで、別に僕は驚きません」

「……あなたのその不謹慎さは、どうにかならないものなんですかね」

「すみません、職業病というやつです」

悪びれもせずに、高槻が言う。

遠山はため息を吐いてコーヒーをまた飲む。それから、ふと思い出したという顔で、

「あ。そういえば」

「はい？」

「いましたよ、ヌシ様」

「えっ？」

高槻が目を瞠《みは》る。

遠山はスマホを取り出しながら、

「水を抜いたときに、沼に棲《す》んでいた魚がやっぱり色々出ましてね。その中にいたんですよ、でっかいナマズが。たぶんこれがヌシ様の正体なんじゃないですか？」

そう言って、高槻と尚哉に写真を見せてくれる。泥の中でのたくる茶色いナマズは、その横に写っている人間の足に比べると、確かに随分と大きい。もしかしたら一メートル以上あるかもしれない。

「このナマズ、その後どうなったんですか？」

「引き取ってくれる水族館がないかどうか、当たってもらっています」

「そうですか、それはよかったです。引き取り先が決まったら、教えてもらえますか？僕もぜひ、ヌシ様に会ってみたいです」

「いいですよ。まあ、私が見る限り、大きいだけでただのナマズでしたがね。——さて、それでは私はそろそろ帰ります。高槻先生、今回の件については、色々とありがとうございました」

遠山がそう言って、席から立ち上がった。

高槻がにっこりと笑って言う。

「いえ。僕にとっても、興味深い案件でした。また何かありましたら、ぜひ」

「できれば何もない方がいいんですがね、私としては」

コートの袖《そで》に腕を通しながら、遠山がぼやくように言う。まあ、建物を建てようとする度に、ヌシ様だの伝説の存在だのと当たるようでは、仕事にならないのだろう。

尚哉も立ち上がり、自分のコートを手に取った。

「遠山さん。駅まで送りますよ」

「ああ、すまないね、深町くん」

遠山と一緒に研究室棟を出て、キャンパスの中を歩き出す。

中庭は、すっかり通常営業に戻っていた。青和祭はもはや過去の出来事で、剝《は》がし忘れのポスターすらない。ダンスサークルは踊り、演劇サークルは発声練習に勤《いそ》しんでいる。ヴァイオリンとヴィオラとチェロのカルテットは某有名ゲームのオープニングテーマを奏で、その横で音楽に合わせて服のあちこちから色とりどりのハンカチやら薔薇《ばら》やらを取り出しているのはたぶんマジック研究会だ。見慣れたカオスな風景。

今年の学祭には、結局尚哉は行かなかった。

那須行きで二日つぶれたし、難波に屋台のシフトを聞くのを忘れたのだ。……亜沙子やはるかと顔を合わせるのが気まずかったからというのも理由の一つだが。

賑《にぎ》やかで晴れやかな学祭よりも、沼の主を探しに山の中へ出かける方がむしろ性に合ってるなと思う自分は、やはり高槻にだいぶ毒されているのだろうか。

「……まあでも、あれで良かったんだろうな」

と、ふいに遠山がぼそりと呟《つぶや》き、尚哉はまばたきして遠山を見た。

「え？　何がですか？」

「いや、安原弘子さんの話だよ。――沼の水を抜いて、骨が出てきたときにね。安原さんが私のところにわざわざ来て、頭を下げてくれたんだ。今まで工事の邪魔をして申し訳なかったという謝罪と、それから……『ありがとうございます』と言われたんだ」

遠山が言う。

「どうせ工事のために水を抜けば、あの骨は見つかったわけだけどね。そうやって見つかった骨を、彼女は自分が沈めたものだと認めただろうか。その場合は、まだ頑《かたく》なに、『やっぱり娘はヌシ様の花嫁になったんだ、これがその証拠だ』とでも叫んだんじゃないかな。幻想と真実を無理矢理すり替えたままで」

その場合も、警察が骨を調べただろう。頭蓋骨《ずがいこつ》に陥没の後を見つけ、聡子の死に何らかの事件性ありとの判断を下したかもしれない。

だが、事件の真相は、わからないままだっただろう。弘子は過去に何があったかを決して誰にも話さず、真実を伝説で塗り替えたまま、墓場まで秘密を持って行ったはずだ。秘密を抱えたまま生きるのは、苦しかっただろう。もはや共に秘密を守る夫さえいないのだ。たった一人、残酷な真実と優しい幻想の狭間《はざま》で生き続けるのは、きっと地獄に等しい。もはや夢物語を信じて生きる以外、道はなかったのかもしれない。

聡子を沼から解放することは、弘子自身を解放することでもあったのだろう。

高槻の母も、いつか幻想の中から戻ってくることはあるのだろうか。弘子のように。

そうなればいいとは思う。そうであってほしいと。

でも――高槻が必死になって知ろうとしている過去の真実が、彼女にとって受け入れがたいものであったとしたら、彼女は永遠に夢物語の世界で生きることを選んでしまうのかもしれない。

それでも、高槻が望むなら、自分はその真実を共に知ろうと――尚哉はそう思う。

そのとき、前方のベンチに、難波が座っているのが見えた。

その隣に座る人物の顔を見て、あ、と思う。

ポニーテールがよく似合う彼女は、難波の彼女の愛美だ。

「あ、深町ー！　やっほー！」

と、難波がこっちに気づいてぶんぶんと手を振った。もう片方の手で、見て見てと言わんばかりに愛美の肩を抱き寄せる。愛美が恥ずかしそうに身をよじる。いいじゃんと難波の口が動き、愛美がその顔をぐいと押しのける。難波が笑いながら、また何事か愛美に言う。愛美が仕方ないなという顔で何か返す。

そっか、と尚哉は思う。

無事に仲直りできたのだ。

「……やっほー。よかったな」

難波が座るベンチに近づきながら、尚哉は小さくそう言って難波に手を振った。

へへへ、と難波が笑う。

「その節はご心配おかけしましたっ。もうこの通り、らぶらぶで幸せだから俺達！」

「それはめでたいな」

じゃあな、ともう一度手を振って、ベンチの前を通り過ぎる。

それから尚哉は、ふと視線を感じて目線を上げた。

遠山が、切れ長の目を見たことがないほど丸くして尚哉を見下ろしていた。

「な、何ですか一体」

「いや……その」

遠山が口ごもる。

何度かうろうろと視線をあちこちに向けた後、遠山はあらためて尚哉を見て、

「そうか。君には、ちゃんと友達がいるんだな」

「え……」

「——すまない。君は自分と同じなんだと……私と同じように生きているはずだと、頭から思い込んでいた」

なんだかばつの悪そうな顔で、遠山が言う。

「でも、当たり前だな。同じ力があるからといって、別に同じ人間なわけじゃない」

「遠山さん」

「いや、違うんだ。その」

またうろうろと視線をさ迷わせた末に、遠山は小さく咳払《せきばら》いして、少し顔を隠すよう

に口元に片手をやった。

「なんというか……今、妙に嬉《うれ》しい気分なんだよ。何だろうね、この気持ちは。別に私は君のお父さんでもないのに」

「何言ってるんですか一体」

尚哉は小さく吹き出して、そう言った。

でも——尚哉もそんな風に思っていた。

自分と遠山は同じ人間だと。同じ形をしていて、同じように生きるのだと。

だけど、そんなことはないのかもしれない。

自分も遠山も、同じ能力を持ち、同じような生き方をしながら生きてきた。

それでも、その人生の中で出会う人は、それぞれに違い——そのことによって、自分達の形は少しずつ違ったものになっていく。同じ形をした部分は多いけれど、何もかもが同じではないのだ。たぶん。

——同じ力を持っているからといって、同じ道を歩むとは限らない。

前に高槻にそう言われたことを思い出しながら、尚哉は駅までの道を遠山と一緒に歩いていった。

第三章　人魚の肉

十一月も終わりに近づく頃になると、寒さもだいぶ本格化してくる。

学生達は身を縮め、コートを着た背中を丸めるようにして小走りにキャンパスの中を移動する。寒いと人は歩行速度が速くなるものらしい。悠長に移動に時間をかけている余裕がなくなるからだろう。いつもは大抵埋まっている中庭のベンチやカフェテリアのテラス席も、この時期は軒並みガラガラだ。

その日の講義が終わり、校舎を出た尚哉もまた、冷たい風に身をすくめた。ぐるぐると巻きつけたマフラーに顎《あご》を埋《うず》め、早足でキャンパスを横切って研究室棟に向かう。借りていた本を休み時間中に読み終わってしまったので、返しに行こうと思ったのだ。

が、高槻の研究室の扉をノックしてみても、誰の返事もなかった。

留守かな、と思いつつ、ドアノブに手をかけてみる。鍵《かぎ》はかかっていなかった。

扉を開け、中を覗《のぞ》いてみる。

部屋の中に高槻の姿はなく、代わりに行き倒れの死体が一つ、床に転がっていた。

いや、死体ではない。瑠衣子だ。

床の上に資料とノートパソコンを広げ、その真ん中でうずくまるようにして倒れている。この人はどうしていつも最終的には床の上になってしまうのかと思う。普段はきちんと椅子に座って作業しているのに、切羽詰まるとどこかの時点で床に移行するらしい。この季節は体が冷えるのでやめた方がいいと思うのだが。

「先輩。瑠衣子先輩、起きてください。風邪引きますよ」

尚哉が声をかけると、もぞりと瑠衣子が身動きした。

が、上半身を起こしかけたところで、またぺしゃりと潰《つぶ》れて床に戻る。

「え、何ですか？」

何か聞こえた気がして尋ねると、蚊の鳴くような声が「おなかすいた」と返した。論文を書くのに夢中で、食事をとるのを忘れたらしい。コントかと思う勢いでずれた眼鏡の下に浮かぶ隈《くま》を見るに、たぶん寝てもいないのだろう。大学に入るまでは「寝食を忘れる」という言葉は「そのくらい熱中してるんですよ」という意味の比喩《ひゆ》表現だと思っていたのだが、恐ろしいことに瑠衣子はリアルに寝食を忘れるタイプだ。

「まったくもう、何か食べるもの買ってきましょうか？」

「……ありがとう、深町くん優しい……」

小銭入れを渡され、肉まんを三つ買ってくるよう仰せつかって、大学生協まで買いに行く。ほかほかとした温かさが冷めないうちにと急いで研究室に戻ると、瑠衣子は一応床ではなく椅子に移動していたが、ぐったりと机に突っ伏して半死半生の体だった。

「先輩。これを食べて復活してください」

「……うん……ついでに紅茶入れてくれると、すごーく嬉《うれ》しいわあ……」

「はいはい」

食器棚から瑠衣子の真っ赤なマグカップを取り出し、紅茶のティーバッグを放り込んでポットのお湯を注ぐ。

その間になんとか起き上がった瑠衣子が、袋から取り出した肉まんを頰張って、ほわりと顔をほころばせた。

「やーん、おいしーい……生き返るー」

「ちゃんとごはん食べないと、本当にいつか死にますよ、瑠衣子先輩」

「うん、次から気をつけるー」

ずれた眼鏡を直しもせずにぱくぱくと肉まんを食べながら、ふにゃふにゃした口調で瑠衣子が言う。嘘を言っているわけではないから、一応本人もそのつもりでいるのだとは思う。が、どうせまた忙しくなったら同じことになるのだ。ここの研究室の人間は、准教授といい院生といい、頭は良いのにそういった方面では学習能力がない。

「紅茶です。どうぞ」

「ありがとー。あ、これ、一つは深町くんの分よ。はい、どうぞ」

瑠衣子の前にマグカップを置いたら、交換のように肉まんを渡された。

「え、俺の分って」

「おつかいしてきてくれたお礼。食べて食べてー」

二個目の肉まんに食いつきながら、瑠衣子がひらひらと片手を振った。

それじゃあありがたく、と尚哉も肉まんを頰張ったところで、高槻が戻ってきた。教務課にでも行っていたのか、書類の束を抱えている。

「あれっ、いいなあ、二人して肉まん食べてる！　僕も買ってこようかなあ」

「あー、どうせだったら、アキラ先生の分のあんまんも買ってきてもらえばよかったですね。よかったら、あたしの半分食べます？」

肉まんが活力になったのか、だいぶ元気になってきた声で瑠衣子が言う。

高槻は、書類を机に下ろしながら首を振り、

「瑠衣子くんは栄養摂《と》った方がいいから、それ全部食べなさい。論文はできた？」

「あ、はい、さっきメールで送ったので、チェックお願いします。あと、前にアキラ先生が探してたネットロア、最初の書き込みと思われるやつを見つけたので、別メールで送ってあります。あとそれから――うわやだ嘘でしょ、もうこんな時間っ⁉」

院生としての業務連絡モードに入っていた瑠衣子が、時計を見て目を剝《む》いた。そういえば瑠衣子は、今日は塾講師のバイトがあるはずだ。

食べかけの肉まんを口にくわえたまま瞬時に帰り支度を整え、「ふみまへんかえりまふ！」と叫んで、瑠衣子が慌ただしく研究室から出て行く。廊下をばたばたと走っていく足音が一瞬不規則に飛び、まさかすっ転んだかと尚哉が腰を浮かせかけたところで、

またばたばたと足音が遠ざかっていく。躓《つまず》いただけだったらしい。

なんとなく高槻と二人で顔を見合わせ、どちらからともなくため息を吐く。

高槻が苦笑して言った。

「瑠衣子くんはいつも熱心な頑張り屋さんなんだけど、集中すると色々なことが疎《おろそ》かになるよね……困ったもんだ」

「ていうか、あんな生活続けてたら、確実に寿命が縮まると思うんですけど」

「僕も良くないよって何回も注意してるんだけど、如何《いかん》ともしがたいらしくて。瑠衣子くんには長生きしてほしいんだけどなあ。勿論《もちろん》、深町くんにもだけど」

「別に俺はそんなに長生きはしたくないです」

「まあ僕だって、ものすごく長生きしたいとは思ってないけどね。――ああでも最近、不老長寿にはちょっと興味があるかな」

「……はい？」

急に何を言い出すのかと、尚哉は少しぎょっとして高槻を見る。このイケメンは、ついに己の出来が良すぎる容姿を永久保存したくなったのか。

と、高槻がにんまりと笑って、尚哉の隣に腰を下ろした。高槻がこういう笑い方をするときは、何か高槻好みのネタがあるときだ。

高槻は自分のノートパソコンを引き寄せると、少し操作して尚哉に画面を見せた。

「深町くんは、近頃こういう話が出回ってるのを知ってる？」

「何ですかこれ」

画面には、『そこに行けば人魚が食べられる!?　禁断のレストラン』といういかにも胡散《うさん》臭げなタイトルがばばんと大きく表示されていた。

画面を下にスクロールしてみる。前に高槻が講義で扱ったのと同じ、江戸時代の瓦版《かわらばん》に描かれた人魚図が出てくる。しばらく人魚についての説明文が続いた後は、レストランのリストが出てきた。

高槻が言う。

「ちょっと前から、一部の都市伝説好きの間で話題になってるみたいなんだよ。人魚の肉を使った料理を出すレストランが都内にあるってね。勿論、堂々と人魚をメニューに掲げているわけではなくて、特別な頼み方をすると出してもらえるんだそうだ。だから皆、この店がそうなんじゃないかっていう推測を立てて楽しんでるみたいだね」

レストランのリストには、それぞれ説明書きがついていた。和食もあればフレンチもある。店の名前が具体的に上がっているものもあれば、なんとなくこの辺にある店かもという程度のふんわりした書き方のものもある。どれも基本的に紹介制らしく、気軽に行ける店ではなさそうだ。

「人魚の肉って、食べると不老長寿になるんですよね？」

「そうだね。いわゆる『八百比丘尼《やおびくに》』の伝承ではそうなってる」

高槻がうなずいた。

「前に講義で人魚を扱ったときに話したけど、鎌倉時代に編纂《へんさん》された『古今著聞集《ここんちよもんじゆう》』の中にも、人魚を食べた話はある。でも、そこでは特に不老長寿に関する記述はない。単においしく食べましたというだけだ。だけど、時代が下って、八百比丘尼の話が語られるようになると、人魚の肉は不老長寿をもたらす食べ物として扱われるようになる」

高槻が横から手をのばし、パソコン画面を上にスクロールし直した。瓦版の人魚図が再び表示される。まるで般若《はんにや》のような恐ろしげな女の顔が、魚の体に直接くっついた姿。日本古来の人魚というのはなかなかにグロテスクだ。

「八百比丘尼の伝承は日本各地に伝わっている。人魚の肉を得た男が家に持ち帰り、男の娘や妻が何も知らずにそれを食べてしまって、不老長寿となる話だ。人魚の肉を得るきっかけには色々なパターンがあって、たとえば江戸時代に林羅山《はやしらざん》が書いた『本朝神社考《ほんちようじんじやこう》』では、山の中で出会った異人に異世界へと招かれ、その際に『之《これ》を食ふときは年を延べ老いず』といって人魚の肉を与えられたことになっている。他パターンとしては、他所《よそ》から来た男の家に招かれて供応を受けるという話もあるね。その家の調理場をふと覗《のぞ》くと、人魚の肉を調理しているのが見えるんだ。それで気持ち悪くなって、出された料理を食べずに家に持ち帰る。いずれにしても、人魚の肉をもたらすのは、共同体の外にいる者、異界に属する者ということが多い」

「それって要するに、人魚自体が異界の食べ物だっていうことですか？」

「そうなるだろうね。そう考えると、やはり思い出されるのは『黄泉戸喫《よもつへぐい》』だ」

高槻はそう言って、尚哉が持つ食べかけの肉まんに手をのばした。

まだ尚哉が口をつけていない端っこの辺りを、「ひと口ちょうだい」と言って指で小さくちぎり取り、己の口に入れる。

「イザナミは黄泉《よみ》の国の食べ物を食べ、黄泉に属する身となった。八百比丘尼もまた、異界のものを食べたからこそ、現世の人間とは異なる存在となったんだ。——ただ、面白いのは、不老長寿になった女が共同体から排斥されることがなかった点だよ」

「え？」

「人魚の肉を食べた後も、彼女はそのまま村で暮らし続けたんだ。老いず、死なない身になっているにもかかわらずね。そして、何度も結婚し、その度に夫と死に別れた。結局彼女は自ら出家して比丘尼となり、全国を巡って、あちこちに木を植えたりした。最終的には若狭《わかさ》にたどり着き、そこで死んだということになっている」

明らかに普通の人間とは違う存在になったというのに、誰も彼女を化け物扱いしなかったということだ。……ちょっと羨《うらや》ましいなと思いながら、尚哉はひと口分少なくなった肉まんの残りを口に押し込む。

高槻がまた口を開く。

「八百比丘尼伝承が成立したのは室町《むろまち》時代だ。その頃に書かれた『康富記《やすとみき》』や『臥雲日件録《がうんにっけんろく》』に、文安《ぶんあん》六年に若狭から上京してきた二百歳だか八百歳だかの比丘尼についての記述がある。日記に書かれるくらいだ、当時話題になっていたんだろうね。ちなみに彼女に会うには、身分相応のお金が必要だったらしいよ」

「え、お金取るんですか？　それってもう見世物じゃないですか」

「まあ、八百歳の尼さんが来たって言われたら、それは皆ちょっと見たくなるよね」

　高槻が小さく肩をすくめてみせる。

「そもそもこの八百比丘尼伝承成立の背景には、女性の唱道者の存在があると考えられていてね。『康富記』や『臥雲日件録』の記述は、八百比丘尼を名乗って全国を渡り歩いた比丘尼の存在を示唆している。きっとそういう比丘尼はたくさんいたんだと思うよ、だから全国に似たような伝承が流布しているんだ。彼女達は行く先々の村や町で、人魚を喰《く》って不老長寿を得た女の話を語り、最後に『我こそがその八百比丘尼なり』と名乗ったことだろう。生きた伝説を目の当たりにした人々は、彼女をありがたがり、歓待しただろうね。そして、彼女が持っていた寺の霊験薬を喜んで買ったかもしれない」

　そこまで聞いて、尚哉は思わず顔をしかめた。

寺の霊験薬、という辺りで、なんだか急に金のにおいのする俗っぽい話になってきた。というか、そもそもその自称『八百比丘尼』達は、別に人魚を喰ったわけでもなければ、八百歳だったわけでもないだろう。

「……あの、それって要するに、嘘ですよね？　一種の詐欺みたいなもんじゃないですか、いいんですかそれ」

「いいかどうかはともかく、宗教というものは、往々にして奇跡や怪異を必要とするんだよ。八百比丘尼の死没地として語られる福井県の空印寺《くういんじ》には『八百比丘尼略縁起』というものがあってね、それによると、空印寺に参詣《さんけい》すれば、八百比丘尼の霊験により、病気の治癒や幸福感増進といったご利益があると強調されている。つまり、そう言って信者を集めてたってわけだ。——空印寺に限らず、こういったことは中世期の寺院再興の際によく行われていたことなんだ。昔も今も、人は怖い話や不思議な話が大好きだからね。単に仏様のありがたい話をするより、人魚の肉を食べて八百年生きた比丘尼の話をした方が、人は面白がって耳を傾ける」

まあ確かにキリスト教だって、イエス・キリストが水の上を歩いただの、死者をよみがえらせただのといった話がある。それと同じようなものなのかもしれない。

でも、やっぱりそんなのは嘘じゃないかと、尚哉は思う。

たぶんそういう尼さんが現代に存在したとして、街角で「我こそが八百比丘尼なり」などと語ろうものなら、尚哉にはその声が耐えがたいほど歪《ゆが》んで聞こえることだろう。

……ああ、でも。

そうやって語って声が歪まなかった人を、尚哉は一人だけ知っている。

海野沙絵《うみのさえ》。

長野で尚哉と高槻を救ってくれた人だ。

「……先生」

尚哉が口を開くと、高槻は視線だけをこちらに向けて、尚哉を見た。

「沙絵さんは——本当に、人魚の肉を食べたんでしょうか」

ずっと昔に撮られた白黒写真に、沙絵は今と全く変わらない姿で写っていた。

それに、彼女は長野で自ら言ったのだ。

『八百比丘尼の『八百』は、その数字の通りの八百年じゃない。末広がりの八に、『たくさん』って意味の百をかけて——永遠っていう意味なんだから』

彼女は、自ら八百比丘尼だと名乗ったのだ。

しかも、自分は不老長寿どころか不老不死なのだと言ってのけた。

今思い返しても、とても信じられない話だ。でも、あのときの沙絵の言葉に嘘が一つもなかったことは、尚哉の耳が証明している。

何より、彼女は山神に三百年分の寿命をとられたはずなのだ。

それなのに何の変わりもなかった彼女は、やはりその言葉の通りに、不老不死の生き物だということになる。

「……それについて語る言葉を、僕は持っていない。何しろ僕は、長野で彼女と会ったことすら覚えていないんだから」

机に頬杖《ほおづえ》を突き、高槻が目を伏せる。

高槻の長野での記憶は、『もう一人の高槻』によって丸ごと消されてしまった。今の高槻は、長野で彼女が何を言い、何をしたのかについて、全く覚えていないのだ。

あのとき、山神が支配する死者の世界から三人一緒に戻ってきたはずなのに、尚哉達が意識を取り戻したときには、もう沙絵の姿はどこにもなかった。

またどこかで会えるだろうか。彼女のことだから、またひょっこりと大学の学食に現れて、何食わぬ顔でうどんを啜《すす》っていてもおかしくない気もする。

と、気持ちを切り替えるように高槻が軽く首を振り、また尚哉を見た。

「沙絵さんのことはともかく、人魚の肉を食べさせる店の噂が流れているのは本当だ。まあ、不老不死になったかどうかを証明しようと思ったら自殺してみるしかないし、『人魚の肉』というのも、実は『他では食べられない希少な食材』という意味の隠語なのかもしれない。その辺りはわからないけど――でも、気になるよね？」

「……まあ、どんなものなのかなとは思いますけど」

「じゃあさ、行ってみない？」

高槻がそう言って、尚哉の方に少し身を乗り出した。

「え？　行くって、でも」

「この店。ここは紹介制じゃないんだよ。予約さえ取れれば行ける」

高槻はそう言って、サイトに載っているレストランの一つを指差した。店名まで特定されている店だ。品川《しながわ》区の臨海部にあるフランス料理店だという。

「店の名前は『Un Secret』。フランス語で『秘密』っていう意味だ。いかにもな感じの名前だよね」

高槻が店名をクリックすると、レストランのサイトが開いた。

トップページにあるのは、真っ暗な夜空の下で照明に浮かび上がる白い建物の写真だった。どうやらこれがレストランの外観のようだ。装飾のないのっぺりとした白い壁といい、簡素な三角の屋根といい、なんだか倉庫みたいだ。三角屋根の下に小さく掲げられた『Un Secret』の文字を、スポットライトが照らし出している。

メニューページを開くと、コース料理の案内が出ていた。ランチ営業はしておらず、ディナーのみのようだ。学生が行くにはちょっと勇気のいる値段で、写真等はなく、料理の名前だけがそっけなく並んでいる。当然ながら、そこに人魚の文字はない。特別な頼み方が必要とのことだったが、一体どうすればいいのだろうか。

「サイトはあるけど、ネット予約は受け付けていない店でね。電話予約だけなんだ。しかも、毎日昼の十一時から十二時までの間しか受付しないんだよ。昨日今日と頑張ってみたけど、ずっと話し中でつながらなかった」

「……そんなので店としてやっていけるんでしょうか？」

「どうなんだろうねえ。他に収入があって店は完全に趣味でやってるのかもしれないし、実は裏にすごい事情があるのかもしれない。何しろ人魚を扱ってるくらいだからね！」

「いやそれ、やばいにおいしかしない話に聞こえるんですけど」

「まあでも、表向きは普通のレストランだよ。そこに行って普通にごはん食べたって人はたくさんいる。たとえ人魚が食べられなくても、おいしい料理を食べられるならいいと思わない？　勿論《もちろん》、調査の一環だから食事代は僕が持つ」

尚哉は自分のスマホを取り出し、試しにその店の名前でネット検索してみた。

レストラン予約サイトの類《たぐい》には登録がないが、ＳＮＳには店を訪れた客達がアップした料理の写真がたくさんあった。別に人魚を食べたいとは思わないが、おいしい料理にはちょっと魅《ひ》かれる。それがタダ飯ならなおさらだ。

わかりましたと尚哉が返すと、高槻は「予約が取れたら連絡するね！」と言って、にっこりと笑った。

高槻から「来週の予約が取れた」と連絡がきたのは、それから数日後の昼休みのことだった。

そのとき、尚哉は難波と一緒に学食でランチを食べていた。

「うわ。本当に予約取れたんだ」

尚哉がスマホを見て思わずそう呟《つぶや》くと、向かい側の席でカツカレーを食っていた難波が「なになに？」と顔を上げた。

「いや、高槻先生からの連絡なんだけど。難波、この店知ってる？」

難波にレストランのサイトを見せてみる。

「え、なに、高槻先生とメシ食いに行くの？　えーいいなー、俺も行くー！」

「無理言うなよ、ここ、すごく予約取りづらいらしいんだから。ていうか、一応調査だし。ここ、裏メニューに人魚の肉を使った料理があるって噂になってて」

「げー、マジで？　美味《うま》いのかよ、人魚なんて」

難波が「見せて」と言うので、スマホをテーブルに置く。難波が手をのばして画面を操作し、サイトのあちこちを覗《のぞ》き始めた。

「へえぇ、フランス料理ってのが意外だな。なんか人魚って、和食のイメージない？　割烹《かっぽう》料理的な」

「……あー、確かに。言われてみれば」

高槻が以前講義で扱った資料のイメージが強いせいかもしれない。魚の体に人間の顔だけついたような人魚は、なんとなく刺身や椀《わん》物になって出てきそうな気がする。

だが、試しに頭の中のイメージを西洋風の人魚に置き換えてみたら、途端に残酷度が増した。小さい頃に絵本で読んだ人魚姫や『リトル・マーメイド』のアリエルを包丁でさばくのかと思うと、ぞっとする。魚の体に人間の顔だけついたものに比べると、下半身だけ魚タイプの人魚ははるかに人間に近いものに思えるからかもしれない。そもそもそちらの場合、はたして食べるのは下半身なのか、それとも上半身なのだろうか。

メニューページを眺めながら、難波が言った。

「つーかさ、この店、結構ちゃんとしたレストランっぽくない？　こういう店って、何着てけばいいのか悩むよなー」

「……え？」

A定食のアジフライをつまみ上げた箸《はし》を止め、尚哉は難波を見る。

「いやほら、ドレスコードとかあったりするじゃん？……おい待て深町、何だその『全く想定してませんでした』な顔。固まるな、しっかりしろ」

「いや、マジで想定してなかった……そっか、ドレスコード……え、どうしよう」

思わず頭を抱える。

何しろ『ちゃんとしたフランス料理の店』というものに行ったことがないのだ。横浜の実家にいた頃、家族でたまに食事に行くことはあったが、大抵ファミレスか焼き肉屋か中華街だったし、尚哉の耳がこうなってからはそういうこともほとんどなくなった。だいぶ昔、親戚《しんせき》の結婚披露宴で連れて行かれたホテルのレストランはフレンチだった気もするが、何しろあのとき尚哉はまだ小さかった。子供用のお洒落《しゃれ》着を着せられていた覚えがうっすらある程度で、周りの大人達の格好までは覚えていない。というか、そもそも結婚式と普段とでは、色々違うだろう。

「……やっぱこういう店って、普通のセーターとかパーカーで行ったら駄目かな……」

「とりあえずジャケットはあった方がいいんじゃねえの？　深町、持ってる？」

「…………………あ、入学式で着たやつならある」

「どんなの？」

「就活でも使えるようにっていう、黒スーツ」

「ねえな、それは」

「ないか、やっぱ」

きっぱりと否定されて、また頭を抱える。どうしよう。

難波がスマホをこちらに戻しながら言った。

「まあ、この先何があるかわかんねえんだし、とりあえず一着そういう服持っとけばいいんじゃねえか？　潔く買いに行けって」

「……ど、どこに？」

「そこからかよお前！　もうちょっと服に興味持てよ！」

難波が呆《あき》れた声で叫ぶ。そんなこと言われても、と尚哉は思う。とりあえず地味で目立たない格好にしようという服選びしかしてこなかった皺寄《しわよ》せが、まさかこんな形で来るなんて。

仕方ない、と尚哉は顔を上げた。

「……難波」

「何だよ」

「助けてくれ」

「えええ」

切実な気持ちで頼んだら、難波が驚いた顔をした。だが、とりあえず今頼れるのは難波しかいなかった。

そして、予約の当日。

尚哉は高槻と共に、件《くだん》のレストランに向かった。

レストランの周りは倉庫街のようだった。駅からは遠く、人通りも少ない。運河沿いにあることも手伝って、なんだかドラマや映画で悪い人達がよろしくない取引をしている現場のような雰囲気だ。

「こんなところにレストランがあるなんて、あらかじめ知ってないと絶対たどり着けないよねえ。まさに秘密のレストランだね！」

運河から吹いてくる風の冷たさに少し身をすくめながら、高槻が言う。

高槻は、先日那須に行ったときとは違うキャメルカラーのコートに黒いマフラーを合わせていた。尚哉はいつもの、高校時代から着ているダッフルコートだ。……フレンチレストランにいくらドレスコードがあろうとも、コートくらいは何を着ていても許してもらえると思いたい。

と、高槻が怪訝《けげん》そうな顔で尚哉を見下ろし、

「……深町くん、なんか緊張してる？」

「し、してませんよっ？」

「そう？　顔がちょっと強張《こわば》ってるような気がして」

「さ、寒いからじゃないですか？」

まさかお高いフランス料理店に初めて行くからちょっと緊張しているとは言えず、尚哉は適当にごまかす。

とりあえず服については、難波に一緒に来てもらって、それなりにちゃんと見えるジャケットとパンツだけ買った。靴は入学式のときに履いた革靴だ。ジャケットの中は薄手のニットでも着ておけという難波の指導のもと、一応スマートカジュアルに見える服装にはなっているはずだ。基本的なテーブルマナーについても、ネットで調べて、大体のところは頭に入れてきてある。あとはぼろが出ないことを祈るのみだ。

やがてレストランが見えてきた。

サイトのトップページの写真そのままの、飾り気のない外観だ。写真を見たときに倉庫みたいだなと思ったが、どうやら本当に倉庫を改装した建物のようだ。入口は正面に設置された大きな木製の二枚扉で、『OPEN』の札は出ているものの、ぴったりと閉ざされているため、中の様子はわからない。扉の横には、季節柄、大きなクリスマスツリーが飾られていた。人魚の肉を出すという噂の店は、少なくとも外見上は、さしておかしなところは見当たらない。

「さて、一体どんな秘密を抱えた店なんだろうね？」

高槻はわくわくした声でそう呟いて、スポットライトが照らし出す『Un Secret』の店名をちらと見上げた。

扉に手をかけ、一気に引き開ける。

「――ようこそいらっしゃいました」

中に控えていた黒スーツの男がよく響く声でそう言って、高槻と尚哉を迎えた。

外観のシンプルさに比べると、中は別世界だった。

天井からぶら下がる大きなシャンデリアといい、わざと古めかしい加工を施したかのように見える板張りの床といい、まるでどこぞの邸宅みたいだ。壁はたっぷりドレープを取ったぶ厚い深紅のカーテンで幾重にも覆われ、同じ布が間仕切りのようにフロアのあちこちにぶら下がっているので、店内の様子はあまり見通せず、何席あるのかはよくわからない。抑えめの照明の中、各テーブルに置かれた小さなランプの光が星のように輝いて見えて、なんだかとても綺麗《きれい》だった。

「こんばんは。予約している高槻です」

「お待ち申し上げておりました、高槻様。どうぞ、コートをお預かりいたします」

高槻が名乗ると、黒スーツの男はにこやかに笑って、そう言った。

やや浅黒い肌をした、彫りの深い顔立ちの男だった。年齢は四十代くらいだろうか。長めの髪を後ろに撫《な》でつけ、片耳にピアスをつけている。長身で、鍛えているのか体つきもいい。スーツの胸には葡萄《ぶどう》の形をしたソムリエバッジが光っていた。

男は、カーテンの裏にいた若い従業員に二人のコートを渡すと、そのまま尚哉達を席へと案内してくれた。

「高槻様は、当店にいらっしゃるのは初めてですね。あらためまして、ようこそいらっしゃいました。私は当店のオーナーの篠田《しのだ》と申します。どうぞ本日は楽しい時間をお過ごしください」

尚哉達が着席すると、黒スーツの男は片手を胸に当て、そう挨拶《あいさつ》した。オーナー自ら案内してくれたらしい。

先にワインリストを差し出され、飲み物は何にするかと訊《き》かれた。高槻がシャンパンを頼み、尚哉は水にする。己の酒の弱さは熟知している。

飲み物を頼んだら、次は料理の番だ。予約時にコースメニューを指定してあるが、魚料理や肉料理を何種類かの中から選べるらしい。

高槻は渡されたメニュー表を眺め、にこりと笑った。

「ああ、ジビエも扱ってるんですね。エゾシカのステーキが美味《おい》しそうです。ところで、今日は人魚はないんですか？」

さらりと高槻が尋ねる。

篠田は少しも笑顔を崩すことなく、軽く首をかしげてみせた。

「はて、人魚ですか？　何のことでしょう」

その声が歪《ゆが》む。尚哉は反射的に耳を押さえた。

高槻はちらと尚哉の方を見て、また篠田に視線を戻し、

「ああ、失礼いたしました。こちらのお店で人魚を食べられるという噂を聞いたので」

「左様でございますか。しかし、当店ではそのようなものは扱っておりません。何か勘違いをされている方がいらっしゃるようですね」

篠田の声がさらに激しく歪む。尚哉は少し顔をしかめて、篠田を睨《にら》んだ。

だが、まさか——本当に、人魚の肉を提供しているとでもいうのか。

「そのような噂が流れていることについては、私どもも承知しております。どうも当店の予約の取りづらさや立地の悪さなどから、そのような特別な料理を出す店だという勘繰りをされる方が出たようですね。ですが、まさか人魚なんて、そんなものお出しできるわけがありませんでしょう？」

篠田が芝居がかった動きで肩をすくめてみせる。

「わざと予約を取りづらくしているのは、半ば道楽でやっているような店だからです。最初はごく親しい方々だけをお招きして料理を提供する形にしていたんですけどね。それではもったいないと言われて、一般のお客様も受け入れるようになったんです。しかし、当店としては、あくまでもひっそりと、知る人ぞ知るという形で営業していきたいんですよ。——そう、まさに『秘密《Un Secret》』のようにね」

立てた人差し指を唇に当て、ひっそりと囁《ささや》くような声で、篠田は自分の店の名前を口にする。

その声の響きになんとなくぞっとしたものを覚えて、尚哉は一瞬身をすくめた。

何だろうこの人は、と思う。

普通の人間だとは思うのだけれど、なんだか得体の知れない怖さを感じる。唇には愛想の良い笑みが浮かんでいるのに、瞳《ひとみ》の奥にはこちらの出方を蛇のごとくじっと窺《うかが》っているような気配がある。

だが高槻は、そんなことにはまるで気づいていないとでもいうように、またにこりと笑って、篠田に言った。

「成程、そういうことでしたか。ではやはり、所詮《しょせん》、噂は噂ということですね」

「ええ。まったくもって根も葉もない話です。ロマンはありますがね」

「ロマンは大切ですよ。ロマンも秘密も、人を惹《ひ》きつけますからね」

「その通り。秘密は常に魅惑的なものです。——当店自慢の料理もまた、秘密のレシピで作られたものですよ。どうぞお楽しみいただければと思います」

再び片手を胸に当て、篠田が優雅に一礼する。

高槻もそれ以上は追及はせず、魚料理と肉料理を選んで篠田に告げた。よくわからないので、尚哉も高槻と同じものにする。

篠田がテーブルから離れると、高槻は少し声を潜めるようにして、尚哉に言った。

「——彼は嘘を言っていたんだね？」

「はい」

同じように声を潜めて、尚哉はうなずいた。隣のテーブルとの間隔は広めに空けられているが、それでも念のためだ。

「でも、どういうことでしょう。まさか本当に、この店は人魚を扱ってるんですか？」

「あるいは、それに類するものを——ということなんだろうね」

テーブルの上で長い指を組み合わせ、高槻が愉快そうに笑う。

それからふと尚哉の服装に目を留めて、ぱちぱちとまばたきした。

「そういえば深町くん、珍しいね、そういう格好」

「……ちゃんとしたレストランだから、一応、服装も気をつけた方がいいかと思って」

なんとなく気恥ずかしいような落ち着かない気分で、尚哉は少し目をそらす。チャコールグレーのジャケットに黒のニットとパンツを合わせた格好は、難波曰《いわ》く「地味だな！」とのことだったが、己のキャラ的に地味路線は守りたいのだ。

対する高槻は、落ち着いたブラウンカラーのスーツを着ていた。かっちりとした英国風の三つ揃いは、スタイルのいい高槻にはよく似合う。それを見ながら尚哉は、たとえ高槻と同じ年齢になったとしても、自分にはこういう服は絶対似合わないんだろうなと思った。着こなせる自信が全くない。まあ、目の前にいる見本の出来が良すぎるせいもあるとは思うが。

「ああそうか、もしかして気を遣わせちゃったのかな？　だとしたら、ごめんね。でも、たまにはそういう格好もいいと思うな！　普段とは随分印象が違うもの」

「そうですか？」

「うん。普段の深町くんは、なんていうかこう……たまに高校生みたいだよね」

「すみませんね、高校時代と同じ服着てて！」

一応言葉を選ぼうとはしたがどうにもならなかったらしい高槻に苦笑混じりに言われて、尚哉は若干むくれた。仕方ないじゃないかと思う。何しろ服に興味がないもので、そこに金をかける気になれないのだ。結果、実家から持ってきた服が、今でも主力で活躍し続けている。

そこへ再び篠田がやってきた。

高槻にボトルを見せた後、グラスにシャンパンを注ぐ。金色の液体の中を細かな気泡が勢いよく立ち昇り、かすかな音を立ててはじけていく。尚哉の前のグラスには水が注がれた。ただの水でも、ボトルから高級そうなグラスに注がれると、なんとなく格が上がって見えるのがすごい。篠田が去るのを待って、高槻と尚哉は一応形だけ乾杯を交わし、それぞれのグラスに口をつけた。

店内には静かなピアノ曲が流れていた。他のテーブルの客達も、ひそやかに会話を交わしながら、それぞれのグラスを傾けている。

やがて料理が運ばれてきた。

皿を持って近づいてくるのは篠田ではない。女性だ。長い髪を一つにまとめ、ほっそりとした体をギャルソンのような白シャツと黒のベストとズボンで包んでいる。

その顔を見た瞬間、

「……えっ？」

小さく、高槻の口からそんな声が漏れた。尚哉もまた目を見開く。

知っている顔だったのだ。

と、なぜかすぐ隣のテーブルでも、同じような「えっ？」という声が上がった。

思わず目をやると、そちらのテーブルには二十代くらいの男女が座っていた。声を上げたのは男性の方だ。会社員のようなスーツ姿で、ひどく驚いた顔をしながら、なぜかこちらのテーブルと、近づいてくる女性の顔とを、かわりばんこに見つめている。

高槻と尚哉、そして隣のテーブルの男性の注視を受けながら、女性は前菜の皿を尚哉達のテーブルに置いた。

そして、自分を見つめる三人の顔を順番に見回し、ぺろりと舌を出す。

「やあだ、何でいるのよ」

卵型をした色白の顔。ちょっと独特の色気のある、右目の下の泣きぼくろ。まるでお雛様《ひなさま》のような、よく整った和風の顔立ち。

海野沙絵だった。

「……沙絵さん！　お会いしたかった、あなたに訊きたいことが山ほどあるんです！」

高槻が沙絵の手を取り、決して放すまいという顔で言う。

が、沙絵はもう片方の手の人差し指を己の唇に当て、

「先生、声大きい。お店の中ではどうかお静かに。こちらは前菜の、海老《えび》とホタテのカダイフ包みでございます。周りのソースをつけながらお召し上がりください」

「沙絵さん――」

「悪いけど今、仕事中なの。こういうの、迷惑」

そっけない口調で沙絵が言って、高槻の手の中からするりと己の手を引き抜く。

しかし高槻は必死な顔で沙絵を見上げ、

「では、店が終わるまで外で待っています。お話しできませんか？　いえ、話してもらいます！」

「えー、店が終わるまでって、結構遅くなるよ？」

「かまいません。いつまでだって待ちます」

「んーもう、先生ったら、情熱的すぎて困っちゃうわー」

沙絵は片手を頰に当ててしなを作り、やれやれという顔で高槻を見ると、

「わかった。それじゃ、先生達が食べ終わった頃にちょっとだけ抜けられないか、オーナーに訊《き》いてみるから。お店の外で待ってて」

そう言って、泣きぼくろのある方の目でぱちりとウインクしてみせた。


……料理はたぶん、おいしかったのだと思う。前菜も、その後に運ばれてきた熱々のオニオンスープも、真鯛《まだい》のポワレも、エゾシカのステーキも、どれも今まで食べたことがないくらい美味だったのではないだろうか。デザートは皿ごと高槻の方に押しやってしまったので尚哉は食べていないが、甘いものが好きな人ならきっと楽しめたはずだ。

が、残念ながら、尚哉も高槻も、もはや素直に料理を楽しめる心境ではなかった。

沙絵が皿を運んでくる度、どうしても彼女の顔ばかり凝視してしまう。高槻が何か言いかける度に沙絵はそれを巧妙に遮り、「話は後で」と打ち切った。

結局、尚哉も高槻もほぼ無言で食事を済ませ、「料理はどうでしたか」と尋ねに来た篠田に気もそぞろな返事をして、そのまま会計を終えて店の外に出た。

と、沙絵の前に、さっき隣のテーブルにいた二人が外に出てきた。

男性の方が、女性に向かって拝むように両手を合わせて言う。

「あさひちゃんごめんっ、俺、ちょっと用事できちゃったから、先帰ってもらってもいい？　送ってあげられなくて本当申し訳ないんだけど！」

「いいですよ別に。わたしもこの後、先生のところに行く予定ですし。お互いまだまだお仕事頑張りましょうね、夏樹《なつき》さん」

ごめんねごめんねと何度も謝る男性に、女性の方がおおらかな口調で言う。人の好《よ》さそうな、なんだか無性に親しみのわく顔立ちの女性だった。

女性を一人で帰すと、男性はなぜかこちらに向かって歩み寄ってきた。

「……えっと、こんばんはー」

背の高い人だった。高槻よりもなお高い。佐々倉くらいあるかもしれない。ガタイもいいが、佐々倉のような威圧感がないのは、妙に人懐こい雰囲気のせいだろう。目鼻立ちのはっきりした顔に愛嬌《あいきょう》のある笑みを浮かべて、彼は言った。

「いきなり話しかけちゃって、すいません。あのー、さっき店の中で、人魚がどうとか話してませんでした？」

最初に篠田と交わした会話を聞かれていたようだ。

高槻はにっこりと笑って、

「ええ、そんな噂があると聞いてきたもので、念のためオーナーに確認したんですよ」

「ああ、それじゃあ、やっぱり目的は俺と同じなのかな？——実は俺も、人魚の肉について調べてる最中なんです」

実はこういう者でして、と言いながら、男性が名刺を取り出した。

「林原《はやしばら》です。ライターやってます」

台詞《せりふ》の後半がぐにゃりと歪《ゆが》み、尚哉ははっとして耳を押さえた。

男性が差し出した名刺には、「フリーライター 林原夏樹」と書いてある。名前は本名なのだろうが、肩書は嘘だ。この男はライターなどではない。しかし、人魚の肉について調べているというのは嘘ではなかった。一体何者なのだろう。

高槻は、耳を押さえた尚哉をちらと視界の端に収めつつ、林原から名刺を受け取った。自分も名刺を差し出し、

「青和大准教授の高槻と申します。あなたは、人魚の肉についての噂はどこで聞いたんですか？」

「知り合いから。あと、ネット上でもかなり噂になってますよね。これはちょっと真面目に調べた方がいいかなって思って、それで頑張って予約取ってみたんですけど。まさか同じタイミングで、同じこと調べてる人に出くわすなんてなあ。びっくりですよ」

そう言って、林原は頭を掻《か》いてみせる。

そのとき、店の入口とは別の方角から、黒いダウンコートを着た沙絵が走ってくるのが見えた。従業員用の出入口から出てきたようだ。

「沙絵さん！」

そう叫んだ高槻と林原の声は、直後に二人して顔を見合わせるほどぴったりと重なっていた。林原も沙絵のことを知っているのだ。

沙絵は、「寒い寒い」と呟《つぶや》きながらちょこちょこと小走りにこちらにやってくると、

「ごめーん、そんなに時間ないんだー。だから、話は手短にね？　オーナーには、『元カレと今カレが鉢合わせしちゃった』って言って出てきたから」

林原と高槻を順番に指差しながら、なかなかに恐ろしいことを言う。元カレが林原で今カレが高槻という扱いらしい。尚哉はポジション的に宙に浮いているようだが、ツッコむのも怖いのでそのままにしておこうと思う。

手短に、と言われた高槻が、口からあふれ出そうになった大量の質問を、一度ぐっと呑《の》み込んだ。

高槻からすれば、沙絵に訊きたいことは本当に山ほどあるだろう。稲村《いなむら》ガ崎《さき》で見た人魚のこと、沙絵自身のこと、そして長野でのこと。

それら全てを一旦《いったん》呑み込み、とりあえず一番上にあった言葉だけを吐き出したという感じに、高槻が口を開く。

「……沙絵さんは、どうしてここにいるんです？」

「うふ。たまたまアルバイトの募集があったから」

「そういう意味で訊いたんじゃありません。わざと煙に巻くのはやめてください」

「やあだ、怒らないでよ先生。……うん、どうしてあたしがここにいるのかっていうと、それは先生や夏樹くんと同じ理由だと思う」

沙絵が笑う。

高槻がすっと目を細めた。

「人魚の肉、ですか」

「そうよ。フロア係として潜り込んで、調べられるだけ調べてるところ。でも、やっぱり非力な女一人じゃ限界があるのよねー。──だから、先生も夏樹くんも、よかったらあたしと手を組まない?」

沙絵がそう言って、高槻と林原を順番に見た。

それから、レストランの建物を見上げて話し始める。

「とりあえず、今わかってることを言うね。えっと、この店が、メニューにない料理を出してるのは本当。一部の常連客や、初めて来たお客さんでもオーナーに何か耳打ちすると、店の奥にある個室に通されるの。そしてその個室では、特別料理が提供される」

「オーナーに耳打ち……というのは、つまり何か合言葉のようなものがあるということですか?」

高槻が尋ねると、沙絵は曖昧《あいまい》にうなずいた。

「たぶんそう。でも、何言ってるかはわからないんだよね。客を出迎えてるときは近づくなってオーナーに言われてるし、遠くからじゃ何言ってるのか全然聞き取れなくて」

「特別料理というのは？」

「見た目は普通の料理だよ。でも、あたし達フロア係は、絶対触っちゃいけないことになってる。特別料理は、オーナー手ずから個室に運ぶの。食材をしまってる倉庫の中に、一部鍵《かぎ》のかかった冷蔵庫があってね。たぶんそこに特別料理用の食材をしまってあるんだと思う。鍵はいつもシェフが首からぶら下げてるから、冷蔵庫の中は確認できないし、特別料理のオーダーが入ったときは、食材倉庫の周りに見張りが立つ厳重ぶりでさ。ものすごく怪しいと思うんだけど、たかがフロア係にはちょっともうこれ以上は手が出せない感じなんだよねー」

　やれやれ困った困ったと、沙絵がわざとらしく首を振る。高槻と林原が自分に協力すると、わかっているのだろう。

　しかし、普通客用の食材と明らかに分けている時点で、確かに怪しいとは思う。わざわざ倉庫に見張りが立つというのも異常だろう。余程その食材を見られたくないのだ。

　それならやっぱり、この店は、人魚の肉を客に出しているということなのだろうか。

　あるいは——それに類する何かを。

　林原が沙絵に尋ねた。

「ねえ沙絵さん、その特別料理ってのは毎日出るの？　今日は個室の客いる？」

「今日はいない。特別料理は、たまーにしか出ないよ。曜日とかも決まってないの、月に一、二回あるかどうかっていう感じかな」

沙絵が答える。定期的に入荷する食材ではないということだ。

そこまで聞いたところで、あれ、と尚哉は思った。

「あれ、でもこの店って、予約とれないと入れないわけですよね？」

尚哉が口を開いた途端、残り三人の視線が一斉にこっちを向く。視線の集中砲火に一瞬怯《ひる》みそうになりつつ、尚哉は言葉を続ける。

「ええと、だからあの、特別料理を食べるお客さんは、事前に食材の入荷状況を知って予約してるっていうことですよね」

でなければ、オーナーに自分から耳打ちなどできないだろう。

では、彼らはどうやって、人魚の入荷を知るのか。

高槻がうなずいて言った。

「うん、そうだね。客が食材の入荷状況を知るための手段が、何かあるんだよ。たぶんそれは、合言葉とセットなんだと思う」

人魚が入荷したことを知る者だけが、合言葉を発して個室の扉を開くことができる。

だが、どうやったらその手段とやらを調べることができるのだろうか。

高槻が沙絵に向き直った。

「沙絵さん。個室に入った客の情報は調べられますか？」

「お客の情報？　予約情報を管理してるファイルを見れば、たぶんわかると思うけど」

「訊《き》いて教えてもらえるようなものではないかもしれませんが、店に訊くよりは客に訊いた方が、まだ合言葉を教えてもらえるかもしれません」

「そっか、成程ね。うん、そのくらいならなんとか、あたしでも調べられると思う」

沙絵がうなずいた。

尚哉は思わず口を挟む。

「え、でも、名前と電話番号がわかっても……まさか、電話かけて訊くんですか？　教えてもらえるとは思えないんですけど」

赤の他人からいきなりかかってきた電話に対して、秘密の合言葉を教えてくれる人などいるわけがない。そもそも、知らない番号からの電話には出ないという人の方が多いのではないだろうか。

「電話なら確かにそうだろうけど、直接会いに行けばなんとかなるんじゃない？」

沙絵がにぱっとした笑みを浮かべて、林原を見た。

林原は苦笑いして、

「え、沙絵さん、俺に何を期待してるのかなあ？」

「夏樹くんなら、名前と電話番号がわかったら、それがどこの誰だかわかるよね？」

「ああ、まあ……わかる、かもね？」

林原が言葉を濁す。だが、濁した部分が歪んでいる。

彼にはできるのだ。名前と電話番号から、個人を特定することが。

「それじゃ、この件は夏樹くんにまかせるね！　よろしくー！」

沙絵がそう言って、今すぐ行けとでもいうように林原の背中をどーんと押した。

押された林原は、ええという顔で口をへの字に曲げたが、仕方ないなあというように首を振り、

「わかった。それじゃあ、何かわかったら連絡するから、沙絵さんは一人で無茶しないようにね？……まあ、沙絵さんなら何があっても大丈夫なのかもしれないけどさ。あと、高槻先生も！　こっちから連絡するんで、しばらく待っててくださいね！　くれぐれも、お一人で動いたりしないように！」

そう言って、林原が歩き去っていく。沙絵がその背中に向かって、「またねー」とぶんぶん手を振る。どうやら二人は、結構親しい関係のようだ。

「あーよかった、一人だと時間かかるかもなあって思ってたところだったんだけど、夏樹くんと先生が来てくれたおかげで、早めに片付くかも！　助かるわあ」

沙絵が無邪気な顔で笑う。

その笑顔を静かに見下ろし、高槻が口を開いた。

「――あなたがそんなにこの店のことを気にするのは、ここで扱っているのが人魚の肉かもしれないからですか？」

沙絵がすっと笑みを収めて、高槻を見る。

高槻は少し身をかがめるようにして、沙絵に顔を寄せる。

「あなた自身が、かつて人魚の肉を食べたから。だから調べに来たんですか？」

「……そうだよ？」

ふっと唇に笑みを浮かべて、沙絵は高槻の瞳《ひとみ》を見返した。

その瞳がみるみる真っ黒に染まっていく。ついさっきまでは街灯の光を映していたはずなのに、その面に一切の光が浮かばなくなる。

「長野で言ったじゃない、あたしは八百比丘尼だって。今更確認すること？」

「……覚えていないんですよ、僕は」

「え？」

「僕は長野であなたと会ったそうですね。深町くんから聞きました。でも僕は、長野での出来事の全てを忘れてしまったんです。記憶を消されましてね、僕の中にいる『もう一人の僕』とやらに」

沙絵の瞳に呼応するように、高槻の瞳が青みを帯びる。昏《くら》く深い藍色《あいいろ》が、高槻の焦げ茶色の瞳を侵食していく。沙絵がふっと眉《まゆ》をひそめた。少し背伸びをするようにして自ら高槻の方に顔を近づけ、白く細い指でその頬に触れる。夜空の瞳と深海の瞳が、互いに互いを覗《のぞ》き合う。

「……もう一人の、先生？」

まばたきもせずに高槻の瞳を見上げ、沙絵が呟《つぶや》いた。

「違うね。そこにいるのは――高槻先生とは、全く別のものだ」

　まるで巫女《みこ》の託宣のような口調。

　両手で高槻の頬を挟むようにして、沙絵はさらに深く夜空の瞳の中を覗き込む。

「誰なの？　出てきなよ」

　沙絵が呼びかける。

　高槻がかすかに苦しげな顔をして、眉を震わせた。その瞳の中で藍の輝きが増す。

　けれど、唐突に――高槻の瞳から、夜空の色が消え失《う》せた。焦げ茶色に戻った瞳で、高槻はぱちりとまばたきをする。

　沙絵が高槻から手を離した。

「……残念。嫌われちゃったかな」

　そう呟いて、沙絵が肩をすくめる。その瞳もまた、元の色に戻っていた。

　高槻が尋ねる。

「沙絵さんにもわからないんですか？　僕の中にいるのが何者なのか」

「ごめん。わからない。あたしだって別に何もかも知ってるってわけじゃない。何かがいるのはわかるけど、その何かはあたしとは話したくないみたいだね」

　それから沙絵は、手首につけた腕時計にちらと目をやると、

「さてと。悪いけど、あたしそろそろ戻らなきゃ。あんまりサボってると、オーナーにクビにされちゃう。せっかく雇ってもらってるんだから、真面目に働かないとね」

そう言って、沙絵が軽やかに踵《きびす》を返す。沙絵の動きはどんなときでも軽やかだ。初めて稲村ガ崎で会ったときも、大学のキャンパスで会ったときも、長野でも。

その背中に向かって、高槻が声を投げる。

「沙絵さん。あともう一つだけ、質問を」

沙絵が振り返った。

「なあに？」

「こんな胡散《うさん》臭い店で、あなたがやってきたタイミングでたまたまフロア係の募集があって、どこの誰とも知れないあなたが採用される――そんな偶然が、ありえますか？」

高槻が尋ねる。

沙絵が、にいっと唇の両端を吊《つ》り上げた。

その瞳が、再び漆黒の闇の色を帯びる。

「あのね、先生」

真っ黒く染まった瞳で高槻を見つめて、沙絵は言った。

「あたしの特技なんだよね。どこかに行って、そこで出会った人と仲良くなって、雇ってもらったり、置いてもらったりするの。稲村ガ崎の魚屋もそう。雇ってってお願いしたら、雇ってくれた。……皆、あたしのことを信用してくれるんだよ。あたしがそう望めばね」

くすり、と小さく沙絵が笑う。

尚哉はその声に、寒気のようなものを覚える。

沙絵が望めば、相手は沙絵のことを信用する。――そう言った沙絵の言葉に、歪《ゆが》みは一切なかったのだ。

ああやっぱり、と尚哉は思う。

やっぱりこのひとは、人ではないのだ。

「高槻先生。眼鏡くん」

真っ黒な瞳のまま、沙絵はこちらに向けてひらひらと手を振ってみせた。

「じゃあ、またね」

林原から高槻に電話がかかってきたのは、それから数日後のことだった。

「個室客の一人を特定して、会いに行ってきたそうだよ」

高槻の研究室に呼ばれた尚哉は、高槻の口から、林原が電話で伝えてきたことについて教えてもらった。

都内の会社員だというその男性は、最初は渋ったものの、特別料理を食べたことを認めたそうだ。

やはり人魚は常時入荷しているわけではなく、それとわからない形でレストランのサイトに情報が載るらしい。特別料理を好むマニア達は、人魚が食べたくなるとこまめにサイトをチェックするのだそうだ。

林原が「それは本当に人魚なのか」と尋ねると、男性は「そう呼ばれてるだけですよ」と答えたという。

「え、それどういう意味ですか？　実は人魚じゃないのか、それともその人は人魚と認識しないで食べてるのか……どっちなんでしょう」

「さあねえ。林原さんに『ちょっとその人殺して、生き返るかどうか確認してもらえませんか？』なんて頼めないし。合言葉については、どれだけ訊《き》いても教えてもらえなかったらしいんだけど、ヒントはもらえたそうだよ」

「ヒント？」

「『それは愛の言葉だ』――だってさ」

高槻が言う。

尚哉は眉をひそめて首をかしげた。

「どういう意味ですか、それ」

「わからない。でも、人魚の入荷については、深夜〇時に店のサイトを見れば一目瞭然《いちもくりょうぜん》だそうだ。それがわかった人だけは、朝の九時に予約の電話をかけても受け付けてもらえるんだって。そうすると、優先的に予約が取れる。……面白そうな謎解きだよね」

高槻はそう言って、にっと唇の端を吊り上げた。

高槻から話を聞いた後、深夜〇時に、尚哉はレストランのサイトを覗いてみた。

だが、どこを探しても、人魚の肉の入荷情報らしきものは見当たらなかった。メニューページに新たなメニューが追加された様子もなく、不審なアイコンが出現しているわけでもない。トップページには相変わらず夜空を背景にした店の外観だけが表示されている。ぽっかりと浮かんだまるい月が皓々《こうこう》と照らし出す秘密という名のレストランは、その秘密を知る者にしかその真の姿を見せないのだろう。

そもそも今日は人魚の入荷はなかったという可能性もあるなと思いつつ、尚哉がサイトを閉じたときだった。

高槻から電話がかかってきた。

「——もしもし？　先生、どうしたんですか」

『ああ、ごめんね、こんな遅い時間に』

高槻はそう詫《わ》びた後に、こう言った。

『でもね、僕——合言葉が、わかったかもしれない』

翌朝、高槻から「今夜の予約がとれた」と連絡がきた。

高槻が気づいた合言葉は、正しかったのだ。

そんなわけでその日の夜、尚哉は再び高槻と共に『Un Secret』を訪れた。

「ようこそいらっしゃいました、高槻様。……今回は、前回とは違ったお料理をお望みだそうですね？」

前回と同じく入口で高槻と尚哉を迎えた篠田は、どこか妖《あや》しげな笑みを浮かべてそう言った。

「ええ、前回のお料理もとてもおいしかったんですが、今日はより特別なものを食べさせてもらえるんですよね？」

高槻はにっこり笑って、篠田に歩み寄った。

篠田の耳に唇を寄せ、片手を口元に添えるようにして、何事か囁《ささや》く。

篠田は満面の笑みを浮かべてうなずき、

「高槻様。それでは、個室の方へご案内いたしましょう。今宵《こよい》はとても素晴らしい食材が入荷しております。きっとご満足いただけると思いますよ」

そうして案内された個室は、さして広くもない部屋だった。部屋の中央に、真っ赤なクロスのかかったテーブル席が設けられている。先日食事した広間の壁は深紅の布で覆われていたが、この部屋の壁は漆黒の布で覆われていた。天井からは小ぶりのシャンデリアがぶら下がっているが、放つ光は弱々しく、個室の中はまるで夜闇に満たされているように見える。テーブルに置かれた銀の燭台《しょくだい》に灯《とも》る蠟燭《ろうそく》の炎が、その夜闇をどうにか食事ができる程度に押しやっていた。

「お飲み物は何になさいますか？　お料理に合わせるのでしたら、本日は赤ワインをお薦めいたします」

「では、僕はお薦めのものを。彼にはお水をお願いします」

高槻が、尚哉の分も含めて飲み物の注文をする。

篠田は笑顔でうなずき、まるで血のように赤いワインを高槻の前のグラスに注いだ。

高槻はそのグラスを取り上げ、中の液体を揺らすように軽く回した。香りを楽しむように口元に持っていき、ひと口含んで笑みを浮かべる。

「ああ、いいワインですね。これに合う料理というのが、とても楽しみです。――今日は、メニュー表はいただけないのでしょうか？」

「ええ、個室メニューにおきましては、お出しする料理は決まっておりますもので、お客様に選んでいただくことはありません。お料理の名前につきましては、こちらでご説明いたします。それでは、まずは前菜をお持ちいたしますので、少々お待ちください」

篠田が一旦《いったん》部屋を出て行く。

高槻と尚哉は燭台越しにお互いの顔を見やった。

「なんだか黒魔術でも行われそうな部屋だねえ。テーブルの下に魔法陣とかないかな」

「嫌なこと言わないでくださいよ、先生」

興味津々にテーブルの下を覗《のぞ》き込んでいる高槻を、尚哉は呆《あき》れた目で見やる。

とりあえずここまでは上手くいった。手筈《てはず》では、特別料理を作るために鍵《かぎ》のついた冷蔵庫が開けられたところで、沙絵の手引きで林原が食材倉庫に踏み込むことになっている。

篠田が一品目の料理を持って戻ってきた。多少の騒ぎは覚悟のうえだということだったが、はたして大丈夫だろうか。

「こちら、甘エビとキャビアを載せたタマネギのムースです。下にあるコンソメのゼリーと一緒にお召し上がりください」

食材の説明に歪みはなかった。一品目には人魚は使われていないらしい。

高槻がフォークとナイフを取り上げるのを見て、尚哉もカトラリーに手をのばす。状況が状況だけに食べていいものかちょっと悩むが、高槻が食べるならまあいいだろう。

篠田は二人が食事する様を部屋の片隅から見守っている。高槻は前菜を一口食べると、綺麗《きれい》な笑みを浮かべて篠田を見た。

「先日のお料理よりも、おいしい気がします。しかし、この後に続く料理のことを考えると、正直、気もそぞろですよ。――幾つかお伺いしてもよろしいでしょうか？」

「私に答えられることであれば、何なりと」

篠田がうなずく。

「なぜ――人魚の肉を提供しようなどと、思ったのですか？」

高槻の質問に、篠田は最初答えなかった。

ただ穏やかに笑んだまま、高槻を見つめている。

高槻もまた笑みを浮かべたまま、部屋を満たす夜闇の中にその整った顔を浮かび上がらせるようにして、篠田を見つめる。

篠田が口を開いた。

「高槻様は、人魚の肉とはどのようなものだとお考えですか？」

「さあ、何でしょうね。しいて言うなら——禁忌の食べ物、でしょうか？」

高槻が答えた。

篠田が、今度は声に出して笑った。低い笑声が、部屋の空気をかすかに震わせる。

真っ黒なスーツを着て光源から離れた場所に立つ篠田の姿は、部屋の隅の暗がりに半ば溶けて見えた。その中で、歯だけが白く目立って見える。笑みを浮かべた唇から覗く、健康そうな——どんな肉でも食いちぎれそうな歯。

暗がりが口をきく。

「ああ、失礼いたしました。高槻様は、なぜそのようにお考えになるのですか？」

「人魚を食べるといえば、八百比丘尼の伝承ですよね。その中で、人魚の肉は不老長寿をもたらす霊薬のように語られています」

「ええ、ええ、勿論《もちろん》その伝承でしたら存じております。素晴らしい話だと思います！」

興奮した様子でうなずく篠田に、しかし高槻は静かに続ける。

「しかし、この伝承において、人魚の肉は、別にありがたいものでも尊いものでもありません。むしろそれは『食べてはいけないもの』なんですよ」

「え？　そうなんですか？」

篠田が意外そうに目を瞠《みは》る。

高槻はうなずいて、

「最初に人魚の肉を得た男は、それを自ら食べようとはしなかったんですよ。『之を食ふときは年を延べ老いず』と教えられていたのにもかかわらずね。彼が気味悪がって食べずにおいたそれを、何も知らない妻や娘が食べてしまうことで、不老長寿の女が誕生する。つまり、この伝承における不老長寿とは、禁忌を犯したことに対する罰なんです」

男が持ち帰った肉の正体を、女は知らなかった。

あるいは知っていたならば、女は食べなかったのだろうか。禁忌の食べ物を。

篠田が尋ねた。

「では、なぜ人魚は食べてはいけないのでしょうか。高槻様は、どうお考えですか？」

「それはやはり、人魚が半ば人の形をしたものだからでしょうね。大方の人間は、自分と同じ形をしたものを食すことを好みません」

「ああ、上手《うま》い言い方をされましたね。——大方の人間は。そう、その通りです」

篠田が大きくうなずいた。

そして、また真っ白な歯を剝《む》きだしてみせる。

「しかしね、人間だって、所詮《しょせん》は肉です。タンパク質ですよ。魚は食べてもよくて人は駄目なんて、おかしな話ではありませんか？　フランス料理ではよく子ウサギ肉を使いますが、それだってウサギを飼っている人からすれば、残酷極まりない料理でしょうね。目の前にあるものを単なる肉ととらえるか、あるいは何らかの思い入れをもって接するか。結局のところ、ただそれだけの問題なんですよ」

篠田の声は役者のようによく響く。おそらく一般的には、美声と呼んで差し支えない声なのだと思う。ここが舞台の上ならば、多くの客を魅了したかもしれない。

だが、その声を聞きながら、尚哉はまたぞっとしたものを覚える。

人間だって所詮は肉だと語るその声に、何の歪《ゆが》みもないことが恐ろしい。

篠田が言う。

「実際問題、人は他に食べるものがなければ人を食します。遭難した船の中で、雪山で、あるいは飢饉《ききん》の村で、人は生きるために人を食べてきたんですよ。そんな極限状況じゃなくても、文化によっては、食人は普通に行われてきました。アステカの神官は、生贄《いけにえ》として神に捧《ささ》げられた奴隷や捕虜の心臓をくりぬいた後、残りの肉体は、他の家畜の肉と全く変わらないやり方で処理したといいます。古代中国の料理書には、人肉の料理の仕方が載っていますね。元代《げんだい》に書かれた『輟耕録《てっこうろく》』には、人肉の味について、『小児を以て上となし、婦女これに次ぎ、男子はまたこれに次ぐ』とあるそうですよ」

喉《のど》の奥で笑い声を立て、篠田はそう語る。燭台の光を反射した黒い瞳《ひとみ》が、暗がりの中でぎらりと光る。

「人肉食を禁忌とするのは、あくまで後付けの文化です。それはつまり、人は人を殺してはいけないとするのに近い。そんな概念さえ取り払えば、そこにあるのは単なる食材ですよ。――高槻様、私どもは料理人です。私どもにとって、肉は肉でしかない」

「成程。肉は肉、ですか。……それが何の肉であろうとも？」

篠田の話を聞きながら、高槻は小さく首をかしげてみせる。

再び大きくうなずいて、篠田は言った。

「ええ！　そもそも八百比丘尼の伝承で、人魚の肉を見つけた女は、それを人魚と知らずに口にするわけでしょう。男が持ち帰った肉は、もうただの肉として切り分けたものだったんですよ。人魚の形などしていなかった。だから、女は食べたんです。それは女の罪でしょうか？　いいえ、彼女は肉を食べただけ。ただそれだけのことです！」

「でも、彼女は報いを受けましたよ。死なず老いない体になった」

「それはむしろ福音です。死なないことも老いないことも、はるか昔から人が追い求めてきたものですよ。秦《しん》の始皇帝《しこうてい》だって、不老不死の霊薬を求めたそうじゃないですか」

「ああ、つまりは解釈の問題だと？」

「ええ、ええ、その通り！」

篠田が笑う度、暗がりの中に白い歯が浮かび上がる。

尚哉は燭台《しょくだい》越しに高槻を見た。

さすがにここまでくれば、尚哉にもわかる。

この店で出している『人魚』とは。その正体は。

「繰り返しますが、我々は料理人です。食べたいと望む方がいれば、何であろうとおいしく調理してお出しします。そこに禁忌など存在しない。当店は人魚の肉をお出しするレストラン、他所《よそ》では決して食べられぬ美味なる肉をどうぞ召し上がれ！　二品目の料理を楽しみにお待ちくださいませ」

歌うようにそう言って、篠田は芝居がかった動作で恭しく頭を下げた。

高槻はそんな篠田を眺めやり、目を細めた。

ナプキンで軽く口元を拭《ぬぐ》い、呟《つぶや》くように言う。

「ああ、そういうことですか。つまり、あなた達の言う『人魚』というのは……――」

顔を上げた篠田が、にやりとまた笑う。

そのときだった。

どこかで怒号のようなものが聞こえた。どすんばたんと何かを壁や床に叩《たた》きつけるような音も聞こえる。

篠田がはっとして扉の方を振り返った。尚哉達に向かってこの部屋から動くなと言い残し、慌てた様子で個室を出て行く。

勿論、そんな言いつけを聞く高槻ではない。膝《ひざ》の上のナプキンをテーブルの上に放り出し、高槻は篠田を追って部屋を出て行く。

「危ないから、深町くんはこの部屋にいるんだよ！」

高槻はそう言い残していったが――一人だけ大人しく部屋に残るほど、尚哉も聞き分けがいいわけではない。

高槻を追って廊下に出ると、乱闘騒ぎの気配のする方へ向かう。怒号は突き当たりにある開け放した扉の中から聞こえた。高槻の姿がその中に消えるのを見て、尚哉も慌ててそちらに向かって走る。

扉の中は、沙絵が言っていた食材倉庫だった。なかなかに広い。真ん中に大きな作業台のようなものが置かれ、壁際には大きな冷蔵庫が三つ。あとは野菜の入った段ボール箱が幾つも積まれている。

が、倉庫の中はもはやひどい有様になっていた。崩れた段ボール箱からちらばった野菜が、あっちにもこっちにも転がっている。踏みつぶされたタマネギが目の痛くなるような臭いを放ち、トマトはまるで血痕《けっこん》のような赤い汁を床に飛び散らせている。開け放たれた冷蔵庫の中には、巨大な肉やチーズの塊が見えた。

その只中《ただなか》で、林原が、コックコートを着た四人の男達と睨《にら》み合っていた。

「高槻先生！　こっち来ちゃ駄目ですって、あなたは大人しく待機しててください！」

男の一人が振り下ろした巨大なフライパンをかわしながら、林原が叫んだ。

が、そのときにはもう高槻は、林原に殴りかかろうとしていた別の男を、長い脚で蹴《け》り飛ばしていた。

「加勢しますよ、林原さん」

「いや、そんな紳士面して何してんですか！　あんた一般人でしょうが！」

「護身術の心得でしたら、多少ありますもので」

にっこり笑ってファイティングポーズをとる高槻に、林原は片手でぐしゃぐしゃと己の髪をかきむしり、

「……あーもーっ！　頼むから怪我だけはしないでくださいよ！」

目の前の男に足払いをかけながら、やけくそのように叫ぶ。

再び乱闘の始まった倉庫を入口付近から覗《のぞ》きながら、尚哉は沙絵の姿を捜した。林原をここまで案内したのは沙絵のはずだ。どこに行ったのだろうか。

いた。銀色の鍋《なべ》をヘルメットのように頭の上に掲げながら、作業台の陰にしゃがみこんで隠れている。怪我はなさそうだ。

と、そのまま隠れていればいいものを、なぜか沙絵はしゃがみ込んだ姿勢のまま、そろそろと移動を始めた。高槻が蹴り飛ばして気絶させた男に近づき、片手をのばして、何かを取ろうとする。

だが、沙絵がその襟元に指を突っ込もうとした瞬間、男が目を開けた。

「沙絵さん！」

尚哉はそちらに駆け寄りながら、作業台の上のステンレスのトレーをつかんだ。

むくりと身を起こした男の顔を、尚哉はそのトレーで目一杯引っぱたく。

ばん、といい音がした。

男が鼻血を噴いて倒れる。それを見て尚哉はびくりとする。やってしまった。とっさのこととはいえ、人に怪我をさせてしまった。大丈夫だろうか。死んだりしていないだろうか。向こうの方ではもっと痛そうな音が連発している気もするが、何しろ人を殴るのなんて子供のとき以来なのだ。

「ナイス、眼鏡くん！」

おろおろと倒れた男の様子を窺《うかが》っていた尚哉の背中を、沙絵がにぱっと笑いながら平手でばしんと叩いた。再び気絶した男の襟元に遠慮なく手を突っ込み、沙絵はそこから鎖のようなものを引っ張り出す。鎖の先には鍵《かぎ》がついている。例の、冷蔵庫の鍵だ。

「よーし、これであの冷蔵庫の中身を確認できる——」

言いながら立ち上がった沙絵の顔が、ふっと強張《こわば》った。

尚哉は後ろを振り返った。

廊下をこちらに向かって走ってくる篠田の姿が見えた。先程までの紳士的な佇《たたず》まいをかなぐり捨て、血走った眼をして歯を剝《む》きだしたその姿は、まるで鬼のようだ。

「うちの店になんてことを！　どういうつもりだ、お前達は！」

わめきながら倉庫の中に入ってきた篠田の手には、大ぶりの肉切り包丁が握られている。その姿を見て、ああ鬼だ、と尚哉は思う。

本物の鬼だ。

人を殺し、人を食べる鬼だ。

「全て台無しにするつもりか！　そんなことは、そんなことは許さない！」

そのとき、倉庫の入口に一番近い位置にいたのは尚哉だった。

篠田の目が真っ先に捉《とら》えたのも、尚哉だった。

まずい、と思ったが、咄嗟《とっさ》に体が動かなかった。

「深町くん！」

後ろから駆け寄ってきた高槻がぐいと尚哉の腕を引く。そのまま尚哉を抱え込むようにして、自分自身と位置を入れ替える。

尚哉ははっと目を見開いた。駄目だ。この人は何を無防備に篠田に背中を向けているのだ。篠田は包丁を持っているのに。

篠田が肉切り包丁を振り上げる。

ぶ厚い刃が高槻の背中に振り下ろされる。

——血飛沫《ちしぶき》が、飛んだ。

噴き出した血というのは本当に映画のように宙に弧を描くのだと、初めて知った。目に焼きつくような鮮烈な赤をばしゃりと顔面に浴びた篠田が、ひくりと頬を震わせる。尚哉の喉《のど》の奥で悲鳴が凍る。本当にショックを受けたとき、人は叫ぶ声を持たない。

肩口から胸までを赤く染め、華奢《きゃしゃ》な体が床にくずおれた。

沙絵だった。

直前で、篠田と高槻の間に割り込んできたのだ。

「……沙絵さんっ！　沙絵さん、しっかりしてください！」

高槻が尚哉を放し、沙絵を抱き起こした。

高槻の腕の中で、沙絵が小さくうめく。

真っ赤な血が白いシャツを染め上げ、沙絵は長い睫毛《まつげ》を震わせながら弱々しく高槻を見上げ——ぺろりと、舌を出した。

「なんてね」

「……は？」

突然、しゃっきりと沙絵が身を起こした。

どくどくと血を噴き出していた生々しい傷口が、みるみるうちにふさがっていく。

茫然《ぼうぜん》と自分を見下ろす高槻を見上げ、沙絵はにぱっと笑ってみせた。

「ごめんね、先生。びっくりした？」

「あ……あなたは……」

「今更そんな驚かないで。知ってるでしょ？　八百比丘尼は死なないの。いいえ——死ねないのよ」

そう言って、沙絵は高槻の頰にそっと手を当てた。沙絵の指についていた血が、高槻の白い頰にわずかに赤く線を引く。

「はーい、大人しくしようなあ！　はいはい、包丁放して！」

いつの間にか近くにやってきていた林原が、茫然自失の状態で立ち尽くしていた篠田から包丁を取り上げた。見れば、他の男達は全て床にのびている。いつの間にか全員倒してしまったらしい。

「……さ、沙絵……？」

篠田が沙絵を見下ろして、かすれた声を出した。その顔を染めた赤い血は確かに沙絵のものなのに、目の前で元気に立ち上がった沙絵の姿が信じられないのだろう。

沙絵は高槻にしたのと同じように、篠田の頬にも手を当てた。

「ごめんねえ、オーナー。でも、自業自得なんだよ。人魚の肉なんて、絶対人に食べさせちゃいけないんだから」

あうあうと、篠田が声にならない声を上げた。林原が手慣れた動きでその腕を捻《ひね》り上げ、膝《ひざ》の裏を軽く蹴りつけて取り押さえる。

そうしながら、林原が言った。

「沙絵さん、冷蔵庫の中確認してもらえる？　高槻先生も、見たかったらどうぞ。――あ、深町くんはやめときなね。たぶん夜眠れなくなっちゃうよ」

沙絵が「はーい」と返事をして、冷蔵庫の方へ歩み寄った。例の鍵を片手でぷらんぷらん揺らしながら、冷蔵庫の方へ歩み寄った。高槻がその後に続く。尚哉も一瞬ついていきかけたが、やめておいた。林原の言う通りだと思ったのだ。

三つ並んだ冷蔵庫は、二つは扉が開け放たれていた。いまだ閉じたままのそれが、例の特別料理用のものなのだろう。

沙絵が扉についた南京錠に鍵を挿し込み、がちゃりと開けた。

高槻と二人で扉の中を覗き込む。

「……まあ、そういうことですよね」

「あちゃあ」

高槻がため息を吐き、沙絵が顔をしかめた。

すでに予想はついていたが、念のため尚哉は尋ねる。

「あの、中身、何でした？」

すると沙絵は、扉を閉めてこちらを振り返り、

「脚。あと、頭と胴体」

「……何の」

「人間の。人魚は脚ないからねえ」

ああやっぱり、と尚哉は思う。

やっぱりこの店で出していた特別料理というのは、人魚の肉というのは、人間の肉のことだったのだ。

「え、あ、じゃ、じゃあ、早く警察呼ばないと！」

はたと気づいて、尚哉がそう言ったときだった。

「はい、警察でーす」

そんな呑気《のんき》な声と共に、かちゃんという音が聞こえた。

林原だった。

篠田の手に手錠をかけ、懐から取り出した警察手帳をこちらに見せてくれる。

そこに書かれた『警視庁捜査一課』の文字に、なんてことだと尚哉は思った。もしかしてこの人は、佐々倉の同僚なのか。

「いやー、ごめんねー。俺、刑事なの。この店が客におかしなもの出してるってタレコ

ミがあって、調査してたわけ。まあちょっと想定外に騒ぎが大きくなっちゃったけど、とりあえず解決できたっぽいから結果オーライでいいのかなあなんて。——高槻先生もすみませんねえ、巻き込んじゃって！」

「……いえ。途中からそんな気はしてましたから」

尚哉の横に戻ってきながら、高槻が言う。

林原が人好きのする顔で笑いながら、首をかしげた。

「ええ？　どの辺でばれました？」

「あなたがフリーライターなんかじゃないことは最初からわかってましたし……電話番号と名前で個人を特定できたというくだりが、もうね。明らかに一般人ではない」

「あー……そうですかあ。まあ、そうですよね」

林原が苦笑した。ちらとその目が尚哉に向けられる。訳知り顔な感じの林原の表情に、尚哉はなんとなく緊張して背筋をのばした。まさかこの人はこの耳のことを知っているのだろうか。

だが林原は、またすぐに尚哉から高槻に目を戻すと、少し真顔になって言った。

「すみません。これからここに警察の応援を呼ぶんで、高槻先生は深町くんと沙絵さんを連れて、外に出ちゃってもらえますか。ここにいられると、面倒なことになると思うんで。事情聴取とかは気にしなくていいです。その辺はもう俺が把握してますから」

それでいいのだろうかという気はしたが、警察が来てあれこれと面倒に巻き込まれるのも困る。帰っていいというのなら、このまま帰らせてもらった方がいいだろう。

「あ、じゃああたし、コート取ってくるね！　ついでに先生と眼鏡くんのコートも取ってきてあげる」

　沙絵がはいと手を挙げてそう言って、従業員用の控室からダウンコートを着て戻ってきた。血まみれのシャツをコートで隠し、客用の入口の方に置いてあった高槻と尚哉のコートを取ってきてくれる。ついでに、広間の方で食事をしていた客達や残りの従業員に、これから警察が来ることを伝えてきたという。

「夏樹くん、向こうのお客さん達は、一応事情聴取するのよね？　まだいてもらってるけど、一部は逃げちゃったかも。従業員もね」

「あー、まあ、ある程度逃げちゃうのは仕方ないかな……残ってくれてる人達だけでも、一応話は聞きたいけど。とりあえず沙絵さん達は存在からして面倒臭いから、早くここから消えちゃって！」

「うわー夏樹くん、言い方ひどくないー？　おねーさん傷ついたー」

「沙絵さん、行きますよ」

　ぷうと漫画のようなふくれっ面をする沙絵の腕を高槻が引っ張り、裏口へと三人で向かう。いつ応援の警察が来るのか知らないが、早くこの場から離れた方がいいだろう。特に高槻はまずい。社会的立場の問題もあるが、何かあればおそらくすぐに父親の耳に入る。報道関係は漏れなく握りつぶしてくれるとはいえ、例の秘書が目一杯嫌味を述べに来るに決まっているのだ。

と、林原がふと思い出したという声を、こちらの背中に向かって投げてきた。

「あ、そうだそうだ、高槻せんせーい」

「はい？」

振り返った高槻に向かって、相変わらず呑気な感じの口調で林原が言う。

「あんまりこういう件に首突っ込まない方がいいですよ。佐々倉さんの胃に穴があいても知りませんよー」

高槻が小さく息を呑《の》んだ。

少し強張《こわば》った顔で林原を見据え、低い声で言う。

「……ああ、そうですか。健司とはやっぱり知り合いでしたか」

「知り合いっていうか、先輩後輩みたいな？　昔は結構可愛がってもらってたんですよ。今の係に移ってからは、若干嫌われてますけどね」

林原が肩をすくめて言う。

高槻は何か言いかけてやめ、代わりに一つ、ため息を吐いた。

「わかりました。あとは健司から聞きます」

「そーですね。それがいいかと思います。――それじゃあ先生、もうあんまり会いたくないんですが、また会うことになったときにはどうぞよろしくー」

投げやりな感じで林原が言い、高槻が再び歩き出す。

裏口から外に出ると、真冬の風が吹きつけてきて、全員思わず身をすくめた。見上げると、倉庫街の上には冬の夜空が広がっていた。しんと冷えた空気はその分だけ澄んでいて、他の季節よりも遠くの星まで見通せるような気がする。

耳を澄ましても、まだパトカーのサイレンの音は聞こえなかった。だが、とにかく早めにここを離れた方がいいだろう。

三人で、大通りの方を目指して歩き出す。

「……あの。訊《き》いていいですか？」

歩きながら、尚哉は口を開いた。

高槻が尚哉を見る。

「どうぞ、深町くん」

「この店で出してた人魚が人間の肉だったなら――それって、どこから手に入れてたんでしょうか」

この店は、度々『人魚の肉』を客に出していたという。

これまで一体どれだけの人間の死体があの冷蔵庫の中に入れられていたのだろう。想像するだけで背筋が寒くなる。

食べたいと思う人がいるなら、自分達は何であろうと美味《おい》しく調理すると、篠田は言っていた。そこに禁忌はないのだと。

彼にとって、人間もまた食材の一つでしかなかった。

だが、人を殺せばそれは罪になる。

人肉を食べたい誰かのために人を殺して調理するというのは——いくらなんでもリスクが高すぎないだろうか。

「たぶん、海外から入手したものなんじゃないかな。冷蔵庫に入ってた頭部を見る限り、日本人じゃなさそうだった。どういう経緯で死んだ人かはわからないけど……まあ、詳しいことはあまり考えたくないよね」

高槻が言う。

はたして篠田達はどういった罪になるのだろう。死体損壊だろうか。では、あの店で人肉料理を食べた人達はどうなのだろう。彼らは、はたして罪に問われるのだろうか。

沙絵が、レストランの方をちらと振り返って呟《つぶや》いた。

「……ていうかさ、あの人達、何で『人魚の肉』なんて言葉を使ってたのかな？」

「それは僕も非常に興味深く思っていた部分です」

高槻が言う。

「篠田さんにとっては、人の肉も魚の肉も等しく『肉』だったようですが……それでもどこかに、人肉食に対する禁忌の念があったんじゃないでしょうか。もともと『人魚』というものは、非常に境界的な存在なんです」

「境界的？」

「『人』は食べてはいけない。でも、『魚』は食べていいものです。『人』と『魚』、その両方の性質を併せ持つ『人魚』が、食べる対象として語られているのは、とても面白いと思います。『食べるな』と『食べていい』の境目に存在する『人魚』は、やっぱり禁忌の食べ物なんですよ。食べることは可能だけれど、決して食べてはいけない。――そんな境界的な存在を食したからこそ、八百比丘尼もまた境界の存在となったのではありませんか？」

高槻の言葉に、沙絵が口をつぐむ。

八百比丘尼は――死なず、老いることのない生き物だ。

いや、それははたして生き物と呼んでもいいものなのだろうか。

死という軛《くびき》から逃れたものは、同時にもう生きてもいない――生と死の境界線上を未来永劫《えいごう》歩み続けるしかない存在なのではないだろうか。

「……残酷なことを言うねえ、先生は」

再び口を開いた沙絵が、苦い笑みを浮かべる。

高槻は尋ねた。

「あなたが人魚の肉を食べたのは、一体いつのことなんですか？」

「いつだったかなあ……もうずっと昔だよ。ずーっとずーっと昔。あたしが住んでいたのは山の中の小さな村で、あたしには夫がいた」

沙絵が言う。

「ある日、夫の帰りが遅かったときがあったの。山の中で知らない人に会って、その人の家でもてなされてたって。お土産はないのってあたしが訊いたら、夫はないって答えた。でも、あの人が脱いだ着物の中から、布に包まれた肉の欠片《かけら》が出てきた。……お腹が減ってたんだよね、あたし。だからあたしは、その肉を食べた」

「それは、おいしかったですか？」

「おいしかったよ。とってもね。あんなおいしいもの、初めて食べた」

その肉を食べたときのことを思い出すかのように、沙絵は唇に笑みを浮かべる。

けれどその笑みは、やがてまた苦みを帯びる。

その顔を、尚哉も高槻も黙って見つめていた。

ああ今自分達は、伝承に語られた存在を目の当たりにしているのだと――今更のようにそう思いながら。

「おかしいなって気づいたのは、翌朝だった。畑仕事や水仕事で荒れてた指先が、綺麗《きれい》になってたの。前の日に転んでこさえた傷も消えてた。夫が、昨日持って帰ってきた肉はどこにやったってあたしに訊いた。あたしは食べたって答えた。……そのせいだって、夫は言った。食べちゃいけないものだったなら、持ち帰らなければよかったのにねえ」

人魚の肉を食べたときから、沙絵は年を取ることも死ぬこともなくなった。

でも、夫も村の人達も、別に沙絵を追い出そうとはしなかった。

「のんびりした気風の人達ばかりだったからね。年を取らなくなったんだね、死ななくなったんだね、すごいねえって、そんな感じに普通に受け入れられてて……あたしはその村で、七回結婚して七人の夫を看取《みと》った。それでもういいかなって、自分で思ったの。また誰かと結婚してまた看取るのはこりごりだなって。だからあたしは、村を出た。死んだ夫達を弔った方がいいのかなって思ったから、尼さんになってね」

そうして各地を放浪したという沙絵の話は、八百比丘尼伝承そのままだった。

けれど、伝承と違っていたのは——若狭にある寺にたどり着いても、死ねなかったことだろうか。

八百年ごときで終わる命ではなかったのだ。

「仏さんにもどうにもできないんなら、尼さんを続けてる意味もないなあって思ってね。あたしはまた普通の村人に戻った。あちこちの村を渡り歩いては、そこで雇ってもらったり、誰かと暮らしたりしてね」

——でもそのうちに、沙絵は気づいたのだという。

どこへ行っても、誰と会っても、自分は受け入れてもらえる。どこから来たのかもわからないような不審人物を、どの村もあっさりと迎え入れてくれる。

同じように流れてきた者があっという間に村から追い払われるのを見て、さすがにおかしいと沙絵も思った。

何かの力が働いている。そう気づいた。

それは、流れ暮らすしかない不老不死の身には必要な能力だったのかもしれない。だから自然と備わったのかもしれない。

だけど、そのとき沙絵は、別のことにも気づいてしまった。

「……もしかしたら、もともといた村の人達があたしを追い出さなかったのも、その能力のせいだったのかもしれないよね。夫も、隣の家の人も、その隣も、皆、あたしが持ってる何かの力に惑わされていただけなのかもしれない。……そうじゃなかったら、人魚の肉を食べたあたしは、村から叩《たた》き出されて終わりだったのかも」

そして、そう気づいてしまったとき、沙絵はしみじみと思ったのだという。

――ああそうか、この身はとうに人ではなかったんだな、と。

「おかしな話に聞こえるかもしれないけど、年を取らないとか、死なないとか、そういうのより、自分が相手の心を操ってたのかもしれないってことの方が、ずっと怖いことに思えたんだ。そのときだったなあ。あたしが人間でいるのをやめたのは」

八百年生きても、まだどこかで自分を人のように思っていた。

そんな風に無邪気に信じるのをやめたとき、沙絵は本当に伝承上の存在となったのだ。人ではない、何か別のものに。

前方に大通りが見えてくる。もう少ししたら、倉庫街を抜ける。

倉庫街を抜けたら、その後は、尚哉と高槻は駅に向かうだろう。

沙絵は――どうするのだろうか。

このひとは、これからどこへ行くのだろう。

そのときだった。

沙絵が足を止め、高槻に向かってこう言った。

「ねえ、先生。あたしと一緒に行かない？」

「……えっ？」

そう声を漏らして沙絵を振り返ったのは、高槻ではなく尚哉の方だった。

高槻はただ静かに足を止め、沙絵を見つめていた。

沙絵が高槻に向かって手をのばす。白く柔らかな指が高槻の頬をなで、そっとつかんで、自分の方に引き寄せる。その動きはあまりにも自然で、高槻はされるがままに沙絵の方へと顔を近づけた。

沙絵はそのまま高槻の唇に己の唇を重ねようとする。

その瞬間、高槻の瞳《ひとみ》が青く輝いた。

「――触るな」

どん、と高槻が沙絵を突き飛ばす。

いや、違う。これは『もう一人』の方だ。

沙絵が小さく悲鳴を上げて、尻《しり》もちをつく。尚哉は慌てて沙絵を抱き起こした。

沙絵の肩を抱えたまま、尚哉は高槻を見上げる。

淡く輝く藍《あい》の瞳で、『もう一人』は沙絵を睨《にら》むように見下ろしていた。

「彰良に触るな。お前に彰良はやらない」

「……あははっ。やっと出てきたね、『もう一人の先生』」

まだ地べたに座り込んだまま、沙絵が笑った。

「あたしに先生を取られたくないんだ？　とんだ独占欲ね、あんた一体何者なのよ」

『もう一人の高槻』は沙絵を見下ろし——その頭が、ふらっと軽く揺れた。

尚哉ははっとして立ち上がり、高槻の両腕をつかむ。目眩《めまい》でも起こしたかのようにぐらりと倒れかかったその体を支えて、耳元で強く呼びかけた。

「高槻先生！」

「……深町くん？」

返ってきた声は高槻のものだった。こちらを見た瞳も、すでに焦げ茶色に戻っている。

高槻は何度かまばたきを繰り返すと、座り込んでいる沙絵に気づいて小さく息を呑《の》んだ。まだ腕をつかんで体を支えている尚哉に目を移し、呟《つぶや》くように言う。

「……僕は、今度は何をしたのかな」

「『もう一人』が、沙絵さんに嫉妬《しっと》して突き飛ばしただけですよ」

尚哉が言うと、高槻は一度ぎゅっと目を閉じ、片手で顔を覆うようにした。血の気の引いたその顔を見て、尚哉は悔しくなる。『もう一人』がやったことを、高槻は自分自身がやったことだと必ず思ってしまう。そうして自分の心を追い詰める。

沙絵が立ち上がった。

「先生。あたしは大丈夫。ほら、怪我してないし。しても治るし」

「沙絵さん……申し訳ありません」

高槻が、青い顔をしたまま沙絵に頭を下げる。

沙絵が両手をのばして、その頭を上げさせた。

そして、言う。

「ごめんね、先生。さっきのが何かは、やっぱりあたしにもわからなかった。見たらわかるかなって思ったんだけど」

「沙絵さん」

高槻の瞳に、絶望にも近い色がにじむ。おそらく高槻にとって、沙絵は頼みの綱の一つだったのだ。もしかしたら沙絵になら、『もう一人』の正体がわかるかもしれない。そう考えていたのだと思う。

沙絵はそんな高槻をしばらく見つめ——もう一度、その頬に手をのばした。

「先生。……やっぱり、あたしと一緒に行かない？」

「え……？」

高槻が沙絵を見る。

「だって先生は、怖いんでしょう？」

いたわるようにその頬をなで、沙絵は言う。

その瞳はいつの間にかまた黒く染まっている。人ではない瞳。人とは違ったものを見る瞳。託宣を告げる八百比丘尼の瞳だ。

「先生は、自分が大事に思ってる人に怖がられるのが怖い。そういう人達を『もう一人』が──自分が、傷つけるかもしれないのが怖い。だから先生は、ずっと怯《おび》えてる。可哀想だよ、先生は」

「沙絵さん……僕は」

「でもね、先生。あたしと一緒にいれば、大丈夫」

高槻の声を遮るようにして、沙絵が言った。

「あたしは先生を怖がらないし、何をしたって平気だもの。怪我をしても治るからね。あたしといれば、先生は怖がらなくていい。何も怯えなくていいの。先生が探したいものを探すのも手伝ってあげられる。今なら、夏樹くんにもばれないよ」

真っ黒な瞳で高槻を見つめたまま、沙絵は誘いかける。歌うような声で。

白く細い手が、高槻の頰をなでる。その手つきを見た瞬間、ざわりとした寒気と共に、尚哉は沙絵の真意に気づく。違う。このひとは高槻のためを思って誘っているのではないのだ。ちらと沙絵がこちらに視線を向けてくる。三日月の形に細められた目が笑う。

ああ駄目だ、と尚哉は思った。

このひとはやっぱり──人ではないのだ。

人外の魔性が、高槻を欲している。とろうとしている。

「ねえ、行こうよ、先生。二人で楽しくやろうよ。ずっと傍にいてあげる。先生が死ぬまで傍にいて──そして、最期を看取《みと》ってあげる」

「……かつて何人もの夫を看取ってきたように、ですか？」

高槻がそう言って、沙絵の手を上からそっとつかんだ。

そのまま優しく手を下ろし、沙絵と静かに向かい合う。

沙絵が、ぱちりとまばたきした。

その瞳が再び光を映し、沙絵は少し口を尖《とが》らせるようにして、つまらなそうに言う。

「そっか。──駄目かあ、やっぱし」

「ええ。すみませんが」

高槻が紳士的な笑みを浮かべ、沙絵の手を取ったまま、ゆっくりと首を横に振る。

「僕はあなたとは行けません」

「どうして？」

「僕は、僕の大事な人達と離れるのも怖いので」

「あ。さりげなく今、あたしのことは大事じゃないって言ったな先生？」

「まだそこまであなたのことをよく知らないもので。申し訳ありません」

高槻が言う。んもう、と沙絵がぷうと頬をふくらませる。

高槻は苦笑しながらその顔を見下ろし、言った。

「それにね。僕には約束があるんです。幾つもね」

「約束？」

「ええ。大事な人達と交わした約束が」

そう言って、高槻はあらためてにっこりと笑った。

「もうずっと前ですが、叔父と約束しました。『帰れる場所があることを忘れない』と。叔父は僕のことをとても大事にしてくれていて、いずれまた一緒に暮らしたいんだそうですよ。それから、研究室の院生とは『どこかに行っても必ず戻ってくる』と約束しました。彼女は僕の大事な院生一号です。そこの深町くんとは、『決して手放さない』と約束しています。他にも些末《さまつ》な約束がたくさんあるんですよ。来年はまた研究室でハロウィンパーティーをする約束もある。ああそれに、幼馴染《おさななじみ》と来週飲む約束をしています。そういうたくさんの約束が、僕をこの場所に繋《つな》ぎ止めているんです。——だから、僕はあなたとは行けません」

ごめんなさい、と高槻は丁寧にそう言って、沙絵の手を放した。

沙絵は自分の両手を見下ろし、わざとらしくショックを受けた顔を作って、

「やだ。あたし今、ふられた？　え、待って待って、千年ぶりくらいかも」

「それはすみませんでしたね」

「えー、じゃあ眼鏡くん、あたしと来るー？」

「えっ」

なぜか突然矛先が自分に向いて、尚哉は思わず狼狽《うろた》えた。

途端に高槻がぐいと尚哉の腕をつかんで自分の方に引っ張り、

「深町くんも駄目です。深町くんとは僕が色々約束をしているので」

「何で先生が代わりに答えるんですかっ。……いやでも、俺も遠慮します」

尚哉はそう言って、一応沙絵に頭を下げる。

「えー、いいじゃない、あたしと行こうよー。おねーさんが可愛がってあげるよー？」

「結構です！　ていうか何でそんなに誘いたがるんですか、寂しがりですか⁉」

「そ、そんなことあるわけないでしょ、何言ってるの眼鏡くんはー！」

沙絵の声にちらとまざった歪《ゆが》みに、え、と尚哉は思う。まさか本当に、寂しくて高槻や尚哉を手元に置きたがったのだろうか。このひとは。

と、沙絵が何やら恐ろしいことを言い出す。

「だって二人とも、連れて行きたくなる風情なんだもん。おいしそうだし」

「えっ、俺達のこと食べる気ですか⁉」

「違う違う、比喩表現。……やっぱり二人とも自覚ないのね。二人とも、あたしみたいなものからしたら、すごーく魅力的なんだよ？　気をつけた方がいいと思うなあ」

沙絵が蠱惑的な笑みを浮かべる。尚哉はなんとなく背筋にぞくりとしたものを覚える。つまり自分達は、余程怪異に気に入られやすいということなのだろうか。

沙絵が大通りの方へとまた歩き出した。倉庫街を抜けると、遠くから、パトカーのサイレンの音が幾つも迫ってくるのが聞こえてきた。林原が言っていた応援だろう。

沙絵が車道に近寄りながら、片手を挙げた。

向こうから来たタクシーが、緩やかに速度を落として、沙絵の前で停まる。

「じゃああたし、もう行くからね」

「お気をつけて」

高槻が言う。尚哉もその横で、小さく沙絵に頭を下げる。

沙絵はタクシーに乗り込もうとして、一度足を止めた。

「ねえ。──高槻先生も眼鏡くんも、この先も人でいたいと思ってるのなら、自分を人だと思い続けないといけないよ」

そう言って、沙絵がこちらを振り返る。

「人は、自分を人だと思っている間は、人でいられるんだからね」

「……ええ。肝に銘じますよ」

高槻が苦い表情を浮かべて言う。尚哉もその横でうなずいた。

「あと、口に入れるものには気をつけて。人の体は食べたものでできてるんだからね」

じゃあね、と言って、沙絵はいつかと同じように片手でちゅっと投げキスをした。

そしてタクシーに乗り込み、高槻と尚哉の前から去っていく。

「……先生？」

沙絵が乗った車が完全に見えなくなっても、高槻はまだ動こうとせず、尚哉はそっと声をかけた。

「先生。行きましょう」

「……ああ、そうだね」

高槻が振り返る。

二人で、近くの駅までまた歩き出す。

すぐ横の車道を、パトカーの列が行き過ぎていった。振り返って見送ると、やはり倉庫街の方へと向かっていく。

「先生。もう一つ、訊《き》いてもいいですか？」

「何だい？」

「――例の合言葉。何だったんですか？」

篠田のレストランで特別料理を出してもらうための合言葉。

「愛の言葉だ」というのがヒントだというが、尚哉にはいくら考えてもわからなかった。

ああ、という顔で、高槻が自分のスマホを取り出した。

「あれはね、まず食材の入荷に気づくかどうかというところが、思考の起点なんだ」

「それ、深夜〇時にレストランのサイトを見れば一目瞭然《いちもくりょうぜん》っていう話でしたけど、俺全然わからなかったんですけど」

「そう？　トップページにはっきりと表示されてたんだけどな」

言いながら、高槻がスマホを操作する。

はい、と尚哉に画面を見せて、

「これが、通常のトップページ。人魚の肉の入荷がなかったときだ」

スクリーンショットのようだった。もう何度も見た写真だ。夜の中に浮かび上がるかのような、レストラン『Un Secret』の写真。

「そしてこれが、入荷があったときのトップページ。さっきと違うでしょ？」

高槻が二枚目のスクリーンショットを表示する。

あ、と尚哉は小さく口を開く。

夜の中に浮かび上がるレストラン。その背景に、まるい月が浮かんでいる。

「そう、これが違い。人魚が入荷すると、月が写った写真に差し替えられるんだ。じゃあ、問題。——月を使った有名な愛の言葉は何でしょう？」

「えっと……『月が綺麗ですね』？」

「正解」

高槻が笑ってスマホをしまう。

確か夏目《なつめ》漱石《そうせき》だったと思うが、英語の「I love you」は「愛してます」と直訳するより「月が綺麗ですね」とでも訳しておけ、と言ったというエピソードがあるのだという。

「……何でわざわざそんな言葉に……？」

「さあ？　でも、あの篠田っていう人、だいぶロマンティックというか、芝居がかった人だったからねえ。愛の言葉で秘密の部屋への入口が開くとか、好きそうだよね」

あのレストランはもう閉鎖だろう。あの夜闇に包まれたような部屋の中で、秘密に満ちた食材を使った特別料理が供されることは二度とない。

人魚の肉を食べた者が不老不死になるというのなら、あの特別料理を食べた人々は、はたして何になるのだろうか。

人魚を食べるものといえば八百比丘尼だ。人を喜んで食べるといえば、鬼だろうか。人は、自分を人だと思っている間は人でいられる。先程の沙絵の言葉を思い出す。自分達もせいぜい、己のことを人だと思い続けなければならない。

「ああ、結局晩ごはんを食べそこねたねえ。何か食べて帰ろうか」

高槻が尚哉を振り返って言った。

その顔を見上げて、そうですねと尚哉はうなずく。今夜は随分と色々なことがあった気がするが、それでも空腹を覚えるとは、自分も神経が太くなってきたなと思う。

「深町くんは何食べたい？」

「とりあえず人肉食以外なら何でもいいです」

「それは僕もそうだよ。寒いから、何かあったかいものがいいねえ」

「ていうか先生、ほっぺたにまだ沙絵さんの血がついてますよ」

「えっ、どこ？」

「もう乾いてるから、濡《ぬ》らさないと取れないんじゃないんですか？　後で駅のトイレでも落とせばいいんじゃないかと……あれ、先生、そういえば服には沙絵さんの血ついてないんですか？　抱き起こしてましたよね」

「う。どうだろう」

高槻がコートの前を開き、己の体を見下ろした。血染めの服で外食はさすがにアウトだろう。尚哉も手伝って確認したが、何しろ周りが暗いのでよくわからない。

高槻がやや不安そうに首をかしげて言う。

「……ギリOKということにして、ごはん食べに行っても大丈夫かな？」

「どうでしょうね。大人しく家に帰った方がいいんじゃないですか？」

「ええ……深町くん、お家《うち》にごはんあるの？」

「昨日の残りの鍋《なべ》がまだありますね」

「そういえば君、冬場はひたすら家で鍋するって前に言ってたっけ。毎日味を変えていって、最後はカレー入れるんだっけ？」

「今日辺りカレー投入の予定でした」

「そっか。僕の家は何も……あ、冷凍庫に、前に作ったシチューの残りがあるかも」

「近頃はちゃんと自炊してるんですね。じゃあ、今日の晩飯はお互い決まりましたね」

「……僕、一人でごはん食べるの苦手なんだけどなあ……」

高槻が拗ねたような顔をする。三十五歳のくせに、相変わらず寂しがり屋な人だ。

自分達の体は、自分達の食べたものでできている。

やっぱり何か食べて帰ろうよと騒ぐ高槻をなだめながら、尚哉は前方に見えてきた駅の方へと高槻の背中を押して歩く。

昨日の残りの鍋は、多少具材を足せばなんとか二人分にかさ増しできるだろうかと考えながら。

《参考文献》

・『ピアスの白い糸　日本の現代伝説』池田香代子・大島広志・高津美保子・常光徹・渡辺節子（白水社）
・『現代民話考［3］偽汽車・船・自動車の笑いと怪談』松谷みよ子（ちくま文庫）
・『雨月物語（上）』青木正次全訳注（講談社学術文庫）
・『今昔物語集　本朝部　下』池上洵一編（岩波文庫）
・『江戸怪談集　下』高田衛編・校注（岩波文庫）
・『日本の幽霊』池田彌三郎（中央公論社）
・『日本現代怪異事典』朝里樹（笠間書院）
・『夢で田中にふりむくな　ひとりでは読めない怖い話』渡辺節子・岩倉千春編（ジャパンタイムズ）
・『ヌシ　神か妖怪か』伊藤龍平（笠間書院）
・「八百比丘尼伝承の死生観」小野地健『人文研究：神奈川大学人文学会誌』vol.155
・「八百比丘尼伝説の成立について：江戸初期の若狭小浜を中心に」冨樫晃『口承文藝研究』43号　日本口承文藝學會編
・『日本巫女史』中山太郎（国書刊行会）
・『ヒトはなぜヒトを食べたか―生態人類学から見た文化の起源』マーヴィン・ハリス著　鈴木洋一訳（ハヤカワ・ノンフィクション文庫）
・『カニバリズム論』中野美代子（ちくま学芸文庫）

本書は書き下ろしです。
この作品はフィクションです。実在の人物、団体等とは一切関係ありません。

准教授《じゅんきょうじゅ》・高槻《たかつき》彰良《あきら》の推察《すいさつ》7

語《かた》りの底《そこ》に眠《ねむ》るもの

澤村《さわむら》御影《みかげ》

令和4年 3月25日　初版発行
令和6年 10月30日　8版発行

発行者●山下直久

発行●株式会社KADOKAWA
〒102-8177　東京都千代田区富士見2-13-3
電話　0570-002-301(ナビダイヤル)

角川文庫 23108

印刷所●株式会社KADOKAWA
製本所●株式会社KADOKAWA

表紙画●和田三造

●お問い合わせ
https://www.kadokawa.co.jp/（「お問い合わせ」へお進みください）
※内容によっては、お答えできない場合があります。
※サポートは日本国内のみとさせていただきます。
※Japanese text only

ISBN 978-4-04-111966-2　C0193

角川文庫発刊に際して

角川源義

第二次世界大戦の敗北は、軍事力の敗北であった以上に、私たちの若い文化力の敗退であった。私たちの文化が戦争に対して如何に無力であり、単なるあだ花に過ぎなかったかを、私たちは身を以て体験し痛感した。西洋近代文化の摂取にとって、明治以後八十年の歳月は決して短かすぎたとは言えない。にもかかわらず、近代文化の伝統を確立し、自由な批判と柔軟な良識に富む文化層として自らを形成することに私たちは失敗して来た。そしてこれは、各層への文化の普及滲透を任務とする出版人の責任でもあった。

一九四五年以来、私たちは再び振出しに戻り、第一歩から踏み出すことを余儀なくされた。これは大きな不幸ではあるが、反面、これまでの混沌・未熟・歪曲の中にあった我が国の文化に秩序と確たる基礎を齎らすためには絶好の機会でもある。角川書店は、このような祖国の文化的危機にあたり、微力をも顧みず再建の礎石たるべき抱負と決意とをもって出発したが、ここに創立以来の念願を果すべく角川文庫を発刊する。これまで刊行されたあらゆる全集叢書文庫類の長所と短所とを検討し、古今東西の不朽の典籍を、良心的編集のもとに、廉価に、そして書架にふさわしい美本として、多くのひとびとに提供しようとする。しかし私たちは徒らに百科全書的な知識のジレッタントを作ることを目的とせず、あくまで祖国の文化に秩序と再建への道を示し、この文庫を角川書店の栄ある事業として、今後永久に継続発展せしめ、学芸と教養との殿堂として大成せんことを期したい。多くの読書子の愛情ある忠言と支持とによって、この希望と抱負とを完遂せしめられんことを願う。

一九四九年五月三日